CERCANO Y PELIGROSO

LINDA HOWARD

CERCANO Y PELIGROSO

SUMA de letras

Título original: *Up Close and Dangerous*

Torrelaguna, 60. 28043 Madrid
Teléfono 91 744 90 60
Telefax 91 744 92 24
www.sumadeletras.com

Diseño de cubierta: OpalWorks

Primera edición: septiembre de 2008

ISBN: 978-84-8365-068-4
Depósito legal: M-27356-2008
Impreso en España por Unigraf. S.L. (Móstoles, Madrid)
Printed in Spain

Agradecimientos

Mi más profundo agradecimiento a dos hombres que se tomaron la molestia de responder a mis numerosas preguntas: Jim Murphy y el comandante Marc Weintraub, del Cuerpo de Marines de Estados Unidos. Gracias, chicos, por enseñarme a estrellar un avión. Los errores que pueda haber son míos, ya sea porque he dejado volar mi imaginación o porque no supe hacer las preguntas adecuadas.

Capítulo 1

Bailey Wingate se despertó llorando. De nuevo. Detestaba que ocurriera eso, porque no veía ninguna razón para estar tan decaída. Si fuera desesperadamente infeliz, si se sintiera sola o estuviera de duelo, llorar mientras dormía podría tener sentido, pero no se encontraba en ninguna de esas situaciones. Como mucho, estaba cabreada.

E incluso el cabreo no era un estado de ánimo constante; sólo aparecía cuando tenía que tratar con sus hijastros, Seth y Tamzin, lo que, gracias a Dios, ocurría habitualmente sólo una vez al mes, cuando autorizaba la entrega de los fondos asignados que recibían de la herencia de su difunto esposo. Casi siempre se ponían en contacto con ella, ya fuese antes para pedir más dinero, lo que ella tenía que aprobar, o después para hacerle saber, en su particular estilo, la clase de bruja asquerosa que creían que era.

Seth era, con mucho, el más cruel, y la había dejado emocionalmente herida en innumerables ocasiones, pero por lo menos era franco en su hostilidad. A pesar de lo duro que era de aceptar, Bailey prefería lidiar con él que tener que abrirse camino a través de toda la mierda agresiva y al mismo tiempo pasiva de Tamzin.

Aquél era el día en que se transferían sus asignaciones mensuales a sus cuentas bancarias, lo cual significaba que tendría que aguantar sus llamadas o sus visitas. Ay, Dios. Uno de los castigos favoritos de Tamzin era aparecer con sus dos hijos. Tamzin sola ya resultaba suficientemente difícil, pero cuando sus dos hijos llorones, malcriados y exigentes la acompañaban, Bailey se subía por las paredes.

—Debería haber pedido un sueldo por pelear —refunfuñó en voz alta, mientras salía de la cama.

Después rezongó en silencio contra sí misma. No tenía motivos para quejarse, y mucho menos para llorar en sueños. Había aceptado casarse con James Wingate sabiendo cómo eran sus hijos y cómo reaccionarían ante las decisiones financieras que su padre tomara con respecto a ellos. De hecho, él había contado con esas reacciones y consecuentemente había hecho sus planes. Ella se había metido en aquella situación conscientemente, así que no tenía razones para lamentarse ahora. Incluso desde la tumba, Jim le estaba pagando bien desempeñando esa tarea.

Al entrar en el lujoso baño examinó su reflejo, algo imposible de evitar, ya que lo primero que te encontrabas era un enorme espejo del techo al suelo. A veces, al mirarse, experimentaba por un instante una desconexión casi total entre la imagen reflejada y lo que sentía en su interior.

El dinero la había transformado, aunque más por fuera que por dentro. Estaba más delgada, más atlética, porque ahora tenía tiempo y dinero para un entrenador personal que venía a casa y le hacía pasar las de Caín en el gimnasio privado. Su cabello, antes siempre de un color rubio sucio, ahora estaba tan hábilmente matizado con diferentes tonos de rubio que parecía completamente natural. Un estupendo corte favorecía sus facciones, cayendo en mechones tan graciosos que incluso ahora, recién salida de la cama, presentaba un aspecto increíble.

Siempre había sido detallista, y se había vestido tan bien como su sueldo se lo permitía, pero era abismal la diferencia entre detallista y refinada. Nunca había sido hermosa y ciertamente tampoco ahora alcanzaba semejante calificativo, pero a veces resultaba bonita, e incluso llamativa. La hábil aplicación de los mejores cosméticos hacía más intenso, más vibrante, el verde de sus ojos. Sus vestidos estaban confeccionados a medida para que le sentaran a la perfección sólo a ella, en vez de a millones de mujeres que tenían su misma talla.

Como viuda de Jim, podía utilizar de pleno derecho aquella casa en Seattle, una en Palm Beach y otra en Maine. No tenía que volar nunca en aerolíneas comerciales si no lo deseaba; la corporación Wingate alquilaba jets privados y había siempre un avión disponible para ella. Pagaba únicamente por sus posesiones personales, lo que significaba que no tenía que preocuparse por las cuentas. Ése era, sin lugar a dudas, el punto magistral del trato que había hecho con el hombre que se había casado con ella y que la había convertido en viuda en menos de un año.

Bailey había sido pobre, y aunque no había ambicionado nunca amasar una gran fortuna, debía admitir que tener dinero volvía mucho más fácil la vida. Todavía tenía problemas, los principales eran Seth y Tamzin, pero las dificultades eran diferentes cuando no implicaban pagar las facturas a tiempo; la sensación de urgencia había desaparecido.

Todo lo que tenía que hacer era supervisar sus fondos del fideicomiso —una tarea que se tomaba muy en serio, aunque no lo creyeran así— y, por otra parte, ocupar sus días.

Caray, estaba aburrida.

Jim había dejado bien atado todo lo referente a sus hijos, pensó mientras entraba en la ducha circular de cristal esmerilado. Había salvaguardado sus herencias; hasta donde era posible, también se había asegurado de que siempre estuvieran protegidos financieramente, y conocía a la perfección la personalidad de cada uno cuando lo planeó. Sin embargo, no había previsto cómo se desarrollaría la vida de su esposa tras su muerte.

Aparentemente no le había preocupado, pensó con tristeza. Bailey había sido el medio para un fin y, a pesar de que él se había encariñado mucho con ella —lo cual, por otra parte, era recíproco—, nunca había aparentado sentir nada más que eso. El suyo había sido un arreglo de negocios iniciado y controlado por él. Aunque lo hubiera sabido de antemano, a Jim no le habría preocupado que sus amigos, que la habían invitado por obligación a sus eventos sociales mientras él estaba todavía vivo, la excluyeran de sus listas de invitados como si fuera una patata caliente tan pronto estuvo bajo tierra. Los amigos de Jim eran, en buena medida, de su edad, y muchos habían sido amigos de su primera esposa, Lena. Algunos conocían también a Bailey de antes, en condición de secretaria personal de Jim. Se sentían incómodos con ella en su papel de esposa. Demonios, incluso ella se había sentido incómoda, así que no podía culparlos por experimentar lo mismo.

Aquélla no era la vida que había imaginado. Sí, el dinero era agradable —muy agradable—, pero no quería pasar el resto de su vida acumulando riqueza para dos personas que la despreciaban. Jim se había convencido de que la humillación que le supondría a Seth tener su herencia controlada por una madrastra tres años más joven que él lo impulsaría a comportarse como un adulto responsable, y no como una versión masculina, con algunos años más, de Paris Hilton; pero hasta el momento eso no había sucedido, y Bailey no tenía ya fe en que fuera a ocurrir alguna vez. Seth había tenido muchas oportunidades de aplicarse, de interesarse por la empresa que financiaba su estilo de vida despilfarrador y perezoso, pero no había aprovechado ninguna. Seth había sido la esperanza de Jim, porque Tamzin no mostraba el más mínimo interés y era absolutamente inepta para el tipo de decisiones que requerían tan enormes cantidades de dinero. En lo único que estaba interesada Tamzin era en el resultado final, es decir, el dinero contante y sonante a su disposición; y quería toda su herencia ahora, para poder gastarla a su gusto.

Bailey no pudo evitar hacer una mueca ante ese pensamiento; si Tamzin tuviera el control de su herencia, despilfarraría todo el dinero en cinco años a lo sumo. Si Bailey no controlara los fondos, alguna otra persona tendría que hacerlo.

Justo cuando cerraba la ducha y estaba cogiendo una toalla color champán para envolverse en ella, sonó el teléfono. Enrollándose otra en torno al pelo mojado, salió de la ducha y descolgó el teléfono inalámbrico del vestidor, miró la identidad de la persona que llamaba y volvió a colgar sin contestar. El número permanecía oculto; ella había registrado todos sus números de teléfono en la lista nacional de llamadas restringidas, así que ese número sin identificador no era probable que fuera el de un vendedor. Eso significaba que Seth se había levantado temprano pensando en los insultos que podía soltarle, pero se negaba a dirigirle la palabra antes de tomarse un café. Su sentido del deber llegaba bastante lejos, pero esto rebasaba esos límites.

Sin embargo, podría haber surgido algún problema. Seth iba continuamente a fiestas y rara vez se acostaba antes del amanecer, al menos en su cama. No era propio de él llamar tan temprano. Sintiendo que su sentido del deber se extralimitaba un poco, cogió el teléfono de nuevo y apretó el botón, aunque el contestador automático ya debía de haber saltado.

—Diga —dijo sobre el mensaje grabado con la voz masculina enlatada que estaba predeterminada por la compañía telefónica. Lo había conservado en vez de grabar su propio mensaje porque aquella voz resultaba más impersonal.

El contestador se detuvo a mitad de una frase cuando ella descolgó, se escuchó un pitido y la grabación se interrumpió después.

—Hola, mamá.

En la voz de Seth se apreciaba un intenso sarcasmo. Ella suspiró mentalmente. No había ningún problema; Seth estaba simplemente ensayando una forma nueva de fastidiarla. Que la llamara «mamá» un hombre más viejo que ella no le molestaba; pero tratar con él, ciertamente, sí.

La mejor forma de manejar a Seth era no mostrar ninguna reacción; finalmente se cansaría de incordiarla y colgaría.

—Seth, ¿cómo estás? —contestó con el tono frío y neutro que había perfeccionado mientras trabajaba como secretaria personal de Jim. Ni su tono ni su expresión habían revelado nunca nada.

—Las cosas no podrían ir mejor —contestó él con falsa alegría—, si tenemos en cuenta que la puta hambrienta de dinero de mi madrastra vive básicamente de mi herencia, mientras que yo no puedo ni tocarla. Pero ¿qué puede importar un pequeño robo entre parientes?

Generalmente ella dejaba pasar los insultos. «Puta» era el primero que le había soltado en el momento en que había oído las disposiciones testamentarias de su padre. Seth la había acusado de haberse casado con su padre por el dinero, y de haberse aprovechado de la enfermedad de Jim para convencerlo de dejar bajo su control incluso el dinero de sus hijos. También, con amenazas, había prometido impugnar el testamento en los tribunales, momento en el que el abogado de Jim había suspirado fuertemente y le había aconsejado no seguir adelante con semejante iniciativa, porque lo consideraba una pérdida de tiempo y de dinero; Jim había llevado las riendas de su imperio en plenas facultades hasta pocas semanas antes de su muerte, y el testamento lo había firmado casi un año antes de eso; el día después de su boda con Bailey, de hecho.

Después de escuchar al abogado, Seth se puso de color púrpura y dirigío a Bailey una expresión tan vulgar que todos los que estaban en la habitación se habían quedado estupefactos, mientras lo veían salir como una tromba. Bailey se había acostumbrado desde entonces a no mostrar ninguna reacción, así que ahora un simple «puta» no era probable que le hiciera perder los estribos.

Por otra parte, que la llamara ladrona estaba empezando a hartarla.

—Hablando de tu herencia, hay una oportunidad de realizar una inversión que quiero estudiar —dijo suavemente—. Para maximizar los beneficios, necesitaría invertir en la operación la mayor cantidad posible. No te importaría que rebajemos a la mitad tu mensualidad, ¿verdad? Temporalmente, por supuesto. Un año aproximadamente sería suficiente.

Ante esa propuesta hubo una fracción de segundo de silencio; después Seth rugió con la voz quebrada por la rabia:

—Zorra, te mataré.

Aquélla era la primera vez que ella había respondido a sus insultos con un reto, lo había sorprendido y descolocado. La amenaza no la asustó. Seth era un experto en lanzar amenazas que no cumplía.

—Si tienes otras propuestas para invertir que quieras que tenga en cuenta, me encantará escucharlas —dijo tan educadamente como si él hubiera preguntado por los detalles en vez de amenazarla con matarla—. Simplemente estúdialas a fondo y después ponlas por escrito. Me dedicaré a ellas lo antes posible, pero eso será probablemente dentro de unas semanas. Me voy de vacaciones pasado mañana y estaré fuera quince días.

La respuesta de él fue un golpe sordo al colgar el teléfono con furia.

No era la mejor manera de empezar el día, pensó, pero por lo menos su encontronazo mensual con Seth ya había pasado.

Ahora, si pudiera evitar a Tamzin...

Capítulo
2

Cameron Justice echó una ojeada rápida al pequeño campo de aviación y al aparcamiento mientras estacionaba su Suburban azul en el espacio que tenía asignado. Aunque todavía no eran las seis y media de la mañana, no era el primero en llegar. El Corvette plateado significaba que su amigo y socio, Bret Larsen —la «L» de J&L Executive Air Limo—, ya estaba allí, y el Ford Focus rojo señalaba la presencia de su secretaria, Karen Kaminski. Bret llegaba temprano, pero Karen tenía la costumbre de aparecer por la oficina antes que todos los demás; decía que era el único rato en que podía lograr adelantar algo de trabajo sin ser interrumpida constantemente.

La mañana era clara y brillante, aunque el pronóstico del tiempo anunciaba un aumento de la nubosidad durante el día. Pero, en ese momento, el sol brillaba resplandeciente sobre los cuatro aviones relucientes de J&L, y Cam se detuvo un momento a disfrutar de la vista.

Encargar que pintaran los aviones había resultado caro, pero había merecido la pena. Ante él se presentaba el negro brillante atravesado por una fina línea que se curvaba hacia arriba desde el morro hasta la cola. Los dos Cessnas —un Skylane y un Skyhawk— ya estaban pagados, libres de cargas; él y Bret se habían dejado la piel los dos primeros años haciendo trabajos complementarios además de volar para pagarlos lo más rápidamente posible y disminuir así su endeudamiento. El Piper Mirage era casi suyo, y en cuanto terminaran de pagarlo planeaban duplicar las cuotas del Lear 45 XR de ocho plazas, que era el preferido de Cam.

Aunque, en realidad, el Lear era muy parecido en longitud y envergadura al Strike Eagle F-15E que había pilotado su compañero mientras estaba en las Fuerzas Aéreas. Bret, desde entonces, se había acostumbrado a los Cessnas, mucho más pequeños, y al Mirage, de tamaño mediano, y prefería su agilidad. Cam, que había volado en el enorme Extender KC-10A durante su periodo de servicio militar, prefería ir en un avión más grande. Sus preferencias eran reveladoras de las diferencias básicas que existían entre ellos como pilotos. Bret era piloto de combate, audaz y con reflejos rápidos como el relámpago; Cam era el tipo seguro, en cuyas manos querrías estar cuando un avión necesitara repostar combustible a miles de metros de altura, a cientos de kilómetros por hora. El Lear necesitaba hasta el último centímetro de la pequeña pista para despegar, así que Bret estaba más que contento de que Cam ocupara el asiento del piloto durante esos vuelos.

Les había ido bien solos, pensó Cam, y al mismo tiempo realizaban una actividad que les apasionaba a ambos. Llevaban el ansia de volar en la sangre. Se habían conocido en la academia de las Fuerzas Aéreas, y aunque Bret estaba en un curso superior, se habían hecho amigos y habían continuado siéndolo en diferentes maniobras, en diferentes cursos de la carrera profesional y en diferentes destinos. Se habían visto a lo largo de tres divorcios —dos de Bret y uno de Cam— y muchas novias. Casi sin planearlo realmente, mediante llamadas telefónicas y correos electrónicos, decidieron asociarse al abandonar la vida militar; siempre estuvieron de acuerdo en el negocio que querían. Un pequeña compañía de vuelos chárter parecía lo más apropiado para ellos.

El negocio iba bastante bien. Ahora daban empleo a tres mecánicos, a un piloto a media jornada, a un equipo de limpieza formado por una persona a tiempo completo y otra a tiempo parcial, y a Karen, la indispensable, que los dominaba a todos con mano de hierro y con una intolerancia total hacia el desorden. La empresa era solvente y los dos vivían bien de ella. Los vuelos diarios no ofrecían las emociones y los escalofríos de los vuelos militares, pero Cam no necesitaba una descarga de adrenalina para disfrutar de la vida. Bret, por supuesto, era de un tipo diferente; los pilotos de combate vivían para el exceso, pero se había acomodado y conseguía sus dosis ocasionales de adrenalina participando en la Patrulla Aérea Civil.

También habían tenido suerte con las instalaciones. El campo de aviación era perfecto para sus necesidades. Estaba cerca, sobre todo, de la sede central del Grupo Wingate, el principal cliente de J&L. El sesenta por ciento de sus vuelos los contrataban con Wingate, en la mayoría de los casos trasladando a altos ejecutivos de un lado a otro, aunque a veces la familia utilizaba J&L para realizar viajes privados. Además de la comodidad, el campo de aviación ofrecía un buen nivel de seguridad y una terminal superior a la media, en la cual J&L tenía una oficina de tres habitaciones. Las relaciones de Bret eran las que los habían llevado al negocio con Wingate y era él quien transportaba habitualmente a los miembros de la familia, mientras que Cam se ocupaba de trasladar a los directivos de la compañía. El acuerdo les venía bien a ambos, porque Bret se llevaba mejor que Cam con la familia. El señor Wingate había sido un buen tipo, pero sus hijos eran unos imbéciles, y la esposa-trofeo que había dejado era tan cálida y amistosa como un glaciar.

Cam bajó del Suburban. Era un hombre alto, de hombros anchos, y el vehículo grande le venía bien, le daba el espacio que necesitaba para la cabeza y las piernas. Cruzó el aparcamiento con paso ágil, sin prisas, llegó a la puerta de acceso restringido que había en un lateral del edificio de la terminal. Entonces deslizó su tarjeta de identidad para abrirla. Un estrecho vestíbulo conducía a su oficina, donde Karen estaba sentada tecleando aplicadamente en su ordenador. En un jarrón sobre su escritorio había flores frescas, cuya fragancia se mezclaba con la del café. Siempre tenía flores, aunque él sospechaba que era ella misma quien se las compraba. Su novio —un luchador profesional, barbudo, vestido de cuero negro y que era motero— no parecía ser del tipo de hombres que compran flores. Cam sabía quc Karcn tcnía veinti muchos años, que le gustaba ponerse mechas negras en su corto pelo pelirrojo y que hacía funcionar la oficina de manera impecable, pero más allá de eso le daba miedo preguntar. Bret, muy al contrario, se había propuesto como objetivo incordiar lo indecible y la molestaba implacablemente.

—Buenos días, rayo de sol —la saludó Cam, porque, qué demonios, él a veces también disfrutaba molestándola.

Ella le lanzó una mirada torva por encima del monitor del ordenador y después volvió a su tarea. Karen estaba tan lejos de sentirse animada por las mañanas como Seattle de Miami. Bret había expresado una vez la teoría de que ella se pasaba la noche ejerciendo de perro guardián en una chatarrería, porque estaba tan malhumorada como uno de ellos y no se volvía algo humana hasta las nueve de la mañana, más o menos. Karen no había respondido nada, pero el correo personal de Bret había desaparecido durante un mes, hasta que éste comprendió y se disculpó, con lo cual su correo empezó a llegar de nuevo, pero se había retrasado cuatro semanas en todas sus cuentas.

Optando por la precaución antes que por el valor, Cam no le dijo nada más. Se sirvió un café y se dirigió a la puerta abierta de la oficina de Bret.

—Has llegado temprano —comentó, apoyando un hombro contra el marco de la puerta.

Bret le lanzó una mirada agria.

—No por gusto.

—¿Quieres decir que Karen te ha llamado y te ha dicho que movieras el culo y vinieras? —Detrás de él, Cam escuchó un sonido que podía ser tanto una risita como un gruñido. Con Karen era difícil distinguir lo uno de lo otro.

—Casi tan malo como eso. Un idiota ha esperado hasta el último momento para reservar un vuelo a las ocho.

—No los llamamos «idiotas» —intervino Karen automáticamente—. Te envié una nota. Los llamamos «clientes».

Bret estaba tomando un sorbo de café cuando ella habló. Su comentario provocó que se atragantara y se riera al mismo tiempo.

—Clientes —repitió—. Ya comprendo. —Señaló la hoja de papel donde había estado garabateando lo que Cam reconoció como un formulario de itinerario—. He llamado a Mike para que coja la vuelta de los Spokane esta tarde, en el Skylane. —Mike Gardiner era su piloto a media jornada—. Eso me deja libre para llevar el Mirage a Los Ángeles si tú quieres ocuparte de la vuelta de Eugene en el Skyhawk, o podemos cambiar, si prefieres hacer la vuelta de Los Ángeles.

El primero que llegaba a la oficina era el que tenía que empezar a hacer el papeleo, lo que era una razón para que Bret rara vez estuviera allí tan temprano. Se había dedicado a adecuar la autonomía de los aviones con la longitud de los vuelos, lo cual era sólo cuestión de sentido común, porque ahorraba tiempo si no tenían que detenerse para repostar. Normalmente, Cam hubiera preferido la vuelta de Los Ángeles, pero ya había hecho un par de vuelos largos esa semana y precisaba un pequeño descanso. También necesitaba unas horas en uno de los Cessnas; volaba tanto en el Lear y en el Piper Mirage que tenía que hacer un esfuerzo para echar horas en los aviones más pequeños.

—No, me parece bien así como está. Necesito las horas. ¿Qué hay para mañana?

—Sólo dos. Mañana es un día de madrugón para mí también; llevo a la señora Wingate a Denver a pasar unas vacaciones, así que volveré vacío a menos que pueda recoger algo. El otro es... —Se detuvo, buscando entre los papeles que tenía sobre el escritorio el contrato que había rellenado Karen.

—Un vuelo de carga a Sacramento —apuntó Karen desde su oficina, sin preocuparse por aparentar que no estaba escuchando la conversación.

—Un vuelo de carga a Sacramento —repitió Bret sonriendo, como si Cam no la hubiera oído perfectamente. De nuevo se oyó el gruñido de la secretaria. Bret garabateó una nota y la deslizó por encima de su escritorio; Cam se acercó para poner un dedo sobre el papel y darle la vuelta.

«Pregúntale si se ha puesto la vacuna contra la rabia», decía la nota.

—Claro —dijo él, y elevó la voz—: Karen, Bret quiere que te pregunte...

—¡Cállate, gilipollas! —Bret se puso en pie de un salto y golpeó a Cam en el hombro para impedirle que terminara la frase. Riéndose, Cam abandonó la habitación para ir a su oficina.

Karen lo volvió a observar con una torva mirada.

—¿Qué quiere Bret que me preguntes? —exigió.

—No te preocupes. No era nada importante —respondió Cam inocentemente.

—Ya, apuesto que no —murmuró ella.

Cuando se estaba sentando, sonó el teléfono, y aunque en principio coger las llamadas era tarea de Karen, como ésta estaba ocupada y él no, apretó el botón de la línea uno y contestó:

—Executive Air Limo.

—Soy Seth Wingate. ¿Tiene mi madrastra reservado un vuelo para mañana?

La voz del hombre era brusca, y a Cam se le erizó de rabia el vello, pero mantuvo un tono neutro:

—Sí, así es.

—¿Adónde?

Cam hubiera querido decirle a aquel gilipollas que el destino de la señora Wingate no le importaba, pero, gilipollas o no, era un Wingate, y seguramente tendría mucho que decir sobre si J&L continuaba o no haciendo negocios con el Grupo Wingate.

—A Denver.

—¿Cuándo vuelve?

—No tengo la fecha exacta delante, pero creo que aproximadamente dentro de dos semanas.

La única respuesta fue el corte de la comunicación, sin un «gracias», «bésame el culo» o algo por el estilo.

—Bastardo —murmuró mientras colgaba el auricular.

—¿Quién?

La voz de Karen flotó a través de la puerta abierta. ¿Había algo que ella no oyera? Era el demonio, el golpeteo de las teclas del ordenador nunca se detenía, nunca dudaba. Aquella mujer era verdaderamente aterradora.

—Seth Wingate —contestó.

—Estoy de acuerdo contigo en eso, jefe. Está vigilando de cerca a la señora Wingate, ¿eh? Me pregunto por qué. Esos dos no se pueden ver.

No le sorprendía eso; la primera señora Wingate, a la que había conocido fugazmente, pero que le gustaba de verdad, había muerto hacía poco más de un año, antes de que el señor Wingate se casara con su secretaria personal, que era más joven que sus dos hijos.

—Quizá va a celebrar una fiesta en casa mientras ella está fuera.

—Eso es infantil.

—Como él.

—Por eso probablemente el señor Wingate, el viejo, la dejó a cargo del dinero.

Sorprendido, Cam se levantó y se acercó a la puerta de su oficina.

—Estás bromeando —dijo a su espalda.

Ella lo miró por encima del hombro; sus dedos todavía volaban sobre las teclas del ordenador.

—¿No lo sabías?

—¿Cómo podría saberlo? —Ninguno de los miembros de la familia ni de los ejecutivos de la compañía hablaba de sus finanzas con él, y tampoco creía que le hicieran confidencias a Karen.

—Yo lo sé —señaló ella.

«Sí, pero tú eres aterradora». Se tragó las palabras para evitar meterse en problemas. Karen tenía su manera particular de averiguar asuntos.

—¿Cómo lo sabes?

—Oigo cosas.

—Si es verdad, no me extraña que no se puedan ver.

—Demonios, si él estuviera en el pellejo de Seth Wingate, probablemente también estaría actuando como un bastardo con su madrastra.

—Es verdad, sí. El viejo señor Wingate era un tipo inteligente. Piénsalo. ¿Tú dejarías a Seth o a Tamzin a cargo de miles de millones de dólares?

Cam tuvo que pensarlo quizá durante una milésima de segundo.

—Ni en sueños.

—Bien, él tampoco. Y ella me gusta. Es inteligente.

—Espero que sea lo suficientemente inteligente como para haber cambiado las cerraduras de las puertas cuando murió el señor Wingate —dijo Cam—. Y para protegerse las espaldas, porque no confiaría en que Seth Wingate no le clavara un cuchillo, si tuviera oportunidad de hacerlo.

Capítulo 3

El teléfono despertó a Cam con un sobresalto la mañana siguiente y éste lo buscó a tientas. Quizá se trataba de una llamada equivocada; si no habría los ojos, podría volver a quedarse dormido hasta que sonara la alarma de su reloj de pulsera. Por experiencia sabía que en cuanto abriera los ojos era mejor levantarse, porque no iba a volver a conciliar el sueño.

—¿Sí?

—Jefe, ponte los pantalones y ven.

Karen. Mierda. Abrió los ojos de golpe, poniéndose en pie de un salto, y una inyección de adrenalina le limpió el cerebro de telarañas.

—¿Qué pasa?

—El idiota de tu socio acaba de aparecer con los ojos hinchados y semicerrados, casi sin respiración y asegurando que es capaz de volar a Denver hoy.

De fondo, Cam oyó una voz espesa y áspera que no se parecía a la de Bret y que decía algo ininteligible.

—¿Ése es Bret?

—Sí. Quiere saber por qué te llamo a ti «jefe» y a él «idiota». Porque algunas cosas simplemente son evidentes. Por eso —dijo ella con aspereza, claramente contestando a Bret. Dirigiendo su atención a Cam, continuó—: He llamado a Mike, pero no puede llegar a tiempo para encargarse del vuelo a Denver, así que le voy a asignar el viaje a Sacramento y tú tienes que mover el culo.

—Voy de camino —afirmó él, cortando la comunicación y saliendo a toda velocidad hacia el baño. Se duchó y se afeitó en cuatro minutos y veintitrés segundos, se puso uno de sus trajes negros, cogió su gorra y el maletín que siempre tenía preparado, porque a menudo surgían imprevistos como éste, y en seis minutos se encontraba en la puerta. Retrocedió para apagar la cafetera, que estaba programada para empezar a funcionar en una hora aproximadamente, y entonces, como no sabía si tendría tiempo para pararse a desayunar, cogió unas barritas energéticas de cereales de la alacena y se las guardó en el bolsillo.

Mierda, mierda, mierda. Maldecía en voz baja mientras zigzagueaba entre el tráfico de la mañana. Su pasajera sería la gélida viuda Wingate. Bret se llevaba bien con ella, pero Bret se llevaba bien con casi todo el mundo; las pocas veces que Cam había tenido la mala suerte de estar cerca de ella, había actuado como si se hubiera tragado el palo de una escoba y él fuera un mosquito en el parabrisas de su vida. Él había tratado con personas de esa clase, en la vida militar; esa actitud no le iba entonces y ahora con toda seguridad tampoco. Mantendría los labios cerrados a toda costa, pero si ella le decía alguna impertinencia, le daría el vuelo más afilado de toda su vida, haciéndole vomitar las tripas antes de llegar a Denver.

Recorrió el trayecto en un tiempo récord. Vivía en las afueras de Seattle, e iba alejándose de la ciudad en vez de acercarse, así que la carretera estaba relativamente despejada mientras que en el otro sentido había una cinta compacta de vehículos. Aparcó en su plaza sólo veinte minutos después de colgar el teléfono.

—Eso es velocidad —observó Karen cuando entró en la oficina con el maletín en la mano—. Tengo más malas noticias.

—Suéltalas. —Dejó el maletín para servirse una taza de café.

—El Mirage está en el taller y Dennis dice que no estará listo a tiempo para el vuelo.

Cam tomó un sorbo de café en silencio mientras pensaba en la logística. El Mirage podría haber llegado a Denver sin repostar. El Lear también, obviamente, pero lo usaban para grupos, no para una única persona, y aunque podía pilotar el Lear él solo, prefería llevar un copiloto. Ninguno de los Cessnas poseía suficiente autonomía, pero el Skylane podía llegar a una altura máxima de seis mil metros aproximadamente, mientras que el tope del Skyhawk era de cuatro mil quinientos. Algunas cumbres de las montañas de Colorado alcanzaban los cinco mil, así que la elección del avión no era como para matarse a pensar.

—El Skylane —dijo—. Repostaré combustible en Salt Lake City.

—Eso pensaba —dijo Bret, saliendo de su oficina. Su voz era tan áspera que sonaba como una rana con congestión nasal—. He dicho a la tripulación que lo preparara.

Cam levantó la vista. Karen no había exagerado nada el estado de Bret; más bien se había quedado corta. Sus ojos estaban ribeteados de rojo y tan hinchados que sólo se veía una estrecha rendija de iris azul. Tenía la cara cubierta de manchas y respiraba por la boca. En resumen, tenía un aspecto lamentable y su expresión de abatimiento era también indicadora de cómo se sentía. Fuese lo que fuese que tuviera, Cam no quería pillarlo.

—No te acerques —le advirtió Cam, extendiendo la mano como un guardia de tráfico.

—Ya lo he rociado con Lysol —dijo Karen, mirando ferozmente a Bret desde el otro lado de la oficina—. Una persona que tuviera un mínimo de sentido común se habría quedado en casa y habría llamado, en vez de venir al trabajo a propagar sus virus.

—Puedo volar —dijo él con voz ronca—. Tú eres la que insistes en que no puedo.

—Estoy segura de que la señora Wingate estará encantada de pasar cinco horas encerrada en un avioncito contigo... —dijo ella con sarcasmo—. Yo no quiero pasar cinco minutos contigo en la misma oficina. Vete. A casa.

—Apoyo esa moción —gruñó Cam—. Vete a casa.

—Ya he tomado un analgésico para la congestión —protestó Bret—. Pero todavía no ha hecho efecto.

—Entonces no lo va a hacer en el tiempo que te falta para volar.

—A ti no te gusta llevar a la familia.

«Especialmente a la señora Wingate», pensó Cam, pero dijo en voz alta:

—No es tan importante.

—Yo le gusto más.

Ahora Bret hablaba como un niño ofendido, pero, por otra parte, siempre hacía pucheros cuando algo interfería en su tiempo de vuelo.

—Puedo aguantarla durante cinco horas —dijo Cam implacable. Si él podía, ella definitivamente también—. Tú estás enfermo. Fin de la discusión.

—Te he sacado las predicciones meteorológicas —anunció Karen—. Están en tu ordenador.

—Gracias. —Fue a su oficina, se sentó a la mesa y empezó a leer. Bret se quedó de pie en la puerta, con aspecto de no saber qué hacer—. Por el amor de Dios —dijo Cam—, vete al médico. Parece como si te hubieran echado gas lacrimógeno. Debes de tener una reacción alérgica a algo.

—Está bien. —Estornudó violentamente y después tuvo un ataque de tos.

Desde donde Cam estaba sentado no podía ver a Karen, pero oyó un zumbido; inmediatamente Bret se quedó envuelto en neblina.

—Ah, por el amor de Dios —rezongó el enfermo, manoteando para apartar la neblina—. No puede ser bueno respirar esto.

Ella se limitó a seguir fumigando.

—Me rindo —murmuró él después de manotear inútilmente durante unos segundos, porque perdía terreno contra la nube—. Me voy, me voy. Pero si tengo un fallo respiratorio porque me has rociado con Lysol, ¡estás despedida!

—Si estás muerto no puedes despedirme. —Roció por última vez hacia su espalda, mientras él salía de la oficina dando un portazo.

Después de un momento de silencio, Cam dijo:

—Echa un poco más. Fumiga todo lo que ha tocado.

—Necesito un bote nuevo. Éste está casi vacío.

—Cuando vuelva te compraré una caja entera.

—Por ahora fumigaré los pomos de las puertas que ha tocado, pero, por si acaso, mantente fuera de su oficina.

—¿Y el baño?

—No pienso poner un pie en el servicio de hombres. Creía que erais seres humanos, pero una vez entré en un servicio y casi me desmayo de la impresión. Entrar en otro probablemente me originaría episodios psicóticos. Si quieres tener el baño desinfectado, tendrás que hacerlo tú mismo.

Por un momento él pensó en el insignificante detalle de que era ella la que trabajaba para ellos, pero luego consideró también la posibilidad de que la oficina se convirtiera en el caos más absoluto si Karen no estaba allí. En el caos o en un infierno. Y estaba seguro de ello. Cuando sopesó esos dos puntos de vista, concluyó que fumigar el baño no entraba en la lista de responsabilidades de Karen.

—Ahora mismo no tengo tiempo.

—El baño no va a marcharse a ninguna parte, y yo uso el de señoras.

Lo que significaba que no le importaba si el de los hombres quedaba o no desinfectado.

Miró a través de la puerta abierta, y se dio cuenta en ese momento de cuántas conversaciones entre ellos tenían lugar con Karen en la oficina de fuera y él en la suya, y la mayoría de las veces él no podía verla.

—Voy a instalar un gran espejo redondo —dijo—. Justo junto a la puerta de entrada.

—¿Para qué?

—Para verte cuando hablo contigo.

—¿Para qué quieres hacer eso?

—Para saber si estás riéndote.

***

Cam depositó su maletín en el compartimento del equipaje, después inspeccionó el Skylane, dando una vuelta en torno a él, buscando algo que estuviera suelto o deteriorado. Tiró, empujó, pateó. Subió a la cabina del piloto y repasó los procedimientos previos al vuelo, tachando cada uno en una lista en su sujetapapeles. Se sabía de memoria este procedimiento, podría hacerlo dormido, pero nunca confiaba exclusivamente en su memoria; un momento de distracción y podría pasar por alto algo crucial. Seguía la lista para saber que lo controlaba todo. A tres mil metros de altura no era precisamente el momento adecuado para descubrir que algo no funcionaba.

Al mirar el reloj vio que era casi la hora de la llegada de la señora Wingate. Puso en marcha el motor, y escuchó su sonido mientras cogía fuerza y se regularizaba. Revisó el instrumental en los monitores, inspeccionó una vez más que todos los datos fueran correctos; después examinó el tráfico de la zona antes de dirigirse lentamente hacia la cadena de entrada frente al edificio de la terminal, donde recogería a su pasajera. Con el rabillo del ojo vio un atisbo de movimiento en dirección al aparcamiento y echó una mirada lo suficientemente larga hacia allí para verificar que un Land Rover verde oscuro estaba aparcando en el sitio vacío más cercano.

Verla en el Land Rover siempre le sorprendía. La señora Wingate no parecía del tipo de mujeres que conducen un vehículo deportivo; si estuviera viéndola por primera vez, habría pensado que preferiría un modelo grande de lujo; no uno deportivo, sino uno de esos con chófer mientras ella iba en el asiento de atrás. Pero, al contrario, siempre conducía ella misma, poniendo la tracción a las cuatro ruedas, como si pretendiera ir campo a través en cualquier momento.

El tiempo se le había echado encima. Normalmente Bret estaría ya en la entrada y la habría ayudado a sacar su equipaje para colocarlo en el interior del avión. Cam vio cómo se quedaba de pie durante un momento, mirando al Skylane acercarse; después cerró la puerta y se dirigió a la parte trasera del vehículo para empezar a sacar su equipaje. Él todavía estaba a unos buenos sesenta metros de ella; le resultaría imposible llegar allí a tiempo.

Estupendo. Probablemente ella comenzaría el vuelo ya enfadada, porque nadie había estado allí para ayudarla. Por otra parte, al menos no se había quedado esperando con gesto altivo hasta que alguien apareciera.

Cuando estuvo en posición, apagó el motor y saltó fuera. Según se volvía hacia la puerta la vio salir del edificio de la terminal, tirando de una maleta con una mano mientras llevaba un gran bolso en la otra. Karen la acompañaba arrastrando otras dos maletas.

La señora Wingate lo vio acercarse y se volvió hacia Karen.

—Creía que Bret iba a ser mi piloto —dijo con su tono frío y neutro.

—Está enfermo —explicó Karen—. Créame, no le gustaría a usted tenerlo cerca.

La señora Wingate no se encogió de hombros ni dejó que en su expresión se reflejara ni un atisbo de lo que estaba pensando.

—Claro que no —dijo brevemente, con los ojos completamente ocultos por las oscuras gafas de sol que llevaba puestas.

—Señora Wingate —saludó Cam cuando llegó junto a ellas.

—Capitán Justice. —Cruzó la puerta en cuanto él la abrió.

—Permítame llevar sus maletas. —En silencio ella soltó la maleta antes de que la mano de él se acercara siquiera al asa. Siguiendo su ejemplo, él no dijo palabra mientras colocaba el equipaje en el compartimento, preguntándose si habría dejado algo de ropa en el armario. Las maletas eran tan pesadas que no habría podido llevarlas en una compañía comercial sin pagar una suma considerable por exceso de equipaje. Cuando llevaba un solo pasajero, a menudo prefería que se sentara a su lado y no en uno de los cuatro asientos para pasajeros que estaban detrás de la cabina del piloto, en parte porque era más fácil hablar con él con los auriculares del copiloto puestos. Ayudó a la señora Wingate a montarse en el avión tendiéndole la mano mientras subía la escalerilla y después ayudándola a pasar al interior; ella se sentó a su lado, dejando patente que no quería hablar con él.

—¿Le importaría sentarse en la otra plaza, por favor? —indicó él con un tono de voz que sugería más una orden que una petición, a pesar del «por favor» que había añadido.

Ella no se movió.

—¿Por qué?

Llevaba fuera de las Fuerzas Aéreas casi siete años, pero las costumbres militares estaban tan profundamente arraigadas que a Cam poco le faltó para gritarle que moviera el culo de inmediato, lo cual probablemente habría provocado la cancelación de su contrato en el plazo de una hora. Tuvo que apretar los dientes, pero se las arregló para decir en un tono relativamente neutro:

—Nuestro peso estará mejor equilibrado si se sienta en el otro lado.

Silenciosamente ella se pasó al asiento derecho y se abrochó el cinturón. Abrió el bolso, sacó un grueso libro encuadernado en piel y se concentró de inmediato en él, aunque sus gafas eran tan oscuras que él dudaba que pudiera leer una sola palabra. Aun así recibió el mensaje, alto y claro: «No me hables». Bien. No quería hablar con ella más de lo que ella quería hablar con él.

Se subió a su puesto, cerró la puerta y se puso el auricular. Karen los despidió con la mano antes de volver al interior del edificio. Después de arrancar el motor y revisar automáticamente que todas las lecturas de datos fueran normales, se deslizó desde la rampa hasta la pista. Ni una sola vez, incluso durante el despegue, levantó ella la vista del libro.

Sí, pensó él irónicamente, iban a ser cinco horas muy largas.

Capítulo 4

Estupendo», pensó Bailey en cuanto vio al capitán Justice saltar de la cabina del piloto del Cessna y caminar hacia la puerta. Era imposible confundir su figura, más alta, más esbelta, de hombros anchos, con la de Bret Larsen, el piloto que habitualmente la llevaba en sus viajes. Bret era alegre y sociable, mientras que el capitán Justice era sombrío y mostraba una desaprobación silenciosa. Desde que se había casado con Jim Wingate, se daba cuenta de forma inmediata de cuándo esa actitud iba dirigida contra ella, y aunque nunca se definiría como susceptible, tenía que reconocer que todavía la cabreaba.

Estaba harta de que la consideraran una caza-fortunas de corazón frío que se había aprovechado de un hombre enfermo. Toda aquella situación había sido idea de Jim, no suya. Sí, ella lo hacía por el dinero, pero, maldita sea, se ganaba el sueldo que le pagaban cada mes. Las herencias de Seth y Tamzin no sólo estaban seguras bajo su dirección, sino que aumentaban a buen ritmo. No era un genio de las finanzas en modo alguno, pero tenía intuición a la hora de invertir y conocía perfectamente los mercados. Jim siempre la había considerado demasiado cautelosa en sus inversiones personales, pero eso era exactamente lo que él quería para gestionar los fideicomisos.

Podía poner un anuncio en el periódico explicando todo eso, pero ¿por qué tenía que justificarse ante la gente? Que se fueran al diablo.

Ésa era una filosofía fácil de adoptar con los antiguos amigos de Jim, que ahora eran demasiado importantes como para codearse con ella; es más, se sentía feliz de no tener que pasar tiempo con ellos. De todos modos, nunca los había considerado sus amigos. A pesar de ello, tenía que pasar varias horas encerrada en un pequeño avión con el Señor Amargado, a menos que decidiera anular el vuelo y esperar hasta que Bret estuviera bien de nuevo, o comprar un billete en un vuelo comercial a Denver.

La idea era tentadora. Pero tal vez no pudiera salir en el siguiente vuelo, suponiendo que lograra llegar al aeropuerto a tiempo para alcanzarlo, y su hermano y su cuñada ya iban de camino hacia Denver desde Maine. Logan había alquilado un cuatro por cuatro y lo tenía preparado para esperarla cuando aterrizara su avión. Hacia las ocho de la noche tenían que estar en el puesto avanzado que habían elegido para disfrutar de dos semanas de rafting. Todo ello le sonaba a gloria a Bailey: dos semanas sin móvil, sin miradas frías o desaprobadoras y, sobre todo, sin Seth ni Tamzin.

El rafting era la debilidad de Logan; él y Peaches, su esposa, se habían conocido cuando lo practicaban. Bailey lo había probado en sus años de universidad y le había gustado, así que le había parecido una forma ideal de compartir algunos días con ellos. Su familia estaba dispersa, nunca habían sido aficionados a las reuniones, de modo que no los veía a menudo. Su padre vivía en Ohio con su segunda esposa; su madre, cuyo tercer esposo había muerto hacía casi cuatro años, vivía en Florida con la hermana de su segundo ex esposo, que también era viuda. La hermana mayor de Bailey, Kennedy, estaba establecida en Nuevo México. Bailey tenía más relación con Logan, que era dos años más joven, pero no lo había visto desde el funeral de Jim; él y Peaches habían sido los únicos miembros de su familia que habían asistido. Peaches era un encanto y la favorita de Bailey entre todos sus parientes políticos.

Aquel viaje había sido idea de su cuñada y durante varios meses habían intercambiado correos electrónicos para preparar los detalles. Habían decidido alquilar el material más pesado, como las tiendas, los hornillos y las lámparas que necesitarían para acampar durante dos semanas cerca del punto de partida, y la comida y otras cosas esenciales —como papel higiénico— las comprarían en Denver; pero, aun así, las maletas de Bailey estaban atiborradas de trastos que podrían necesitar.

Su limitada experiencia en la práctica del rafting le había enseñado que era mejor llevar algo inútil que necesitarlo y no tenerlo. En la segunda de sus excursiones anteriores le había llegado el periodo con unos días de anticipación y la había pillado totalmente desprevenida. Lo que debía haber sido divertido se había convertido en un auténtico calvario, porque había tenido que usar sus calcetines de reserva como compresas y se había pasado con los pies fríos y húmedos casi todo el viaje. No resultó precisamente divertido. Esta vez había examinado por anticipado con detenimiento catálogos por correo dedicados a viajes, y había pedido todo lo que podía imaginar que usaría, desde un paquete de cepillos de dientes desechables hasta cartas de póquer a prueba de agua o una linterna para leer.

Logan le tomaría el pelo por haber llevado demasiadas cosas, pero ella se reiría la última si resultaba que él necesitaba algo de su equipo. Incluso tenía un rollo pequeño de cinta aislante por si su tienda tenía goteras, lo que también había sucedido en su último y deprimente viaje. Le gustaba el rafting, y cuando estaba en la lancha sentirse mojada y fría era parte de la diversión, pero cuando saliera de ella quería todas las comodidades posibles. Bien, seguramente se estaba comportando como una niña, pero estaba segura de que Peaches también preferiría las cremas corporales de aloe a los placeres de lavarse con un cubo de agua de río y una pastilla de jabón.

Estaba tan entusiasmada con el viaje que no podía soportar la idea de un retraso, aunque llegar a tiempo significara tener que aguantar la compañía del capitán Justice. ¡Por el amor de Dios, sonaba como un personaje de cómic!

Había metido sus tres maletas en el compartimento del equipaje sin un gruñido, pero aunque su expresión parecía tallada en piedra, ella sabía lo que estaba pensando: que se llevaba todo el armario. Si fuera humano, al menos habría mostrado un gesto de incredulidad, o le habría preguntado si llevaba piedras; Bret habría gruñido y habría actuado como si las maletas pesaran todavía más, soltando un chiste. Pero el Señor Cara de Piedra ni hablar; ella nunca lo había visto sonreír.

Cuando la ayudó a subir al avión, el firme apretón de su mano le resultó tan inesperado que casi vaciló. Cayó en la cuenta de que Bret no la ayudaba; a pesar de su cordial camaradería, era muy cuidadoso de no invadir los límites personales de ella, que, había que admitirlo, se habían ampliado mucho desde su matrimonio con Jim. Ahora simplemente no confiaba en la mayoría de las personas, lo que la había convertido en rígida e inalcanzable. El capitán Justice o bien no se había dado cuenta de sus señales de «no tocar» o sencillamente no le importaban. Su apretón era fuerte, sus manos más duras y ásperas que las de los ejecutivos de negocios y agentes de bolsa con los cuales ella trataba habitualmente. La sorpresa cuando sintió el apretón, el calor de la mano de él, realmente hizo que su corazón se estremeciera.

Estaba tan consternada que estuvo a punto de no obedecer su orden de cambiarse al otro asiento. En cuanto se abrochó el cinturón en la plaza que él le había indicado, sacó su libro y aparentó concentrarse en la lectura, pero su mente iba a cien por hora.

¿Estaba tan desesperada que respondía así de fácilmente al sencillo roce de la mano de un hombre? Y no de cualquier hombre, sino de uno que claramente le desagradaba. De acuerdo, su vida amorosa era inexistente en la actualidad, y así continuaría mientras tuviera que lidiar con los hijos de Jim, porque se negaba a darles municiones para atacarla y convertirse en un blanco fácil. Sí, tenía que reconocer que a veces se ponía increíblemente cachonda, pero esperaba tener el suficiente orgullo para no revelar semejante aspecto a alguien como Justice. No permitiría que él pensara de ella que tenía tan baja opinión de sí misma que cualquier hombre le valdría.

Lo peor era que físicamente él era un hombre atractivo, no podría decirse que fuera apuesto ni un chico guapo, porque sus rasgos eran demasiado duros, pero definitivamente... resultaba tremendamente atractivo.

Había algo irresistible en los ojos grises, y los suyos eran de un tono más claro de lo habitual, con un ligero matiz azulado. La expresión de esos ojos era normalmente fría y lejana, como si careciera de sentimientos.

Él y Bret eran evidentemente buenos amigos, aunque ella no podía imaginar que tuviera una verdadera amistad con nadie. Cuando Bret hablaba de él, sin embargo, sonaba como si realmente estimara y respetara a Justice. «Un piloto de pilotos» era como Bret lo había descrito una vez. «Completamente frío lo juro: no hay un solo nervio en su cuerpo. Podría mantener firme un KG-10 en un huracán y no sudar».

Bailey había sido lo suficientemente curiosa para entrar después en Internet y averiguar qué era un KG-10.

Era fácil ahora imaginarlo en la cabina de la gran nave nodriza, manteniéndola firme mientras un avión tras otro subían hacia su cola a repostar combustible. No había leído cómo funcionaba eso exactamente, pero no le parecía que fuese una tarea fácil, y mucho menos a cientos de kilómetros por hora, azotado por fuertes vientos.

Emergió de sus pensamientos para darse cuenta de que había dejado de mirar su libro y que ahora sus ojos se dirigían a las manos de él, tan seguras y firmes sobre los mandos del avión. Mortificada, volvió a bajar la mirada de nuevo. Gracias a Dios, llevaba puestas las gafas de sol, así que él no podía darse cuenta de que lo había estado mirando, aunque probablemente se preguntaría cómo podía leer con aquellos cristales oscuros. No podía, pero él no tenía modo de saberlo.

Se sentía cohibida e incómoda, y no le gustaba, pues aquél no era en absoluto su estilo. Tenía que relajarse y pensar en otras cosas. Si no llevara las gafas puestas, podría leer de verdad, y el libro era bueno; pero cuando hizo ademán de quitárselas, cambió de opinión, deslizándolas de nuevo por su nariz. Eran un buen escudo y sentía que lo necesitaba.

Bueno, nada de leer. ¿Una siesta quizá?

Era demasiado pronto, media mañana. Podía fingir que dormía, lo mismo que había aparentado estar leyendo, aunque eso no cambiaría sus pensamientos.

Si hubiera traído su portátil podría concentrarse en algún juego, pero lo había dejado en casa. No tendría acceso a Internet ni a la red eléctrica durante las dos próximas semanas, así que una vez que la batería de su ordenador se hubiera descargado, habría sido un peso inútil que tendría que arrastrar, a menos que también se llevara baterías de repuesto, que no tenía, y ya cargaba con demasiado equipaje. Se suponía que el guía tenía vehículos que llevarían su equipo de camping y sus objetos personales de un lugar a otro, pero había tres botes, cada uno con seis plazas, lo que significaba que había que trasladar el equipo y las pertenencias de dieciocho personas. Esperaba que el guía tuviera vehículos lo suficientemente grandes.

La perspectiva de las próximas dos semanas la llenaba de emoción. El rafting sería divertido, emocionante, e incluso algunas veces francamente peligroso, pero durante dos semanas no tendría que medir cada palabra que dijera y no estaría rodeada de personas que la despreciaban abiertamente o la miraban con recelo. Podría relajarse, reírse y divertirse, ser ella misma. Durante dos semanas era libre.

Miró un rato por la ventanilla, observando la vasta extensión de Washington debajo de ellos. Las líneas comerciales eran rápidas, pero prefería volar en aviones más pequeños porque podía ver mucho mejor a alturas más bajas. El sordo zumbido del motor era hipnótico y, de hecho, dormitó un rato, con la cabeza apoyada contra el respaldo de cuero del asiento. El sol de la mañana daba en el parabrisas, calentando el interior del avión, hasta que empezó a sentir demasiado calor y se quitó la ligera chaqueta de seda. No se vestiría de seda durante dos semanas, pensó soñolienta; el saco de dormir de seda que había traído, para el caso de que con el otro más grueso tuviera demasiado calor no contaba.

Cuando miró el reloj vio con sorpresa que llevaban en el aire casi hora y media; el tiempo parecía que había pasado lentamente, pero quizá había dormitado más de lo que creía.

—¿Dónde estamos? —preguntó levantando la voz para que él pudiera oírla.

Cameron levantó un auricular y la miró por encima del hombro.

—Dígame —contestó; su expresión era fría, pero su tono fue educado.

—¿Dónde estamos? —repitió ella.

—Llegando a Idaho.

Ella miró a través del parabrisas y vio enormes montañas con las cumbres nevadas cerniéndose delante de ellos. Su corazón dio un brinco y no pudo reprimir un grito ahogado; parecía que estaban a punto de chocar contra aquellos picos a menos que aquel avioncito pudiera elevarse, y elevarse mucho.

El piloto volvió a colocarse el auricular, y a ella le pareció vislumbrar un gesto de satisfacción en su boca. Desde su ángulo de visión no podía asegurarlo, pero si la había oído gritar no le cabía la menor duda de que lo encontraba divertido. «Gilipollas», pensó con irritación.

Se volvió a acomodar en su asiento y miró las montañas. Todavía estaban a gran distancia, pero su tamaño era tan imponente que parecía que estaban agazapadas justamente frente a ella, como enormes bestias prehistóricas, esperando a que se acercara para levantarse y atacar.

¿Qué pasaba con las montañas? Siempre habían espoleado su imaginación. En realidad no eran más que enormes pliegues de tierra. Desde el aire le recordaban una hoja de papel que hubiera sido arrugada y después estirada a medias. Excepto si se trataba de volcanes, las montañas de hecho nunca hacían nada. Entonces, ¿por qué le parecían siempre tan vivas? No se refería a «vivas» en el sentido de que tuvieran árboles o animales de todos los tamaños merodeando en ellas, sino vivas en el sentido de que ellas mismas parecían vivir y respirar, tener personalidad propia, comunicarse unas con otras. Cuando era pequeña pensaba que las colinas eran hijas de las montañas y que cuando crecieran se convertirían en montañas; entonces a medida que fueran aumentando de tamaño, todas las casas construidas sobre ellas resbalarían. Recordaba que se sentía aterrorizada cada vez que iban de visita a una casa que estaba situada sobre el más pequeño desnivel, pues pensaba que en cualquier momento el suelo empezaría a levantarse bajo sus pies y comenzarían a deslizarse hacia la muerte.

Al crecer, sus conocimientos también se ampliaron, pero nunca olvidó completamente la sensación de que las montañas eran seres vivos.

Frente a ellos se estaban formando nubes grises que avanzaban y chocaban contra las cumbres a medida que una tormenta se preparaba para estallar. Las ancianas estaban vistiéndose de gala, pensó ella; las nubes rodeaban los hombros de las montañas como sucias estolas, con las cumbres nevadas destacándose arriba y las amplias bases verdes en la parte inferior.

Cuando se aproximaron más a las montañas, Justice empezó a ascender. El sonido del motor cambió cuando el aire se volvió menos denso. Los jirones de nubes se enroscaron en torno a ellos, y después se dispersaron; el aparato dio unos cuantos botes en el aire que la zarandearon.

Inclinándose hacia delante, trató de ver el altímetro, pero tropezaron con otra turbulencia y no pudo leer los números con claridad.

—¿A qué altitud estamos? —preguntó en voz alta.

—A cuatro mil quinientos metros —dijo él sin quitar las manos de los controles ni mirarla—. Estoy subiendo a cinco mil trescientos.

El viento se volvió más suave cuando superaron la zona térmica de turbulencias. Ella miró hacia abajo, haciendo la operación mentalmente. Estaban a más de cuatro kilómetros de altura. El *Titanic* se había hundido a una profundidad parecida en el océano, casi a tres kilómetros y medio. Era una gran profundidad, pensó imaginándose el brillante transatlántico con las luces apagadas deslizándose hacia abajo, destrozado y oscuro, sin vida. Tembló repentinamente a causa del frío, y alargó la mano para coger la chaqueta. Pero se detuvo antes de ponérsela al ver la primera ondulación de tierra gigante deslizarse debajo de ellos.

El motor tosió.

Sintió un vuelco en el estómago, como si estuviera en una montaña rusa. De repente el corazón le estaba golpeando con fuerza en el pecho. Se inclinó de nuevo hacia delante.

—¿Qué ha sido eso? —Su tono era un poco tenso, con una nota de alarma.

Él no contestó. Su postura había cambiado en una milésima de segundo, de relajada a completamente alerta. Eso la asustó más que la ligera interrupción en el monótono zumbido del motor. Se agarró al borde del asiento, clavando las uñas en el cuero.

—¿Algo va mal?

—Todas las lecturas son normales —respondió él brevemente.

—Entonces, ¿qué...?

—No lo sé. Estoy descendiendo un poco.

Un poco estaba bien, pensó ella sin poder reaccionar, mirando fijamente las montañas enormes y afiladas, que de repente parecían estar demasiado cerca de ellos y que se aproximaban cada vez más. No podía bajar mucho o chocaría contra las cumbres. Pero el motor parecía haberse suavizado; si ese pequeño hipo hubiera sido síntoma de algo grave, ¿no se habría repetido?

El motor tosió de nuevo, tan fuerte que el avión se estremeció. Bailey estaba petrificada, mirando la neblina en las hélices, escuchando el motor mientras deseaba que el sonido se normalizara de nuevo. «Sigue funcionando, sigue funcionando —suplicaba para sus adentros—. Sigue funcionando». Se imaginaba el sonido uniforme, la hélice dando vueltas tan rápido que no pudiera verla. En su mente el avión se elevaba por encima de las montañas, si se concentraba con la suficiente energía ocurriría de verdad...

El motor petardeó durante unos segundos... y se paró.

El silencio fue repentino y absoluto. Con una muda emoción vio cómo el movimiento de la hélice se hacía más lento y las aspas se volvían visibles con toda claridad. Y entonces... se detuvieron.

Capítulo 5

¡Mierda!

El capitán Justice escupió la palabra entre dientes; movió las manos rápidamente mientras trataba de volver a arrancar el motor, de mantener el morro del aparato hacia arriba. Estaban tan cerca de las montañas que si el avión se inclinaba hacia abajo chocarían directamente contra ellas. El paisaje a sus pies presentaba un contraste duro e inhóspito: peñascos y pedruscos cubiertos de nieve, una nieve tan blanca que era casi azul, las sombras tan oscuras que eran negras. Las laderas eran tan pronunciadas y dentadas que caían en ángulos agudos, casi verticales. No había ningún lugar donde aterrizar, ningún terreno ni remotamente plano.

Bailey no se movía, no respiraba. No podía. Una horrible parálisis de absoluto terror e impotencia atenazaba su cuerpo, su voz. No había nada que pudiera hacer para ayudar, nada que pudiera hacer para cambiar lo que se avecinaba. No era capaz siquiera de gritar una protesta; todo lo que podía hacer era mirar y esperar la muerte.

Iban a morir; no veía salida. En unos minutos, quizá incluso en unos segundos, se estrellarían contra la cima rocosa y cubierta de nieve de aquella montaña. De momento, durante un precioso instante congelado, parecieron flotar en el aire, como si el avión no se hubiera rendido a las leyes de la gravedad, o las montañas estuvieran jugando al ratón y al gato con ellos, dándoles una esperanza débil, irracional, antes de arrebatársela.

—*Mayday*, *mayday*, *mayday!*

Oyó vagamente a Justice gritando en la radio la señal de socorro, la denominación de su avión y su posición; después soltó una horrible maldición y se quedó callado mientras luchaba contra lo inevitable. El avión descendió bruscamente, un movimiento que le hizo saltar el estómago a la garganta, y ella cerró los ojos para no ver los picos rocosos acercándose apresuradamente a ellos. Entonces el ala izquierda se elevó mientras la derecha caía y las dos cayeron hacia la derecha, una maniobra que le causó náuseas y le hizo tragar saliva convulsivamente. Unos segundos después, se elevó el ala derecha y durante un momento breve —muy breve— estuvieron nivelados. Entonces cayó el lado izquierdo y se balancearon hacia la izquierda.

Ella abrió los ojos. Durante un momento no pudo fijar la vista en nada; su visión se volvió estrecha, borrosa, y le dolió el pecho. Se dio cuenta de que estaba conteniendo el aliento y exhaló con esfuerzo, después tragó oxígeno. Otra respiración, y su visión se aclaró un poco, lo suficiente para permitirle verlo a él. Era todo lo que podía ver, como si su imagen estuviera aumentada y el resto permaneciera sumergido en la niebla. Podía distinguir su mandíbula recta, los músculos apretados en tensión, la capa de sudor, incluso la curva de sus pestañas y la leve sombra de sus patillas recién afeitadas.

Por su mente cruzó un pensamiento angustiado: ¡él era la última persona que vería! Tomó otra bocanada de aire y la inhaló profundamente. Moriría con él, con aquel hombre al que ni siquiera le caía bien; uno debería morir por lo menos cerca de alguien a quien le importara. Sin embargo, lo mismo podría decir él. Sintió una profunda tristeza por ambos. Él estaba..., él estaba... Su pensamiento se dividió, captando su atención. ¿Qué demonios estaba haciendo? Comprendió con toda lucidez e incredulidad. Estaba pilotando el avión, con el timón y con una habilidad y determinación implacables, y también con todas las oraciones que sabía, probablementes. El motor estaba apagado, pero él todavía estaba haciendo volar el maldito avión, manteniéndolo de alguna forma bajo un control rudimentario.

—Agárrese —ordenó él ásperamente—. Estoy tratando de descender a la línea de árboles, pero no sé si lo conseguiremos.

Bailey sentía el cerebro como una losa, casi incapaz de moverse, de funcionar. ¿La línea de árboles? ¿Qué importaba eso? Pero sacudió la niebla de su mente inducida por el terror, lo suficiente como para ajustar más su cinturón de seguridad, apoyar con firmeza la cabeza contra el respaldo de cuero y agarrarse fuertemente a la parte inferior del asiento.

Cerró los ojos con fuerza para apartar la vista de la muerte que se acercaba, pero notaba cómo el avión se inclinaba primero a un lado, después al otro. «Térmicas», pensó; era la única palabra capaz de abrirse paso en su cabeza. Él estaba utilizando el movimiento de las corrientes de aire para elevarlos un poco, para ganar segundos preciosos. El avión era demasiado pesado para funcionar como un planeador, pero las capas de aire estaban haciendo algo más lento el descenso; si eso iba a ser suficiente para marcar una diferencia, no lo sabía, pero el capitán Justice debía tener algo en mente, ¿verdad? ¿Por qué otro motivo estaría luchando con tanto ahínco para controlar el avión? Si el resultado final era el mismo, entonces, ¿para qué molestarse?

Con una sensación de fatalidad, ella esperó el aplastante impacto, la última fracción de segundo de consciencia. Esperaba que morir no fuera muy doloroso. Esperaba que encontraran rápidamente sus cuerpos, de forma que su familia no tuviera que soportar una larga búsqueda. Deseaba... deseaba muchas cosas, ninguna de las cuales sucedería en aquel instante.

Le parecía que había transcurrido una hora desde que el motor se había detenido, aunque lógicamente sabía que sólo habían pasado minutos... No, ni siquiera minutos. Menos de un minuto seguramente, aunque ese minuto parecía interminable.

¿Por qué el maldito avión tardaba tanto tiempo en estrellarse?

Él. Justice. Él era la razón de que aquello se estuviera alargando. Todavía estaba luchando contra la ley de la gravedad, rehusando rendirse. Ella sintió una urgencia irracional de golpearlo, de decir: «¡Deje de prolongar esto!». ¿Cuánto terror se suponía que debía sentir antes de que su corazón sucumbiera bajo la presión? No es que eso significara ninguna diferencia, en esas circunstancias...

¡Zas!

La sacudida le hizo apretar los dientes; la siguió instantáneamente un chasquido horrendo y ensordecedor de metal chirriante y de crujidos atronadores, más ruidos raros y un impacto tan fuerte que todo se volvió negro. La cinta del cinturón de seguridad se tensó casi insoportablemente sobre su hombro. Fue consciente de inclinarse hacia la derecha y después caer; el cinturón de seguridad la mantuvo en su sitio aunque sus brazos y sus piernas se bamboleaban como los de una muñeca rota. Entonces, el lado derecho de su cabeza se golpeó contra algo rígido y la invadió la oscuridad.

***

Bailey tosió.

Su cerebro registró levemente la respuesta involuntaria. Algo iba mal; no estaba recibiendo suficiente oxígeno. Sintió una vaga sensación de alarma y trató de moverse, de levantarse, pero ni sus piernas ni sus brazos respondieron. Se concentró, con todo su ser centrado en moverse, pero el esfuerzo fue demasiado y derivó de nuevo hacia la nada.

La siguiente vez que volvió a la superficie, se esforzó y se concentró hasta que finalmente pudo doblar los dedos de la mano izquierda.

Al principio fue consciente sólo de cosas pequeñas, cosas inmediatas: lo difícil que era moverse, el brazo derecho como si algo lo estuviera cortando, la necesidad de toser de nuevo. Impregnándolo todo estaba el dolor, insistente e inquebrantable. Le dolía todo el cuerpo, como si hubiera caído...

No. El avión..., el avión se había estrellado.

La percepción de la realidad la invadió, mezclada con el asombro y la turbación. El avión se había estrellado, pero estaba viva. ¡Estaba viva!

No quería abrir los ojos, no quería ver la gravedad de sus heridas. Si le faltaba alguna parte del cuerpo no quería saberlo. Si era así, moriría de todos modos. Por conmoción y pérdida de sangre, en esa aislada cumbre a kilómetros y horas de cualquier posible rescate. Quería solamente quedarse allí con los ojos cerrados y dejar que ocurriera lo que tenía que suceder. Todo le dolía tanto que no podía imaginar moverse y arriesgarse a un dolor más intenso.

Pero había algo molesto que entorpecía su respiración, y el brazo derecho le dolía realmente en el lugar donde se le clavaba algo punzante. Tenía que moverse, tenía que alejarse de allí. Fuego. Siempre había riesgo de incendio en un accidente de avión, ¿verdad? Tenía que moverse.

Gimiendo, abrió los ojos. Al principio no pudo enfocar bien la mirada; todo lo que podía ver era una difusa mancha marrón. Parpadeó repetidamente y finalmente la mancha se convirtió en una especie de tela. Seda. Era su chaqueta de seda, que le cubría la mayor parte de la cabeza. Levantó el brazo izquierdo con esfuerzo y se las arregló para apartarla de los ojos. Sonaron unos trozos de cristal cuando el movimiento los desplazó.

Bien. Su brazo izquierdo funcionaba. Eso estaba bien.

Trató de ponerse derecha, pero algo iba mal. Nada estaba en su sitio. Hizo algunos esfuerzos débiles e inútiles por sentarse y después emitió un sonido sordo de frustración. En vez de forcejear como un gusano en un anzuelo, tenía que analizar la situación, ver exactamente a qué se estaba enfrentando.

Era difícil concentrarse, pero tenía que hacerlo. Respirando profundamente, miró a su alrededor, tratando de entender lo que veía. Niebla, árboles, destellos ocasionales de cielo azul. Vio sus pies, el izquierdo sin zapato. ¿Dónde estaba su otro zapato? Entonces, como un relámpago, le golpeó el cerebro otro pensamiento. ¡El capitán Justice! ¿Dónde estaba? Levantó la cabeza lo más posible y lo vio inmediatamente. Estaba desplomado en su asiento, con la cabeza caída hacia delante. No podía distinguir sus rasgos; estaban cubiertos por lo que parecía ser un mar de sangre.

A toda prisa trató de enderezarse, sólo para volver a caer hacia atrás. Su posición la confundía. Estaba acostada en el suelo de la cabina... No, no era así. Se concentró todo lo que pudo, forzando a su cerebro a hacer un balance de la realidad tangible de su posición, y bruscamente las cosas cobraron significado. Estaba todavía sujeta a su asiento por el cinturón de seguridad y acostada contra el lado derecho del avión, que estaba apoyado en un ángulo bastante pronunciado. No podía levantarse porque tenía que impulsarse hacia arriba y hacia la izquierda, y le resultaba imposible hacerlo a menos que usara los dos brazos, pero tenía el brazo derecho atrapado y no podía liberarlo a menos que retirara el peso que había sobre él.

Si Justice no estaba muerto, lo estaría pronto si ella no conseguía ayudarlo. Salir del asiento. Eso era lo que tenía que hacer. Con la mano izquierda buscó a tientas el cinturón de seguridad y abrió la hebilla. Cuando el cinturón se liberó, la parte inferior de su cuerpo rodó sobre el asiento y cayó con un golpe doloroso que la hizo gemir de nuevo, pero el cinturón aún estaba enredado en el hombro. Forcejeó para liberarse y se las arregló para ponerse de rodillas.

Con razón sentía que algo se le clavaba en el brazo derecho: así era. De su tríceps sobresalía un fragmento triangular de metal. Sintiéndose irracionalmente ofendida por la herida, tiró del trozo y lo arrojó lejos, después reptó hacia delante hasta acercarse a Justice. El ángulo en que se encontraba apoyado el avión hacía difícil mantener el equilibrio aunque ella no hubiera estado mareada y soportando dolores y heridas, pero apoyó el pie derecho en el costado del aparato y se impulsó hacia arriba para llegar al escaso espacio que quedaba entre los asientos de los dos pilotos.

Oh, Dios, había tanta sangre... ¿Estaba muerto? Había luchado tan duramente para hacer caer el avión en un ángulo que les permitiera sobrevivir que ella no podría soportar que le hubiera salvado la vida y hubiera muerto en el intento. Con mano temblorosa se estiró y le tocó el cuello, pero su cuerpo estaba demasiado conmocionado por el esfuerzo que había supuesto dejar de temblar y no pudo saber si él tenía pulso o no. «No puedes estar muerto», susurró desesperadamente mientras colocaba la mano bajo su nariz para ver si podía sentir su respiración. Le pareció que sí respiraba y miró fijamente su pecho. Finalmente vio el movimiento ascendente y descendente, y el alivio que la invadió fue tan intenso que casi estalla en lágrimas.

Estaba todavía vivo, pero inconsciente y herido. ¿Qué debía hacer ella? ¿Debía moverlo? ¿Y si se había lesionado la columna? Pero ¿y si no hacía nada y se desangraba?

Apoyó la cabeza dolorida contra el lateral del asiento de él, sólo durante un momento. «¡Piensa, Bailey!», se ordenó. Tenía que hacer algo. Tenía que ocuparse de lo que sabía que estaba mal en él, no de lo que tal vez estuviera mal, y sabía con seguridad que estaba perdiendo mucha sangre. Así que lo primero era lo primero: detener la hemorragia.

Miró hacia arriba, buscando algo a lo que agarrarse mientras trepaba hacia delante, hacia el interior de la cabina del piloto; pero no había nada allí. El ala izquierda y la mayor parte del fuselaje de ese lado habían desaparecido, arrancados como si un abrelatas gigante hubiera abierto el aparato. No había nada a lo que asirse excepto los bordes de metal destrozado, afilados como una cuchilla. A través del agujero sobresalía parte de la rama tronchada de un árbol.

No había nada más al alcance, así que agarró la parte alta del asiento de Justice y se impulsó hacia arriba, deslizándose entre lo que quedaba del techo y la parte alta del asiento del copiloto. La mejor posición en la que podía ponerse era en cuclillas, con los pies apoyados contra la puerta derecha.

—Justice —dijo, porque había leído en alguna parte que las personas inconscientes a veces aún podían oír y responder a su nombre. No sabía si era verdad o no, pero ¿qué daño podría hacer?—. ¡Justice! —repitió más insistentemente, mientras le agarraba los hombros y trataba de ponerlo derecho. Era como tirar de un tronco. Su cabeza cayó hacia un lado, la sangre goteaba de su nariz y su mejilla.

Tirar de él no iba a servir de nada. Su cinturón de seguridad lo mantenía en su sitio, pero ella estaba trabajando contra la gravedad. Necesitaba liberar el cinturón y sacarlo del asiento, tratar de sacarlo del avión.

Como le había pasado a ella, él caería del asiento en cuanto soltara el cinturón, pero era un avión pequeño; la distancia era de unos sesenta centímetros, como mucho. Aun así, el fuselaje se había plegado hacia dentro en el lado del copiloto y una rama de árbol había perforado todo el revestimiento de metal como una estaca a través del corazón de un vampiro. El extremo afilado de la rama formaba un ángulo hacia atrás, en vez de apuntar hacia arriba, pero no quería correr el riesgo de que él pudiera quedar empalado, así que miró a su alrededor buscando algo que poner sobre la rama.

Lo primero en lo que pensó fue en su bolso, pero no lo veía. Estaba a la izquierda del asiento, así que pudo haber salido volando cuando esa parte del avión se había partido. Todo lo que había disponible era su chaqueta de seda, sucia y manchada de sangre. Retorciéndose, gruñendo por el esfuerzo, se las arregló para agarrar una manga y arrastrarla hacia ella. La prenda era fina, casi no pesaba. La seda era fuerte, pero lo que necesitaba en esa situación era algo voluminoso para cubrir el extremo afilado de una rama, no una tela que se pudiera tensar.

Le llegó la inspiración. Rápidamente se inclinó hacia delante y se quitó el zapato que le quedaba, un mocasín de diseño muy caro, y lo metió en la punta que sobresalía. Después dobló su chaqueta y la puso sobre la rama como relleno adicional.

—Bueno, Justice, vamos a moverle de este asiento —dijo suavemente—. Después trataré de sacarle del avión, pero lo primero es lo primero. Cuando suelte tu cinturón de seguridad va a caer un poco, unos treinta centímetros. ¿Preparado? —Probablemente caería sobre ella, dado lo extremadamente limitado del espacio, y entonces quedaría apresada, sin espacio para escapar. Estaba realmente en una mala posición. Suspirando, trepó sobre el lado superior del asiento hacia la parte de atrás de nuevo.

En lo más profundo de la garganta de él sonó un gemido bajo.

Ella saltó, tan sobresaltada por el quejido que casi grita.

—Oh, gracias a Dios —susurró para sí misma mientras se ponía derecha. En un tono ligeramente más alto que el normal volvió a decir su nombre—: ¡Justice! Despierte si puede. No puedo sacarlo del avión sola; tiene que ayudarme todo lo que pueda. Ahora voy a soltar el cinturón, ¿de acuerdo?

Mientras hablaba extendió la mano hacia arriba y a su alrededor, buscando la hebilla, deslizando los dedos por el tejido del cinturón, hasta que encontró el metal. Un rápido movimiento en el cierre y él cayó como una piedra sobre su costado derecho, libre de la sujeción, con la cabeza y los hombros descansando en el suelo, sus largas piernas aún dobladas sobre el tablero y enredadas en los controles.

—¡Maldita sea! —gimió ella. Aquella posición no era mejor; él le daba la espalda y aún no podía verle mucho la cara ensangrentada. Ni había espacio para que ella se metiera delante de él para descubrir de dónde venía la sangre.

Bailey respiró profundamente unas cuantas veces, preguntándose cómo iba a manejar aquella situación. El aire que inspiró era frío y cargado del aroma de los pinos. El efecto fue casi como una bofetada. Una vez más hizo balance de su situación. No podía arrastrarlo hacia arriba; era demasiado pesado y la inclinación del avión, excesiva. Por otra parte, si pudiera abrir la puerta del copiloto, podría sacarlo por ahí. Examinando la rama que sobresalía, vio que en realidad había entrado por la cabina frente a la bisagra de la puerta, así que no constituía un obstáculo. Pero por la forma en que estaba inclinado el avión, la portezuela podía estar bloqueada. Atisbó por las ventanas manchadas del lado derecho, que estaban tan rayadas que casi no podía ver a través de ellas, y mucho menos apreciar si algo obstruía el paso desde el exterior.

La ventana del copiloto tenía batiente. Si pudiera abrirla... La acción siguió directamente al pensamiento, pero el marco estaba curvado lo suficiente para que no funcionara el batiente de la ventana, y no podía apoyarse para hacer palanca sobre ella. Levantó el puño con frustración y golpeó la ventana, pero lo único que consiguió fue hacerse más daño.

—Maldita sea, maldita sea. ¡Maldita sea! —Soltó aire con desesperación. Si no podía abrir la ventana, probablemente tampoco conseguiría abrir la puerta—. Por otra parte —se dijo en voz alta—, ¿por qué estoy perdiendo tiempo con la ventana cuando necesito abrir la puerta? Si lograra empujar la portezuela, no necesitaría abrir la ventana.

Sentía como si estuviera pasando por alto unos cuantos aspectos obvios, que su cerebro estaba trabajando sólo a medio gas, pero estaba haciéndolo lo mejor que podía en esas circunstancias. Sentía todo el cuerpo como si la hubieran aporreado con ensañamiento, le dolía la cabeza y le sangraba el brazo. Pensaría lo mejor que pudiera, y al que no le gustara que se largara.

Largarse. Muy divertido. Ja, ja. No había nadie allí a quien le gustaran o le dejaran de gustar sus decisiones —aparte de Justice, y él no estaba en situación de hacer comentarios—, así que su retahíla de lamentaciones era totalmente inútil.

Las piernas. Las piernas eran mucho más fuertes que los brazos, y ella era más fuerte que la mayoría de las mujeres gracias a todas las horas de ejercicio. Era capaz de levantar casi doscientos kilos con sus piernas. No era una enclenque y no debía actuar como si lo fuera. Si la puerta estaba atascada, tal vez pudiera empujarla y abrirla con las piernas.

El alto cuerpo de Justice le estorbaba, pero pensó que podía hacer palanca en algún sitio. Antes de colocarse en posición, sin embargo, se inclinó a un lado y tiró de la manilla para ver si el pestillo cedía. Notó resistencia, como de metal contra metal, pero había contado con ello y tiró más fuerte. Finalmente el pestillo cedió, pero la puerta permaneció en su sitio. Tampoco le sorprendió.

Tenía que encontrar una manera de sujetar la manilla en posición de apertura o si no nunca podría abrir la puerta de una patada. No había nada a lo que sujetarla, suponiendo que tuviera algo con qué atarla, que, evidentemente, no lo tenía. Tendría que colocar algo por debajo para mantenerla abierta, y por el momento no veía nada que pudiera servirle.

Quizá hubiera algo debajo de alguno de los asientos. La gente siempre metía cosas bajo ellos. Estirándose, tanteó la parte inferior de cada uno. Nada.

Tal vez sirviera un calcetín. Se quitó uno de sus finos calcetines de ejecutivo y lo retorció hasta hacer una especie de cuerda que enroscó en torno a la manilla; después volvió a torcerlo para mantenerla asegurada. Reptando se dobló en el asiento del copiloto, en un ángulo tan estrecho como pudo, y apoyó los dos pies contra la puerta. La postura era increíblemente incómoda, pero usar el calcetín para sujetar la manilla le daba unos cuantos centímetros preciosos. Forzando su hombro y su brazo, tiró del calcetín, sintiendo de nuevo el crujido del metal al ceder. Con la otra mano agarró el extremo delantero del asiento para no irse hacia atrás, en cuyo caso no lograría nada.

—Por favor —susurró mientras empezaba a empujar lentamente.

Los músculos de la cadera se tensaron; los músculos más pequeños en torno a sus rodillas se volvieron duros como una piedra cuando ejerció presión sobre ellos. Sus dedos, clavándose en el borde del asiento, empezaron a protestar y después a resbalar. Se agarró furiosamente y con un esfuerzo final hizo todo lo que pudo por estirar las piernas.

La puerta crujió al abrirse, su mano resbaló del asiento y ella cayó hacia atrás por el impulso. Rápidamente se levantó, con el corazón latiendo con fuerza por la euforia. ¡Sí! Desenroscó el calcetín de la manilla y se lo volvió a poner, después apoyó los pies contra la puerta y empujó un poco más, logrando una apertura de unos treinta centímetros. Podía pasar por ahí, pensó triunfante, y se inclinó hacia delante para ver si había algo estorbando, como un árbol o un pedrusco. No vio obstáculos, así que maniobró hasta que se quedó tumbada sobre el vientre, después se deslizó más allá de Justice y, poniéndose de lado, se abrió camino a través de la puerta. El metal raspó su espalda y sus caderas, pero logró pasar y llegar al suelo cubierto de nieve.

El frío helado le traspasó los delgados calcetines. Necesitaba ponerse zapatos y calcetines secos, casi inmediatamente, para evitar el peligro de congelación. Pero sus pies tendrían que esperar hasta que se hubiera ocupado de Justice.

Observando el hueco, analizó el tamaño del cuerpo del piloto. No cabría; su pecho era probablemente más ancho. Tendría que abrir más la puerta. Agarrando el borde tiró de él hasta conseguir arrancar unos cuantos centímetros al metal deforme y casi inamovible. Eso tendría que servir, pensó, con la respiración más agitada de lo que quisiera. A esa altitud tenía que tener cuidado de no hacer demasiado esfuerzo, o podría verse afectada de un letal mal de altura. Ya sudaba un poco, y eso era peligroso en el frío. Llevaba sólo unos pantalones finos y holgados y una camiseta de seda, además de la ropa interior y los calcetines, y ninguna de aquellas prendas la ayudaba demasiado a mantenerse caliente. Tenía un montón de ropa en las maletas, pero sacarlas supondría un esfuerzo y primero tenía que ocuparse de Justice.

El piloto gimió de nuevo. Recordando lo lentamente que ella había recuperado el sentido, lo difícil que había sido incluso la más leve respuesta, empezó a hablarle mientras se agachaba en la puerta abierta y se estiraba hacia dentro, agarrándolo por debajo de los brazos.

—Justice, trate de despertar. Voy a sacarlo ahora del avión. No sé si tiene algún hueso roto, así que tendrá que hacerme saber si le estoy haciendo daño, ¿de acuerdo?

No hubo respuesta.

Bailey tensó los músculos de sus piernas y tiró hacia atrás. Desde su posición agachada no podía conseguir hacer palanca, pero estaba tirando de él pendiente abajo, así que la gravedad ayudaba. Cuando la cabeza y los hombros de él pasaron por la abertura, cambió de posición hasta colocarse debajo; el hombre era un peso muerto, completamente inerte e incapaz de ayudar, así que ella tendría que protegerle la cabeza. Hizo una breve pausa para recuperar el aliento, después levantó las rodillas, clavó los talones en el suelo y se empujó hacia atrás otra vez, arrastrándolo con ella. Justice resbaló hacia delante hasta caer fuera del avión, aterrizando sobre ella y hundiéndola en la nieve helada.

Oh, Dios. Ahora podía ver su cara: la horrible herida que empezaba unos diez centímetros atrás en el cuero cabelludo formaba un ángulo por toda la frente y terminaba justo sobre su ceja derecha. No sabía mucho de primeros auxilios, pero era consciente de que un mal corte en el cuero cabelludo podía ocasionar una grave pérdida de sangre. Prueba de ello es que le cubría toda la cara empapando su camisa y sus pantalones.

Pesaba una tonelada. Jadeando, culebreó para salir de debajo de él y luchó por ponerlo de espaldas. Su energía se estaba desvaneciendo rápidamente y se sentó un momento, con la cabeza hacia abajo mientras trataba una vez más de recuperar el aliento. Sus pies estaban sufriendo, estaban muy fríos, y ahora su ropa había quedado cubierta de nieve y se empapaba a pasos agigantados. El accidente no la había matado, pero la altitud y la hipotermia podrían hacerlo muy pronto.

Justice empezó a respirar más pesadamente, induciendo el movimiento de la garganta.

—¿Justice? —dijo Bailey.

Él tragó y murmuró pesadamente:

—¿Qué diablos?

Ella se rió fugazmente y sin aliento. Su situación no era menos grave, pero por lo menos él estaba recuperando la consciencia.

—El avión se ha estrellado. Los dos estamos vivos, pero usted tiene una fea herida en la cabeza y necesito detener la hemorragia.

Lentamente se puso de rodillas y se estiró hacia la cabina del piloto, buscando a tientas su único zapato y su chaqueta. Estaba helada, pero aunque la chaqueta fuera fina, era mejor que nada. Empezó a ponérsela, después se detuvo y extendió la mano. En lugar de eso, le dio la vuelta a una manga para buscar la costura y empezó a tirar de ella. Necesitaba algo que pudiera usar como venda para ponerlo sobre la herida y hacer presión, y eso era todo lo que tenía.

Él tosió y murmuró algo más. Ella se detuvo. No había entendido todo lo que él había dicho, pero le había parecido captar: «Botiquín de primeros auxilios».

Se inclinó sobre él.

—¿Qué? No le entiendo. ¿Hay un botiquín de primeros auxilios?

Él tragó de nuevo. No había abierto los ojos todavía, pero estaba luchando por mantenerse consciente.

—Guantera —murmuró.

¡Gracias a Dios! Un botiquín sería la salvación. Si podía abrir la guantera, pensó. Se acurrucó y volvió a retorcerse para entrar por la puerta abierta. La guantera estaba frente al asiento del copiloto. Deslizando los dedos bajo el pestillo, tiró de él, pero no tuvo tanta suerte como con la puerta. La golpeó con el puño frío y tiró de nuevo. Nada.

Necesitaba algo resistente con un borde afilado para abrirla. Miró a su alrededor por enésima vez. Debía haber algo entre los restos que pudiera usar, como…, como esa palanca sujeta al borde delantero inferior del asiento del copiloto por un par de grapas. Miró hacia ella incrédula. ¿Ya estaba alucinando? Parpadeó, pero la palanca todavía estaba ahí. La tocó y sintió el metal frío y áspero.

Era corta, de unos treinta centímetros, pero real, y justo lo que necesitaba.

Quitándola de las sujeciones, incrustó el extremo afilado en el medio, donde estaba el mecanismo de la cerradura, y empujó hacia arriba. La tapa se combó un poco y después saltó.

Agarró la caja de color verde oliva con una cruz roja y una vez más se abrió paso hacia el exterior. Se arrodilló junto a él en la nieve y forcejeó con los cierres de la caja. ¿Por qué todo tenía que tener una maldita cerradura? ¿Por qué las cosas no podían simplemente abrirse?

Él abrió los ojos sólo un poquito y se las arregló para levantar la mano hacia la cabeza. Bailey le agarró la muñeca.

—No. No lo toque. Está sangrando mucho, así que tengo que hacer presión sobre la herida.

—Claro —dijo con voz quebrada, cerrando los ojos para protegerse de la sangre que goteaba sobre ellos.

—¿Qué?

Él respiró unas cuantas veces; hablar todavía le resultaba complicado.

—En la caja. Suturas.

Ella lo miró fijamente, espantada. Podía presionar la herida, limpiarla, poner esparadrapo para mantener juntos los bordes del corte. Podía también echarle pomada. ¿Pero él pretendía que lo cosiera?

—¡Ah, mierda! —soltó ella.

Capítulo 6

Discutir con un hombre semiinconsciente no tenía sentido, pero Bailey parecía que no podía detenerse:

—No tengo ningún tipo de experiencia médica, a menos que se tenga en cuenta ver *Urgencias.* Nadie en su sano juicio querría que lo cosiera, pero, bueno, usted no está en su sano juicio, ¿verdad? Tiene una herida en la cabeza. Basándome en la teoría de que no es inteligente dejar que alguien con posible daño cerebral tome decisiones, voy a ignorar esa sugerencia. Además, no sé coser.

—Aprenda —murmuró él—. Sea útil.

Ella rechinó los dientes. ¿Útil? ¿Qué creía que había estado haciendo mientras él haraganeaba inconsciente? ¿Pensaba que había logrado salir del avión por sí solo? Estaba empapada y congelándose porque había tenido que echarse sobre la nieve y tirar de él para sacarlo del avión. Sus manos se estaban volviendo azules y temblaba tanto que se merecería que le hiciese daño si intentaba coserlo.

El frío la hizo pensar: la chaqueta. Se había olvidado de la chaqueta, lo que significaba que la conmoción o el frío —o ambas cosas— habían ralentizado su claridad mental. Se la puso, agradecida de protegerse contra la intemperie, aunque fuera con una prenda tan fina, pero se encontraba tan mojada que no estaba segura de que la hiciera entrar en calor a menos que se secara primero.

Silenciosamente abrió un paquete de gasas estériles y colocó dos sobre la herida de la cabeza de Justice, utilizando las manos para sujetarlas y hacer presión. Un áspero gemido de dolor sacudió la garganta del piloto, después lo contuvo y se quedó completamente quieto.

Probablemente debería hablarle, pensó ella, ayudarle a mantenerse consciente y concentrado.

—No sé qué hacer primero —confesó. La acometió un temblor convulsivo que la obligó a callarse, aunque sus dientes castañeteaban tan fuerte que, de todos modos, no habría podido pronunciar ni una palabra. Cuando cesó el temblor, se concentró vehementemente en mantener las gasas en su lugar—. Tengo que detener esta hemorragia. Pero estamos en medio de la nieve... —otro estremecimiento la interrumpió— y tengo tanto frío y estoy tan mojada que casi no puedo moverme. Usted perderá el conocimiento...

Él respiró unas cuantas veces, como preparándose para la difícil prueba de hablar.

—Equipo —logró decir finalmente—. Manta... al fondo del equipo.

El único equipo a mano era el de primeros auxilios. Dejando las gasas sobre su cabeza, empezó a sacar cosas del botiquín y a ponerlas sobre la tapa abierta. Debajo de todo, cuidadosamente doblada en una bolsa sellada, había una de esas mantas térmicas de emergencia. Abrió la bolsa y desplegó la manta. No sabía si serviría de mucho, ya que jamás las había utilizado, pero no se encontraba en situación de cuestionar nada que pudiera usar como barrera entre ellos y el frío. Estuvo tentada de arroparse con la manta y acurrucarse lo más posible hasta sentir que entraba un poco en calor, pero él había perdido mucha sangre y la necesitaba más que ella.

¿Qué debía hacer, poner la manta debajo de él para protegerlo de la nieve, o sobre él para ayudarle a conservar el calor corporal que tuviera? ¿Podía calentarse algo acostado sobre la nieve? ¡Maldición, no podía pensar! Tendría que actuar por instinto.

—Voy a extender la manta a su lado —dijo—. Ahora voy a ayudarle a moverse hacia ella, para que no esté sobre la nieve. Tendrá que colaborar. ¿Puede hacerlo?

—Sí —contestó él con esfuerzo.

—Bueno, allá vamos. —Se arrodilló sobre la manta y deslizó el brazo derecho bajo el cuello de él, le agarró la parte delantera del cinturón con la mano izquierda y lo levantó. Él la ayudaba lo que podía, utilizando los pies y el brazo derecho; le costaba menos trabajo que antes moverlo, porque no era un peso muerto. Tensando todos los músculos, lo deslizó hasta colocarle casi todo el torso sobre la manta, y decidió que ya estaba bastante bien. Rápidamente dobló el resto de la manta sobre él y la sujetó donde pudo.

Sintiéndose de repente mareada y con náuseas, se dejó caer al suelo a su lado. «Mal de altura», pensó. Estaba casi al límite de sus fuerzas. Si hacía un esfuerzo más acabaría tirada en la nieve, incapaz de levantarse, y moriría antes del amanecer, o probablemente antes del atardecer de aquel día.

Por tanto, tenía que llegar a sus maletas, ponerse ropa seca. De inmediato. Tenía que funcionar, o los dos morirían.

Empezó a dar bocanadas de aire lentas y profundas, para alimentar su cuerpo hambriento de oxígeno. Lentamente. Ésa era la clave. Debía moverse lo más lentamente que pudiera, y no dejar que el pánico la empujara a apresurarse hasta desfallecer. Eso significaba que tenía que planear cada movimiento, pensar detenidamente lo que iba a hacer para no desperdiciar sus fuerzas.

Sus maletas habían sido cargadas en el avión por la portezuela del compartimento del equipaje, y aseguradas con una red que evitaba que se desplazaran por la cabina del piloto cuando había turbulencias, aunque ella creía que las maletas probablemente serían demasiado grandes para caber en el espacio entre el techo y los altos respaldos de los asientos. El problema era que aunque la mayor parte del techo había desaparecido y las maletas cabrían por el hueco, habría que levantarlas casi verticalmente, y eran muy pesadas y ella estaba tan débil y agotada y tenía tanto frío que no creía que pudiera llevar a cabo semejante tarea. Tendría que abrirlas dentro del compartimento y sacar lo que necesitaba.

Habría que soltar la red. Estaba segura de que podía llegar a los cierres, pero no sabía si sería capaz de soltarlos si estaban muy fuertes. Si ése era el caso, debía pensar en otra forma de quitar la red.

—Tenemos que calentarnos. Necesito sacar más ropa de mi maleta —le dijo—. Si por alguna razón no puedo soltar los cierres de la red de carga, ¿tiene una navaja que pueda usar para cortarla?

Él abrió ligeramente los ojos y después volvió a cerrarlos.

—Bolsillo izquierdo.

Arrodillándose, retiró la manta que acababa de echar en torno a él y deslizó la mano derecha en su bolsillo. El calor era sorprendente, y tan delicioso que casi gimió, pero sus dedos estaban tan fríos y entumecidos que no podía saber si estaba tocando o no la navaja. Agarró lo primero que encontró.

—Cuidado —murmuró él—. Charlie Diversión está ahí, y bien sujeto.

Bailey bramó.

—Entonces manténgalo fuera del camino, o podría soltarse. —«Hombres». Estaban al borde de la muerte por hipotermia, y en su caso agravada por una hemorragia, y aún protegía su pene—. Charlie Diversión, y un rábano —murmuró ella, sacando la mano de su bolsillo para ver si había agarrado la navaja.

Una ligera sonrisa apareció en la boca de él un instante y después se desvaneció.

Ella hizo una pausa, con la mirada fija en su cara ensangrentada. Aquél era el primer destello de humor que le había visto, y le llegó al corazón, porque a pesar de todo lo que ella pudiera hacer, probablemente no saldrían vivos de aquella situación. Él no se había dado por vencido, había logrado que aterrizaran vivos. Así que Bailey no podía soportar la idea de que a pesar de ello pudiera morir porque ella tomara una decisión equivocada y no hiciera lo suficiente. Le debía la vida y haría todo lo que estuviera en su mano para salvaguardar la de él, incluso coserle la herida si no le quedaba más remedio, maldita sea.

En la palma de la mano tenía la navaja y unas cuantas monedas. Cogió la navaja y volvió a dejar la calderilla en el bolsillo; después colocó la manta en su sitio.

—Vuelvo enseguida —aseguró, tocándole en el pecho para darle ánimos.

El avión se cernía ante ella como un pájaro mutilado con el ala derecha doblada y con la izquierda arrancada completamente de cuajo. Estaban en la parte baja de la pendiente con respecto al aparato, lo que significaba que no era precisamente el lugar más seguro si empezaba a deslizarse. No creía que lo hiciera tal y como estaba, con el ala torcida clavada en la ladera de la montaña. Además, la rama que empalaba el fuselaje presentaba otro punto de anclaje, pero prefería curarse en salud y apartarse de su camino. Después de cambiarse de ropa y entrar en calor se sentiría más capaz de hacer esfuerzos.

No tenía bolsillos, así que sujetó la navaja entre los dientes mientras trepaba otra vez a la cabina del piloto para arrastrarse después a la parte de atrás. Arrodillada en el asiento corrido, se estiró sobre el compartimento del equipaje y trató de alcanzar los cierres de la red de carga. Para su alivio, la red se soltó fácilmente. La empujó a un lado, tiró de una de las maletas para darle la vuelta y abrió la cremallera; las maletas eran idénticas, así que no sabía lo que había en cada una, pero en realidad no le preocupaba. Quería estar seca y entrar en calor, sin importarle la ropa que iba a ponerse.

El maletín de Justice estaba allí también, pero era el típico maletín de piloto para una noche, del tamaño adecuado para llevar los útiles de afeitar y una muda. Arrastró el maletín hacia arriba y sobre el asiento, porque no tenía sentido dejarlo en el avión, aunque probablemente a él no le urgía nada de allí todavía. Por el momento tenía suficiente ropa para taparlo; no precisaba realmente ponérsela, ya que él ni siquiera podía levantarse. Necesitaría ropa, sí, pero pensó que guardaría la que le quedara bien para más tarde.

Empezó a sacar prendas de la maleta que había abierto. Cuando encontró una camisa de franela se detuvo. Se quitó la camiseta y la chaqueta de seda. Su sujetador estaba empapado, así que también se lo quitó. Temblando de frío se puso la camisa de franela y se la abrochó antes de continuar vaciando la maleta sistemáticamente. A medida que encontraba prendas cálidas que podía usar en ese momento, se detenía y se las ponía. Calcetines. Pantalones de chándal. Otro par de calcetines. Un grueso chaleco de plumón con bolsillos para calentarse las manos; puso la navaja de Justice en uno de los bolsillos. Necesitaba algo para cubrirse la cabeza, pero lo único que había metido que tuviera capucha era una chaqueta de algodón. No quiso perder tiempo buscándola, así que usó la siguiente camisa de manga larga que encontró doblándola y atando las mangas bajo la barbilla como si fuera un pañuelo.

Se sintió un poco mejor, si aquello podía considerarse así.

Encontró las bolsas de basura de plástico que había guardado para meter ropa sucia y empezó a introducir ropa en ellas. Después de vaciar una maleta la empujó a un lado y arrastró otra para darle la vuelta y poder alcanzar la cremallera. En ella había un par de botas impermeables y se detuvo agradecida para ponérselas. Habría resultado muy agradable conseguir calentarse los pies antes de ponérselas, pero no había forma de permitirse ese lujo.

Ya había conseguido suficiente ropa para taparlo a él, así que se detuvo y dejó la segunda maleta parcialmente deshecha y la otra sin abrir. Arrojó el maletín del piloto por la puerta abierta y después dos bolsas de basura llenas de ropa. Luego siguió el camino de las bolsas. A medida que se deslizaba hacia fuera, su mirada cayó sobre la cubierta de hules que había en el suelo frente al puesto del piloto y del copiloto. Sacó la navaja de Justice del bolsillo, la abrió y se puso a trabajar.

Él continuaba acostado, quieto como un muerto, con los ojos cerrados todavía. Las gasas que le cubrían la frente estaban empapadas de sangre.

—Ya he vuelto —dijo ella, dejando el trozo de hule en el suelo junto a él y arrodillándose; secarse había sido importante, pero mantenerse seca era igualmente necesario—. He traído ropa para taparlo, en cuanto pueda detener la hemorragia y quitarle esa ropa ensangrentada.

—Vale —murmuró él.

Gracias a Dios, no había perdido todavía el conocimiento, pero su voz era más débil. Tomó dos gasas más del botiquín, las colocó sobre las que estaban ensangrentadas y presionó. Esta vez se quedó a su lado, hablándole todo el tiempo, contándole todo lo que había hecho y por qué lo había hecho. Si no estaba de acuerdo con algo podía decirlo, pero él guardó silencio.

No había pensado en cronometrar el tiempo que había estado manteniendo la presión, pero la tercera vez que levantó el borde de las gasas para revisar la hemorragia, ésta había disminuido drásticamente. Apretó una vez más, mantuvo la presión unos cinco minutos, después miró otra vez. No brotó ningún hililllo nuevo de sangre de la fea herida.

—Creo que ha funcionado —respiró aliviada—. Al fin.

El paso siguiente era limpiar la suciedad y los bordes del corte, pero para eso necesitaba agua. Había puesto una botella de agua en su bolso, pero a saber adónde había ido a parar. Tenía que estar por ahí en algún sitio. Probablemente habría salido disparado del avión cuando el ala izquierda se desprendió, así que si encontraba el ala, suponía que el bolso debía hallarse entre ésta y el resto del avión.

—Voy a buscar agua —le dijo.

—Yo no me voy a ir a ninguna parte.

No, claro que no; dudaba que pudiera ponerse de pie él solo.

Se levantó y empezó a examinar el área alrededor del avión. Al no localizar el bolso, siguió hacia arriba con la vista en el camino que había seguido el aparato, marcado con árboles y ramas quebrados y astillados.

Abrió los ojos desmesuradamente. Las montañas se cernían en torno a ella, silenciosas y envueltas en nieve. El único sonido era el suspiro ocasional del viento entre los árboles. No crujía ni una rama, ningún pájaro cantaba.

Las montañas eran inmensas, amenazadoras, y tan altas que pronto ocultarían el sol de primera hora de la tarde. Lentamente, incrédula, se movió en círculo. Hasta donde alcanzaba su vista, lo único que podía apreciar eran montañas. Se extendían hacia abajo, como bases macizas veladas por nubes grises. Profundos e increíblemente arrugados pliegues de la tierra producían sombras negras donde la luz del sol rara vez llegaba. El avión no era más que un punto en la ladera de la montaña, medio cubierto ya por las ramas de los árboles contra los que se habían estrellado, y esas sombras oscuras se extendían hacia él.

Se sentía empequeñecida y reducida hasta el límite de la nada. Pudo comprobar que ella y Justice no eran nada. Eran total y absolutamente insignificantes para esas montañas. Cualquier equipo de rescate podría tardar días en llegar a ellos. Estaban solos.

Capítulo 7

Bailey buscó el bolso todo lo que pudo sin agotarse, pero un rastreo exhaustivo habría supuesto subir la pendiente y casi vertical ladera de la montaña, y no se sentía con fuerzas para enfrentarse a semejante empresa. Finalmente se dio por vencida y regresó con lentitud hasta donde estaba Justice. Pensó que él tenía un aspecto horrible, y no sólo por la sangre; estaba todavía muy quieto, como si la vida lo estuviera abandonando, aunque ella hubiese detenido la hemorragia. Lo que la pérdida de sangre no había logrado lo estaban consiguiendo el frío y la conmoción. Aquel pensamiento le revolvió el estómago.

—Justice, ¿está despierto?

Él consiguió emitir un ligero sonido.

—No encuentro la botella de agua que traje. Hay nieve, pero no hay manera de hacer una hoguera para hervirla. Si suturo esa herida sin lavarla antes, corre un gran riesgo de que se infecte. La limpiaré lo mejor que pueda con alcohol, dentro de un rato, pero primero voy a hacer lo posible para que entre en calor. —Lanzó una mirada preocupada al avión por encima del hombro. Aún creía que no resbalaría, pero no podía desechar la posibilidad. Sin embargo, cambiarse de sitio era algo que también tendría que esperar.

—Bien —dijo él, con un hilo de voz.

Trabajando rápidamente para evitar que perdiera el conocimiento, le levantó los pies y metió una de las bolsas de ropa debajo de ellos. Abrió la otra bolsa, sacó otra camisa de franela y la dobló para rodear suavemente su cabeza, intentando impedir que perdiera más calor corporal. Entonces apartó la manta y empezó a poner capas de ropa sobre él, comenzando por los pies y siguiendo hacia arriba. Cuando llegó a su camisa, fría y empapada de sangre, abrió la navaja y la cortó para quitársela; después le limpió la sangre del pecho lo mejor que pudo con lo primero que encontró, que resultó ser una prenda de ropa interior.

Cuando consiguió dejarlo lo más seco posible, colocó más ropa sobre su pecho y sus hombros. Finalmente se acostó a su lado, se acurrucó bajo todas aquellas prendas contra él, lo rodeó con los brazos y por último puso otra camisa sobre sus cabezas para que el aire que respiraran fuera más cálido. La camisa no impedía completamente que la luz pasara, pero el efecto era como estar en una cueva. Casi de inmediato pudo notar cómo su respiración conseguía calentar el aire contra su rostro y ese hecho tan simple la llenó de tal regocijo que podría haber llorado de alivio.

Sentía al piloto frío como el hielo contra ella. Necesitaba beber algo caliente o comer algo dulce que le ayudara a combatir el frío y la conmoción. Se dio cuenta de que todavía no era capaz de pensar con claridad, porque aunque no tenía nada de beber, había puesto un montón de chocolatinas y chicles en una de las maletas, evidentemente la que no había abierto. Debería haberlo pensado y haberse tomado unos minutos para buscarlos.

El temblor de ella estaba disminuyendo, pero él no se estremecía en absoluto. Eso no podía ser bueno.

—Eh, Justice —dijo—. Manténgase despierto. Hábleme. Dígame si puede sentir el calor que intento transmitirle.

Durante un largo instante no contestó, por lo que temió que hubiera perdido la consciencia de nuevo, pero finalmente dijo:

—No.

Quizá llevaba demasiada ropa puesta para que el calor de su cuerpo pasara al de él. Retorciéndose bajo todo aquel montón de prendas, se quitó el chaleco y lo puso sobre él, la primera capa sobre su cuerpo. Sintió más frío sin el chaleco, pero se acurrucó lo suficientemente cerca para quedar parcialmente cubierta por él también. El plumón había absorbido algo de su calor corporal, porque lo podía notar contra sus manos heladas.

—Siento eso —murmuró él con un tono somnoliento.

—Bien. Tiene que permanecer despierto, así que siga hablándome. Si no puede pensar en algo interesante que decir, limítese a emitir algún gruñido de vez en cuando para que yo sepa que todavía está consciente. —Empezó a frotar su pecho, sus hombros y sus brazos con la mano izquierda, tratando de estimular su circulación—. Hay algunas chocolatinas en una de mis maletas. Cuando haya entrado un poco en calor, iré a buscarlas y le daré algo de azúcar; eso le hará sentirse mejor. —Hizo una pausa—. Ahora diga algo.

—Algo.

—Muy gracioso.

A pesar de que aquella palabra fue pronunciada lentamente y con voz débil, provocó un estremecimiento en el corazón de Bailey. Si todavía era capaz de bromear, quizá no estuviera tan grave como ella temía.

***

Cam oía hablar a la señora Wingate. Sentía como si su mente estuviera dividida en dos y parte de él se alejara a la deriva en la niebla, ligada únicamente a los ruegos ocasionales de ella para que hablara. En un nivel mucho más cercano era también consciente de su sufrimiento físico; sentía tanto frío que tenía una apreciación del mundo completamente nueva. ¿Por qué no podían ambas partes cambiar de lugar y la conciencia física flotar allí fuera, en el éter? Lo único que no quería que ocurriera, ahora mismo, era que las dos se fusionaran, pero, al mismo tiempo, sabía que no podía abandonarse.

Oír su voz le daba algo en lo que concentrarse, le ayudaba a evitar flotar hacia la oscuridad. Sabía que estaba herido e incluso sabía por qué, aunque no estaba muy seguro del cómo. Había hecho un aterrizaje forzoso, evidentemente con éxito, puesto que los dos estaban vivos. Recordaba que el motor se había detenido inexplicablemente y que había tratado de llevar el avión a la línea de árboles para que la vegetación ayudara a amortiguar el impacto. Eso era todo; nada sobre el mismo golpe. Su siguiente recuerdo había sido notar su cabeza como si alguien la hubiera golpeado con un bate de béisbol —demonios, así sentía todo su cuerpo— y que nada tenía sentido excepto la señora Wingate llamándolo por su nombre.

Tenía que concentrarse con todas sus fuerzas para aferrarse al hilo de lo que decía, y a veces sus pensamientos iban a la deriva y perdía contacto, para ser traído de vuelta por una pregunta aguda o un golpe de dolor. A veces cada palabra era clara como el agua; otras sólo oía sonidos que probablemente significaban algo, pero él no era capaz de descifrarlo. No había una línea clara de separación entre lo que era real y lo que no lo era, y él flotaba en esa tierra de nadie.

Ahora ella estaba tocándolo. Eso al menos era real, porque podía sentirla. Le invadió una vaga y sorprendente sensación: no quería hablar con él, pero lo tocaba. Extraño. Lo había tapado con algo, no sabía con qué, pero lo notaba agradable y pesado. Después se había acostado a su lado, lo había rodeado con sus brazos y había empezado a frotar enérgicamente su pecho y sus hombros. Una débil sensación de tibieza empezó a filtrarse hacia su interior.

Aquella calidez, aunque débil, le resultaba muy agradable. Y lo mismo sucedía con el pecho de ella contra su brazo, lo que, según se imaginaba, probaba que, incluso estando medio muerto, un hombre era aún un hombre, y un pecho, cualquier pecho, siempre era digno de atención. Empujado por el bienestar que le producía aquel pecho y la sensación de calidez, empezó a deslizarse hacia el sueño.

Pero su placidez se hizo añicos cuando todo su cuerpo se tensó de repente y se estremeció. Había sentido frío antes, castañeteo de dientes, escalofríos... Pero jamás había experimentado nada como esto. Los temblores recorrían todo su cuerpo, agarrotándole todos los músculos, provocando el crujido de los huesos. Temblaba tanto que pensó que se le podían romper los dientes y los apretó. La señora Wingate lo abrazó con más fuerza, murmurando algo que no pudo entender. Transcurridos unos minutos el temblor convulsivo cesó y, exhausto, sintió que los músculos se aflojaban.

Aún no se había relajado del todo, cuando le acometió otro espasmo.

No supo cuánto tiempo duraron los insoportables espasmos, sólo que suponían un gran sufrimiento y que se sentía incapaz de controlarlos. Ella permaneció a su lado todo el tiempo, sujetándolo, acariciándolo, hablándole. Él se aferraba al sonido de su voz como si fuera un salvavidas, aunque la mayor parte del tiempo no podía entender lo que estaba diciendo, pero mientras pudiera oírla, eso significaba que no estaba muerto. Su cuerpo estaba tratando de matarlo, pero al demonio con ello. A la mierda la muerte. No tenía la intención de claudicar, aunque estaba tan agotado que rendirse sería más fácil que seguir luchando.

Sólo quería descansar un rato. Dormir. Pero incluso durante los breves periodos en que el temblor cesaba y en que se podía relajar no conseguía adormilarse, porque ella continuaba hablando. A partir de aquel momento su cerebro se conectó de nuevo y las palabras volvieron a adquirir significado.

—... Bien —estaba diciendo ella—, está tiritando, y eso es bueno.

¿Tiritando? ¿Llamaba tiritar a esos brutales espasmos que le bloqueaban los músculos?

En un momento de claridad se las arregló para decir:

—Mierda.

Oyó un sonido bajo que era casi una risa. ¿La señora Wingate riéndose? Quizá había empezado a alucinar.

—No, es bueno —insistió ella—. Es su cuerpo que está generando calor. Sé que siento más calor ahora. Incluso mis pies ya no están tan helados.

Él hizo un laborioso inventario mental de su cuerpo. Quizá ella tuviera razón. No podía decir que estuviera asándose, pero definitivamente había entrado algo en calor. Trató de abrir los ojos, pero estaban pegados. Lentamente, haciendo acopio de hasta el más mínimo resto de capacidad de concentración y fuerza que reservaba para cada movimiento, levantó la mano derecha hacia la cara.

—¿Qué está haciendo?

—Ojos... trato de abrir los ojos. —Tanteando torpemente sus párpados pudo notar una gruesa costra bajo sus dedos—. ¿Qué es... esta basura?

—Sangre seca. Supongo que tiene los párpados pegados —respondió ella con naturalidad—. Está hecho una pena. Cuando haya entrado un poco más en calor y le haya dado un poco de chocolate, le limpiaré la cara para despegarle los párpados. Después veré si puedo ponerle unos puntos, aunque le advierto que los resultados no serán precisamente una obra de arte.

¿Puntos? Sí, ahora recordaba. Tenía un corte en la cabeza. En el botiquín de primeros auxilios había suturas y él le había pedido que lo cosiera.

No quería esperar a que ella le limpiara la cara; quería ver ahora. Quería levantarse y evaluar la situación por sí mismo. Necesitaba saber los daños que había sufrido el avión. Quizá todavía pudiera enviar un mensaje por radio.

Otro estremecimiento lo sacudió. El intervalo esta vez había sido más largo, pero el espasmo resultó igualmente intenso. Ella lo sujetó firmemente, como si con ello pudiera calmar el temblor. No funcionó, pero él agradeció el esfuerzo.

Cuando el espasmo cesó y pudo relajarse de nuevo, estaba tan cansado que renunció a la idea de levantarse y examinar nada. Lo único que quería era quedarse allí acostado. Además, pensó vagamente que si se levantaba no podría sentir de nuevo sus pechos contra él, y eso le estaba gustando de verdad. De acuerdo, era un perro. Le gustaban los pechos. Que le tiraran un hueso y lo llamaran *Fido.*

Se le ocurrió, con su confusa forma de pensar, que podría notar sus pechos mejor aún si estuvieran acostados cara a cara.

—¿Qué está haciendo? —Sonaba un poco asustada, o quizá molesta—. Si se quita esa ropa después del trabajo que me ha costado taparlo, le dejaré con el culo en la nieve para que se congele.

Estaba enfada. Sin duda.

—Acérquese —murmuró él. Estaba tratando de levantar el brazo izquierdo para poder rodar sobre el costado, y así mirarla de frente, pero ella estaba acostada contra su brazo y él no podía arreglárselas para apartarse primero de ella, después levantar el brazo y luego rodar sobre el costado.

—Bueno. Pero quédese quieto. Déjeme hacerlo a mí.

Se movió un poco, empujando y retorciéndose, después levantó el brazo izquierdo de él y se deslizó debajo de su cuerpo, apretándose contra su costado. Poco faltó para que a Cam se le escapara un suspiro de placer, porque ahora podía notar esos dos montículos suaves y firmes. Ella colocó un brazo sobre su estómago y lo abrazó con más firmeza.

—¿Mejor?

No se podía imaginar cuánto. Soltó un sonido gutural. Que lo interpretara como quisiera.

—Supongo que así está más caliente. Dentro de unos minutos me levanto y me pongo a trabajar. Si me quedo más tiempo aquí podría dormirme, y eso no sería bueno. Tengo muchas cosas que hacer, pero debo hacerlas despacio o la altitud podrá conmigo.

Quería preguntar qué era lo que tenía que hacer, pero sentía sueño y estaba muy cansado, y notaba mucho más calor —se encontraba casi a gusto, de hecho—, tanto que permanecer despierto se estaba volviendo casi imposible. Emitió otro sonido, y ella pareció satisfecha. La señora Wingate continuaba hablando, pero él dejó de prestar atención y se quedó dormido.

Capítulo 8

Con cuidado, Bailey salió a gatas de debajo del enorme montón de ropa. Justice se había dormido, y aunque pensaba que debía mantenerlo despierto por la herida en la cabeza, también creía que el sueño podría ser lo mejor para él. Debía de haberse quedado agotado tras las convulsiones y la tiritona.

Ella también se sentía mejor. Tenía los pies fríos todavía, pero en general había entrado en calor, aunque echaba de menos el chaleco de plumas que ahora cubría al piloto. Para compensar su pérdida, cogió una tercera camisa del montón y se la puso.

Acostarse un rato había contribuido a mitigar su dolor de cabeza y sus náuseas. Si tenía cuidado y no olvidaba moverse lentamente, quizá la altura no le afectara tanto.

Aunque ya sabía lo que iba a ver, se tomó un momento para mirar a su alrededor de nuevo, a las inmensas montañas con los blancos picos alzándose frente a ella. Si no hubiera sido por Justice, se habrían estrellado contra esas extensiones desnudas de roca dentada, con escasas o más bien ninguna posibilidad de supervivencia. Una vez más sintió la inmensidad de la tierra salvaje que los rodeaba y una aplastante sensación de soledad.

Se detuvo a escuchar buscando el sonido característico de un helicóptero o el zumbido distante de un avión, buscó el humo que pudiera señalar un campamento, pero... no había nada. ¿No deberían estar ya buscándolos a esas alturas? Justice había lanzado una llamada de socorro, seguramente alguien la había oído y había avisado a la FAA, la Administración Federal de Aviación o a cualquier otra institución. Por ella, como si habían alertado a la Sociedad para la Prevención de la Crueldad con los Animales, con tal de que alguien los estuviera buscando.

El silencio total la ponía nerviosa. No esperaba pitidos de coches o bengalas sobre su cabeza, pero cualquier indicio de que había otros seres humanos en el planeta le habría parecido una bendición.

La ausencia de sonido y movimiento, de cualquier actividad que le diera una pizca de esperanza, sólo reforzaba su profunda sensación de aislamiento. ¿Cómo sobrevivirían a la noche allí arriba, sin agua y sin posibilidad de hacer fuego?

Pues haciendo lo que había hecho hasta entonces. Tenía una tonelada de ropa que podían usar para abrigarse, un poco de comida y había también nieve. Tenía asimismo la navaja de Justice.

Ah, mierda. ¿Dónde estaba la navaja?

Todavía en su bolsillo, pensó aliviada. Con ella podía arreglárselas para improvisar una especie de refugio para los dos, suficiente al menos para protegerlos del viento. Lo primero en su lista de tareas, sin embargo, era dar de comer al piloto.

Subió otra vez al avión, terminó de sacar toda su ropa de las maletas y separó las chocolatinas cuando finalmente las encontró, así como los paquetes de toallitas que había metido. Cuando sus maletas quedaron vacías y las bolsas de basura repletas con sus pertenencias estuvieron en el suelo, doblando las tapas hacia atrás tuvo suficiente espacio para arrastrarlas sobre los respaldos de los asientos. Las maletas podían tener alguna utilidad, ya se le ocurriría más tarde a qué destinarlas.

Se dirigió de nuevo a donde estaba Justice, se arrodilló a su lado y examinó concienzudamente el contenido del botiquín. Además de la manta había tijeras, que serían de gran utilidad; montones de gasas y vendas adhesivas; un rollo de esparadrapo; algodón y bastoncillos; un tubo de pomada bactericida; toallitas de alcohol y yodo; toallitas antisépticas; guantes de plástico; analgésicos y —qué alegría— suturas. Había también otras cosas, como tablillas para dedos y una linterna con autonomía para doce horas, pero su preocupación inmediata era que el equipo contuviera lo básico para curar el profundo corte de la cabeza de Justice. Y, afortunadamente, así era. Eso significaba que no tenía excusa para acobardarse. Para sellar más su destino, había también una guía de primeros auxilios.

Hojeó la guía buscando instrucciones para poner puntos. Las había, completas y con ilustraciones. Desafortunadamente la primera línea decía: «Enjuague la herida minuciosamente con agua durante cinco minutos, luego lávela suavemente con jabón».

Sí, claro; ni siquiera tenía agua para limpiarla, mucho menos para hacerlo «minuciosamente». Tendría que hacerlo lo mejor que pudiera y rezar para que no hubiera suciedad en el corte.

Un momento. ¡Tenía colutorio bucal!

Rápidamente abrió la bolsa de basura que contenía sus productos de aseo y sacó el neceser en el que había puesto su champú y su colutorio. Lo sacó, le dio la vuelta y leyó su composición, aunque no sacó nada en claro, porque no entendía nada de química. En la parte delantera, sin embargo, decía que mataba los gérmenes. Era líquido, mataba los gérmenes y había casi medio litro.

También tenía la bolsa de plástico en la mano. Rápidamente llenó la bolsa de nieve, la cerró y la puso encima de una piedra. Si tenía suerte, mientras revisaba la herida de Justice el sol calentaría la piedra lo suficiente para derretir la nieve y tendrían agua. No mucha, la verdad, pero cualquier cantidad era imprescindible.

Con todo lo que necesitaba extendido sobre una de las bolsas de basura, estaba a punto de despertar a Justice cuando cayó en la cuenta de que él probablemente también tendría colutorio. Buscó su maletín, abrió la cremallera y encontró sus útiles de afeitar encima de una única muda y ropa interior, tal y como había esperado. El neceser tenía dos cremalleras; abrió la de la izquierda y encontró un cepillo de pelo, un bote de champú de tamaño de viaje y una docena de condones. «Hombres». El lado derecho tenía un cepillo de dientes, un tubo de pasta minúsculo, una maquinilla desechable y un pequeño frasco de colutorio.

—Maldita sea —dijo suspirando. Ya había usado el colutorio al menos una vez; no era mucho y ya había gastado la mitad. Un poco más no iba a suponer ninguna diferencia, así que dejó el frasquito en su sitio, cerró la cremallera del neceser y volvió a colocarlo en su maletín.

Tendría que trabajar con lo que tenía. Esperaba que aquello fuera suficiente para evitar una infección aguda.

No obstante, lo primero de todo era hacerle tomar algo de azúcar. Después, suponía que probablemente le vendrían bien un par de analgésicos preventivos.

Apartó cuidadosamente la camisa que le cubría la cara; aunque sabía cuál era su aspecto, enfrentarse a la realidad casi le hizo dar un respingo. Tenía el rostro cubierto de sangre seca, apelmazada en sus ojos, en sus fosas nasales, en las comisuras de la boca. Peor aún, se le estaba inflamando la frente y abriéndosele los bordes de la herida. No había previsto la hinchazón e hizo una mueca de dolor ante la idea de coserlo en aquel momento. Pero con toda probabilidad la inflamación empeoraría, así que esperar tampoco era una buena opción.

—Justice —dijo mientras metía una mano bajo el montón de ropa para tocarlo—, despierte. Es la hora de la función.

Él cogió aire, una respiración rápida y profunda.

—Estoy despierto.

Su voz era más fuerte, así que quizá había hecho la elección correcta al hacerle entrar en calor antes de intentar curar la herida.

—Tengo una chocolatina aquí. Quiero que coma un par de bocados, ¿de acuerdo? Dentro de poco, si tenemos suerte, podremos beber un trago o dos de agua cada uno. Después quiero que tome dos pastillas de ibuprofeno. ¿Es capaz de tragárselas sin agua? Si no puede, le pongo un poco de nieve en la boca, pero no podemos comer mucha nieve porque hará descender la temperatura de nuestro cuerpo. Ah, pensándolo bien, quizá debería tomar el ibuprofeno primero, para que empiece a actuar.

—Lo intentaré.

Abrió la caja que contenía dos pastillas de ibuprofeno genérico y deslizó una entre sus labios. Vio que su mandíbula se movía un poco mientras introducía la píldora, producía un poco de saliva y tragaba. Le dio la otra; él repitió el proceso.

—Misión cumplida —dijo finalmente.

—Bien. Ahora a por la comida. —Rasgó el envoltorio de la chocolatina, partió un trozo y se lo acercó a los labios. Obedientemente él abrió la boca y empezó a masticar.

—Snickers —dijo, identificando el sabor.

—Eso es. Normalmente como chocolate solo, pero pensé que los cacahuetes eran una buena idea, por las proteínas, así que traje Snickers. Inteligente, ¿no cree?

—En mi caso funciona.

Esperó un minuto para ver si el chocolate le sentaba mal. Para ella, aquél era un terreno desconocido y no sabía si él iba a empezar a vomitar o no. Sabía que cuando se va a donar sangre a la Cruz Roja después te suelen dar algo de beber para ayudar a reemplazar el líquido perdido y unas galletas para combatir la debilidad. Con los Snickers se imaginó que tenía la mitad del problema resuelto.

Después de unos minutos le dio otro pedazo de chocolate.

—Desearía tener algo para anestesiar su cuero cabelludo y su frente —murmuró—. Incluso un gel de dentición para bebés sería mejor que nada, pero el botiquín de primeros auxilios no parece estar preparado para bebés.

Él masticó, tragó y dijo:

—Hielo.

El botiquín, de hecho, tenía uno de esos paquetes de hielo instantáneo, pero ella dudaba si debía usarlo.

—No sé. Si no estuviera ya un poco conmocionado, si el frío no fuera ya un problema, no me preocuparía. Pero un paquete de hielo sobre su cabeza le destemplará todo el cuerpo, y no quiero que eso ocurra. —Se mordió el labio un momento, pensando—. Por otra parte, el dolor causa también una conmoción en el organismo. Si el efecto va a ser el mismo, ¿por qué hacerle sufrir?

—Voto por disminuir el dolor.

Sacó el paquete de hielo del botiquín, leyó las instrucciones y empezó a apretar el tubo de plástico. El paquete no era lo suficientemente grande para cubrir todo el corte, pero si lo colocaba bien podía tapar la mayor parte de la hinchazón y el cuero cabelludo en la parte en la que la laceración era más profunda. Cuando el paquete estuvo tan frío que casi no podía soportar agarrarlo, cortó algo de venda del rollo y cubrió la herida con una sola capa; después colocó delicadamente el paquete de hielo sobre la venda.

Él soltó un resoplido al sentir el frío. Bailey imaginó que el dolor se había vuelto insoportable, pero él no se quejó.

—Mientras esto hace efecto, voy a lavarle algo de esa sangre seca. Apuesto que le gustaría abrir los ojos, ¿eh?

Continuó haciendo comentarios mientras abría un paquete de sus toallitas de aloe, sacaba una y se ponía a manipular alrededor de los ojos de él. Descubrió que la sangre seca no era fácil de quitar. Una toalla, que era más áspera, habría funcionado mejor. La sangre estaba apelmazada en sus cejas y pestañas, dos zonas donde no podía restregar; no quería provocar que el corte empezara a sangrar otra vez, así que tenía que actuar con delicadeza alrededor de las cejas, y no podía restregar en torno a sus ojos aunque allí no hubiese corte alguno. Así que limpió hacia fuera y cuando la toallita estuvo completamente roja la tiró y cogió otra limpia.

Cuando se giró de nuevo hacia él, con la toallita limpia en la mano, sus ojos estaban entreabiertos y la estaba mirando. El color gris pálido azulado de sus pupilas era asombroso en contraste con lo oscuro de sus pestañas.

—Bueno, hola. Cuánto tiempo sin vernos —dijo.

Esbozó otra de sus débiles sonrisas. Lentamente, como si le doliera mover incluso los párpados, miró a su alrededor todo lo que pudo en aquella postura y sin girar nada la cabeza. Cuando alejó su mirada de ella y vio el avión destrozado, abrió un poco más los ojos.

—Santo cielo —exclamó.

—Sí, ya lo sé. —Ella estaba de acuerdo con esa opinión. El hecho de que estuvieran vivos y de una pieza, aunque no completamente ilesos, era un auténtico milagro si se tenía en cuenta el impacto que había sufrido el aparato. Bailey trataba de controlar la situación sin abarcar la totalidad de los hechos, concentrándose en los detalles necesarios para la supervivencia y en las tareas que le esperaban. Los detalles, por definición, eran cosas pequeñas, y era mejor tratarlos de uno en uno.

Gradualmente, fue limpiando hacia abajo su cara, por detrás y dentro de las orejas, su cuello, los hombros y el pecho. Incluso sus brazos y sus manos estaban ensangrentados. Lo mantenía lo más tapado posible, descubriendo una parte cada vez y volviendo a taparla en cuanto la limpiaba. Sus pantalones también estaban ensangrentados, pero pensó que podían esperar hasta que él se las arreglara por sí mismo. La primera capa de ropa que había puesto sobre él estaba ya manchada; la sangre se había secado y no podía hacer nada al respecto. Pero necesitaba limpiarle los pies y ponerle calcetines secos para evitar la congelación.

Se movió hacia abajo hasta el fondo del montón, dobló la ropa hacia atrás, le quitó los zapatos y los calcetines ensangrentados y le limpió y le secó los pies tan rápidamente como le fue posible. Limpios de las manchas rojizas, estaban blancos por el frío. Preparándose para el escalofrío, se levantó los faldones de las múltiples camisas que llevaba puestas y se inclinó hacia delante para que los pies de él se apoyaran en su estómago. Estaban tan fríos que se estremeció al contacto, pero no se retiró. Empezó a frotarle los dedos a través de su ropa.

—¿Puede sentir esto?

—Sí, claro. —Había una nota profunda en su voz, una especie de ronroneo sutil; sonaba como un tigre recibiendo un masaje.

Tardó un segundo en darse cuenta de que sus fríos dedos estaban apoyados contra sus senos desnudos. No había forma de remediarlo porque sus pies eran grandes, probablemente de la talla cuarenta y cinco o incluso más, y ella no podía apartarse, así que, lógicamente, los dedos tendrían que descansar en sus pechos. Le dio una palmada en la pierna.

—Compórtese —dijo con dureza— o dejaré que se congele.

—No lleva sujetador —observó él, en lugar de responder a lo que ella había dicho, o quizá ésa era su respuesta, como si el hecho de que no llevara sujetador fuera suficiente excusa para que él estuviera retorciendo un poco los dedos.

—Me mojé cuando lo arrastré fuera del avión a través de la nieve, así que me lo quité. —Mantuvo el tono severo.

Él dedujo que ella estaba sin sujetador sólo por lo que había hecho para rescatarlo, e hizo una ligera mueca.

—Bueno, bueno. Pero, maldición, tetas desnudas. No puede culparme.

—¿Quiere apostar? —Se le ocurrió que el frío y huraño capitán Justice no le hablaría de semejante forma en condiciones normales, y que aquellas palabras eran producto de la conmoción, el mareo y el dolor. No se lo imaginaba actuando con picardía y hablando francamente, pero desde el momento en que había recuperado la consciencia, su lenguaje había sido tan coloquial como si estuviera hablando con otro hombre. Pensó que eso debía significar que el golpe había mejorado su personalidad—. Y no me gusta la palabra «tetas».

—Pechos, entonces. ¿Está mejor así?

—¿Qué hay de malo en «senos»?

—Nada, en lo que a mí respecta. —Sus dedos se curvaron de nuevo.

Ella volvió a darle un manotazo en la pierna.

—Estése quieto o se va a tener que calentar usted mismo los pies.

—No tengo pechos para apoyarlos en ellos, y aunque los tuviera no podría levantar los pies hasta esa altura. No practico yoga.

Definitivamente se sentía mejor y estaba más despejado; era capaz de articular frases completas en lugar de respuestas con monosílabos. El chocolate tenía que ser una medicina milagrosa.

—Bueno, le diré una cosa: hágase un implante de senos, empiece a practicar yoga y estará preparado para la vida. —Considerando que ya había tenido suficiente diversión, sacó los pies de debajo de sus camisas, le puso el par de calcetines limpios y volvió a arroparlo de nuevo con una buena capa de ropa—. Se acabó la diversión. ¿Ya tiene la frente congelada?

—Parece que sí.

—Déjeme terminar de leer las instrucciones y acabemos con esto de una vez. —Agarró de nuevo el folleto—. A propósito, puesto que no tenemos agua para limpiar la herida, voy a usar colutorio. Puede que escueza.

—Estupendo. —Un tono de ironía se dejó vislumbrar en esa única palabra.

Bailey ocultó una sonrisa mientras leía.

—Bien..., bla, bla, bla..., ya he entendido esta parte. «Agarre la aguja con pinzas de modo que la punta se curve hacia arriba». —Miró la curvada aguja de sutura y luego al resto del contenido del botiquín de primeros auxilios. No había pinzas—. Esto es estupendo —dijo con sarcasmo—. Necesito unas pinzas. Suelo llevar un par en mi neceser de maquillaje, pero, caramba, nunca se me había ocurrido que las necesitara en vacaciones.

—Hay una pequeña caja de herramientas en el avión.

—¿Dónde?

—Asegurada en el compartimento del equipaje.

—No la he visto cuando he sacado las maletas —dijo ella, pero se levantó para volver a asegurarse—. ¿Cómo es de grande?

—Como la mitad de un maletín. Sólo tiene unas cuantas herramientas básicas: martillo, alicates, un par de llaves inglesas y destornilladores.

Sintiéndose como si hubiera entrado y salido de los restos del avión tan a menudo como para haber dejado un surco en la tierra, Bailey volvió a entrar en el aparato, trepó al asiento de los pasajeros y miró por encima del respaldo en el compartimento del equipaje. El suelo del avión estaba combado por el impacto, así que allí todo estaba revuelto, pero la red de carga se había quedado en su sitio y había evitado que nada saliera despedido como había sucedido con su bolso. Justo cuando abría la boca para decirle que no encontraba nada, él dijo:

—Debería estar sujeta en unos ganchos contra la pared de atrás, justo en la parte interior de la puerta del compartimento. ¿La ve?

Ella miró hacia donde él le indicaba y allí estaba, convenientemente asegurada. Qué tonta era. Se había dedicado a mirar en el suelo del avión, no en las paredes.

—Sí. La tengo. —Con la caja de herramientas en la mano, salió del aparato.

Se sintió un poco mareada cuando se puso de pie, así que se quedó quieta un momento. ¿Era el mal de altura otra vez, aunque hubiera tenido cuidado de moverse lentamente? ¿O necesitaba un poco de azúcar? Tras un instante, el mareo pasó, así que se dirigió hacia el chocolate.

—Creo que necesito comer también —dijo, arrodillándose junto a él y dando un mordisco a la barra de Snickers—. No quiero desmayarme mientras le estoy clavando una aguja. —A este paso, le iría bien tenerlo cosido para la puesta del sol.

Pensar en la puesta del sol le recordó la hora, y se dio cuenta de que no había mirado el reloj ni una vez. No tenía ni idea de cuánto hacía que había recuperado la consciencia, o cuánto tiempo había transcurrido desde entonces, y mucho menos de lo que quedaba de día. Automáticamente se subió los puños de las camisas y se quedó mirando la muñeca izquierda, donde había estado su reloj.

—Mi reloj ha desaparecido. Me pregunto cómo ha sucedido.

—Probablemente se golpeó el brazo contra algo y se soltó el broche o se rompió un eslabón. ¿Era caro?

—No. Era uno barato sumergible que compré para las vacaciones. Voy a..., iba a hacer rafting con mi hermano y su mujer.

—Puede incorporarse al grupo mañana o pasado.

—Quizá. —Masticó lentamente la chocolatina, sin compartir con él su terrible sensación de aislamiento, como si el rescate estuviera muy lejano.

Sólo se permitió dar un mordisco, para ahuyentar el mareo, pero después se obligó a volver a lo que se traía entre manos. Tras envolver cuidadosamente el trozo de chocolate que quedaba y dejarlo a un lado, le quitó el paquete helado de la cabeza.

—Tengo que darle la vuelta, para que se quede con la cabeza mirando hacia la colina, al menos hasta que limpie la herida; salvo que quiera que el colutorio le empape toda la cara y le resbale hacia abajo.

—No, gracias. Pero puedo hacerlo yo; únicamente dígame qué quiere que haga.

—Primero deslícese hacia mí; no quiero que se salga de la manta a la nieve. Bien, bien. Ahora gire sobre el trasero, espere un momento, déjeme ponerle este trozo de hule bajo la cabeza. Eso es.

Sus giros provocaron que buena parte del montículo de ropa se cayera y ella se tomó un momento para ponerla en su sitio.

Para evitar que el colutorio le cayera en los ojos le inclinó la cabeza hacia atrás todo lo posible.

—Bueno. Allá va —dijo Bailey, utilizando la mano izquierda como barrera contra cualquier probable salpicadura, y empezó a verter cuidadosamente el líquido sobre la herida. Él se movió inquieto una vez, después se mantuvo inmóvil.

Examinó la herida en busca de cualquier resto de suciedad, pero todo lo que pudo ver fue la sangre que limpiaba. Las instrucciones decían que no se arrancaran los coágulos, así que ella trataba de no dejar que el colutorio cayera directamente en la cortadura. Cuando se acabó todo el líquido puso la tapa otra vez en la botella vacía y la dejó a un lado, entonces abrió una de las toallitas con alcohol y empezó a limpiar los bordes del corte.

No se permitió pensar en la gravedad de la herida, ni en lo fácil que sería que se infectara en aquellas circunstancias tan poco higiénicas. En vez de eso, se concentró en lo que tenía que hacer, paso a paso. Limpió sus manos, la aguja y los alicates con otra toallita. Después se puso los guantes desechables de goma y limpió todo de nuevo. Limpió su frente con un disco de algodón con yodo. Cuando había hecho todo lo que estaba en su mano para eliminar todos los gérmenes, preparó una sutura, respiró profundamente y empezó.

—Las instrucciones dicen que se empiece en el medio —murmuró mientras perforaba su piel con la aguja curvada y la empujaba hasta el otro extremo del corte—. Supongo que es para que no termine usted con un gran bulto de piel en un extremo si no lo coso como es debido.

Él no contestó. Tenía los ojos cerrados y estaba respirando acompasadamente. A pesar del hielo y el ibuprofeno, Bailey sabía que aquello tenía que resultar muy doloroso, pero evidentemente no era el martirio que ella temía causarle. En todo caso, él no se ponía tenso cada vez que lo pinchaba. Ella iba despacio, con miedo a cometer un error. Cada punto debía ser atado y cortado, de modo que cada uno de ellos fuera independiente de los otros, y las instrucciones decían que había que asegurarse de que el nudo se apoyara en la piel, no directamente en la herida. Se obligó a pensar que aquello era como coger el dobladillo a un par de pantalones, aunque no la consoló demasiado, porque coser no era su ocupación favorita y debía reconocer que tampoco era demasiado buena en esas lides.

La herida tenía unos veinte centímetros de largo. No tenía ni idea de cuántos puntos debía dar, así que simplemente cosió empezando por el medio y puso los que le pareció bien. Cuando terminó, le temblaban las manos y estaba segura de que le había llevado por lo menos una hora. Secó cuidadosamente la línea de puntos negros, limpiando las gotas de sangre donde la aguja había perforado la piel. Después dudó. ¿Debería aplicar una pomada antibiótica antes de poner un vendaje sobre la herida? Pensaba que los médicos no lo hacían ahora, pero, por otra parte, normalmente daban puntos en un ambiente estéril, con todos los medicamentos y la parafernalia necesaria. Ella y Justice estaban atrapados en la ladera de una montaña, en medio de la nieve, con muy poca comida. Pensó que su sistema inmunológico podría necesitar toda la ayuda posible.

Aplicó cuidadosamente la pomada, que también contenía un analgésico suave. Supuso que debía de ser bueno. Después cubrió la herida con gasas estériles y enrolló una venda alrededor; cuando terminó, usó la venda elástica para cubrir su cabeza. El resultado final le pareció bastante pulcro, si podía usar esa palabra, y la venda preservaría la herida de la suciedad.

—Listo —dijo finalmente, desplomándose sobre su trasero junto a él.

—Ya está hecho. Lo siguiente en la agenda: un refugio.

Capítulo 9

Maldición. Era sexy.

Cam nunca la había considerado así, pero ahora definitivamente sí..., y no por el aspecto que tenía, porque en aquel momento su aspecto era horrible. Tenía el pelo enredado, su cara estaba manchada de sangre y suciedad, y alrededor de sus ojos se empezaban a ver zonas amoratadas que probablemente a la mañana siguiente estarían negras. Su vestimenta le daba el aspecto de un cruce entre un montañero y una mendiga. Y a pesar de que acababa de pasar una hora haciéndole agujeros en la cabeza —o quizá por ello—, quería besarla.

Resopló interiormente ante aquel último pensamiento. Besarla, y un cuerno. Quería hacer mucho más que eso, así que supuso que era mejor que su condición física en ese momento no fuera óptima, porque ya se habría arriesgado a que le cortaran la cabeza y la presentaran en una bandeja por haberle tirado los tejos en serio.

Siempre se había preguntado qué era lo que motivaba a una mantis religiosa macho a cortejar a la muerte cuando se apareaba con la hembra letal. A lo mejor carecía de cerebro y, por tanto, el pobre ingenuo no tenía ni idea de que estaba literalmente follando hasta morir, o quizá algo en su evolución había sufrido un cortocircuito. Después de todo, un proceso que terminaba en la muerte del macho no podía ser bueno para la especie. Al mismo tiempo, admiraba a esos pequeños bastardos; se necesitaba ser un macho entregado para continuar follando mientras le arrancaban la cabeza y se la comían. Por primera vez entendió su motivación. Habría arriesgado mucho por tenerla desnuda debajo de él.

Suponía que la señora Wingate... Demonios, ¿cómo se llamaba? Lo sabía, pero tenía la costumbre de pensar en ella como señora Wingate y no recordó el nombre inmediatamente. En aquel momento su cerebro no estaba funcionando a pleno rendimiento. Sin embargo, recordarlo parecía importante, ya que no estaba bien pensar en desnudarla si no podía acordarse de su nombre.

Con semejante motivación, se concentró en recordar. Era un nombre poco común, como la marca de un licor. Empezó a repasar nombres mentalmente: Johnnie Walker, Jim Beam, J&B, Bailey's... Bailey, ése era. Se sintió triunfante. Ahora podía fantasear con la conciencia tranquila.

En cualquier caso, suponía que la señora Wingate —¡Bailey, maldita sea!— no iba a arrancarle la cabeza, pero le daba la sensación de que no era fácil, en el amplio sentido de la palabra. Era todo un desafío, tanto física como mentalmente. Había levantado un muro en torno a ella y él sospechaba que pocas personas habían visto a la mujer que estaba atrincherada en su interior. Sólo las duras condiciones que había provocado el accidente la habían hecho salir de esa fortaleza, y él había podido ver a la mujer real.

Pero la había visto, y le gustaba lo que veía.

Si hubiera imaginado antes —que no lo había hecho— lo que sería estar en un lugar aislado con ella, le habría dado la sensación de que se parecería mucho a un dolor de estómago. De cualquier modo, habría sido una lata. Y en lugar de eso, había resultado ser una persona tranquila y competente, que abordaba todos los problemas y situaciones con sentido común y con ingenio. Si no lo hubiese visto, jamás lo habría creído. Había hecho todo lo necesario, y probablemente le había salvado la vida. No había dudado en calentarle los pies congelados con su cálido cuerpo, ni se había ruborizado o enfadado cuando él descubrió que no llevaba sujetador.

Le gustaba ese tipo de actitud, y la seguridad interior que revelaba. Su divorcio le había enseñado algunas verdades sobre sí mismo, y no las había olvidado en sus contactos posteriores con las mujeres. Era un antiguo oficial del ejército y un piloto, dos profesiones que excluían a tipos tímidos y retraídos. Él estaba seguro de sí mismo y tenía sentido de la autoridad, estaba acostumbrado a mandar, a tomar decisiones y a lograr que la mayoría de la gente le obedeciera. Se necesitaba una mujer fuerte para lidiar con él en pie de igualdad, pero ahora, con treinta y muchos años, una relación entre iguales le seducía más que una en la que tuviera que contenerse para evitar herir los sentimientos de una mujer o abrumarla. No le gustaban los juegos, y no quería una mujer que tratara de hacerle pasar por el aro.

Quizá las personas así escaseaban, o quizá él había estado buscando en lugares equivocados, pero no había encontrado muchas mujeres que compaginaran ese tipo de atractivo mental con un fuerte atractivo físico. Karen, por ejemplo, era fuerte y enérgica, pero él no se sentía sexualmente atraído por ella. En el caso de Bailey, su rechazo a lo que él había pensado que era frialdad había anulado cualquier interés físico que hubiera podido sentir.

Ahora la situación era diferente. No sabía por qué había levantado un muro tan alto y frío en torno a ella, pero se había relajado temporalmente y había bajado la guardia, permitiéndole entrar dentro de las murallas, y él, con toda seguridad, pretendía quedarse allí. Aquella situación crítica había establecido un vínculo entre ellos, un vínculo de supervivencia. Cuando todo terminara y el grupo de rescate los encontrara, ella trataría de volver a la situación anterior. Pero él no iba a dejar que pasara semejante cosa. De alguna forma, entre un momento y otro tenía que ganarse su confianza para siempre.

Tenía que reconocer que estar acostado boca arriba era un inconveniente, y a juzgar por cómo se sentía, probablemente tendría que continuar en aquella postura al menos durante un día o dos. Tenía una conmoción, además de haber sufrido una importante pérdida de sangre. No creía que un equipo de rescate pudiera llegar hasta ellos antes del anochecer, y las operaciones de rescate en las montañas se suspendían siempre durante la noche, porque de lo contrario los integrantes de estos equipos de rescate correrían un gran peligro. Eso significaba que Bailey y él tenían que sobrevivir a esa noche, cuando las temperaturas descenderían hasta límites insospechados; morir de hipotermia era una posibilidad real. Por un lado, se enfrentaban a una grave situación. Pero, por otro, él contaba con el resto del día y toda la noche para hacer algún avance con ella.

No podía mover la cabeza mucho sin que una multitud de descargas eléctricas estallaran en su cerebro, pero girando cuidadosamente los ojos hacia la izquierda, podía mantenerla en su campo de visión. Estaba cogiendo algo y mirándolo, pero no podía distinguir exactamente de qué se trataba.

—Esto ha funcionado a medias —dijo ella, volviendo a su lado y poniéndose en cuclillas. En la mano tenía una bolsa transparente de plástico con cremallera, en el fondo de la cual había algo que parecía nieve medio derretida—. He tratado de derretir un poco de nieve para que bebamos, dejando la bolsa encima de una piedra. Todavía está medio derretido, pero supongo que con más tiempo al sol podremos conseguir agua de verdad, aunque por ahora tendrá que servir esto, porque usted necesita líquidos. —Miró a su alrededor—. No tendrá una pajita a mano para beber, ¿verdad? ¿Y una cuchara?

Aquella pregunta le resultó divertida.

—Me temo que no.

Vio que su frente y sus labios se fruncían mientras buscaba a su alrededor, como si pudiera hacer aparecer por encanto alguno de esos objetos con la mera fuerza de la voluntad. Ahora que él era consciente de su ingenio, casi podía oír el sonido de su cerebro pensando mientras buscaba una solución al dilema. Entonces su frente se relajó.

—¡Ajá! —exclamó con un tono de satisfacción.

—¿Ajá, qué? —preguntó él con enorme curiosidad, mientras ella se levantaba y salía de su campo de visión.

—Usted tiene un bote de desodorante en spray. Lo sé porque he revisado su equipaje.

—¿Y? —No le importaba que le hubiera revisado el maletín; en aquellas circunstancias no haberlo hecho habría sido estúpido, y estúpida no era, sin duda alguna. Tenía que saber con qué recursos contaba.

—Y ese bote tiene una tapa.

Así era, realmente. La tapa del desodorante era básicamente como la de un termo, sólo que más pequeña. Él mismo debería haber pensado en ello.

Reconoció el sonido que hizo la tapa del desodorante al abrirse.

—El sabor puede resultar algo raro —advirtió ella—. La lavaré con nieve, eso debería servir en caso de que usted haya apretado la válvula y rociado algo de desodorante en la tapa. ¿Hay algo en el desodorante que no sea bueno si se mezcla con el agua?

—Probablemente todo —dijo él con despreocupación—. ¿Ha traído usted laca? —La laca era seguramente menos tóxica que el desodorante. Éste tenía algo de aluminio en su composición química. No sabía lo que contenía la laca, además de alcohol, pero el alcohol tenía que ser mejor que el aluminio.

—No —dijo ella desde atrás. Sonaba un poco ausente, como si estuviera concentrada en otra cosa—. Iba a hacer rafting, ¿se acuerda? ¿Qué sentido tendría llevar laca? Bueno, supongo que también podría improvisar un embudo y echar el agua en la botella del colutorio, si no quiere arriesgarse con la tapa del desodorante.

—Limítese a lavarla con nieve; eso debería ser suficiente. —Ahora que había mencionado el agua, se dio cuenta de repente de la sed que tenía, y no quería esperar mientras ella buscaba algo que pudiera utilizar como embudo. Se arriesgaría con los restos de desodorante.

—Está bien entonces.

La oyó hacer ruido un minuto, y luego llegó a sus oídos el crujido del plástico. Unos segundos más tarde se agachó junto a él, con la tapa azul en la mano izquierda.

—No trate de incorporarse —le indicó— si se marea y se cae podría hacerme derramar el agua.

Mientras hablaba pasó la mano derecha bajo su cuello y esa posición hizo que su mejilla se apoyara contra su pecho. Él pudo sentir la firme resistencia, oler el aroma cálido y levemente dulce de la piel de mujer, y la necesidad repentina de volver la cabeza y hundir su cara en ella fue tan violenta que sólo una punzada repentina de dolor lo desvió.

—Tenga cuidado —murmuró ella, llevando la improvisada taza a sus labios—. Son sólo un par de sorbos, así que trate de no dejar caer ni una gota.

En cuanto tomó un sorbo ella apartó el recipiente. La nieve parcialmente derretida tenía un fuerte sabor mineral, mezclado con el del plástico, y estaba tan fría que casi le produjo dolor en los dientes. El líquido lavó los tejidos inflamados y rasposos de su boca y su garganta, y lo absorbió casi tan rápido como pudo tragar. Cuando ella empezó a colocar la tapa otra vez en posición para tomar otro sorbo, él se lo impidió haciendo un ligerísimo movimiento de cabeza, que era todo lo que podía hacer.

—Su turno.

—Yo comeré un poco de nieve —replicó ella—. Me estoy moviendo, así que comer nieve no bajará mi temperatura corporal tanto como en su caso. —Frunció el entrecejo—. ¿Cuánto tiempo cree que pasará antes de que nos encuentre un equipo de rescate? Han transcurrido varias horas desde su llamada de socorro, pero no he oído ni siquiera un helicóptero, y desde luego no he visto ninguno. Si cree que tendremos que esperar bastante tiempo, debo buscar una forma mejor de obtener agua para beber. Derretir nieve no es muy eficiente.

No, porque se necesitaba mucha nieve para conseguir un poco de agua, y también mucho tiempo.

—Probablemente no nos rescatarán antes de mañana, en el mejor de los casos —dijo él, respondiendo a su pregunta.

Ella no pareció sorprendida, sólo preocupada y molesta.

—¿Por qué tanto tiempo? Han pasado varias horas desde la llamada de socorro. —Mientras hablaba acercó la tapa de plástico a sus labios y él tomó otro sorbo de agua.

—Porque ni siquiera habrán empezado a buscarnos todavía —dijo él después de tragar.

La mirada de disgusto se volvió más intensa.

—¿Por qué no? —preguntó con tono cortante.

—Al no hacer nuestra parada programada para repostar en Salt Lake City saltará la alarma. Si en un par de horas después de haber pasado por alto esa parada, no damos señales de vida, se organiza la búsqueda.

—¡Pero usted envió una llamada de auxilio! Dio su posición.

—Que puede haber quedado registrada o no. E incluso aunque lo haya sido no se habrá iniciado una búsqueda inmediata. Los rescates son muy costosos y los equipos cuentan con recursos limitados; tienen que asegurarse de que la llamada de socorro no sea falsa, de que a algún idiota no se le haya ocurrido pensar que sería divertido enviar una llamada de auxilio sin necesitarlo. Así que tienen que esperar a que el avión no aparezca donde y cuando se supone que debe hacerlo antes de ponerse en funcionamiento. Y, aun así, después de lanzar el aviso, lleva tiempo organizar una búsqueda. Estamos en junio, así que los días son largos, pero, a pesar de todo, dudo que un equipo de rescate pueda localizarnos antes de que se haga de noche. Pararían durante la noche y comenzarían de nuevo mañana por la mañana.

La miró mientras procesaba esta información, recorriendo con la mirada el inmenso paisaje que los rodeaba. Transcurridos unos minutos suspiró.

—Confiaba en que sólo necesitaría encontrar una forma de protegernos del viento, pero va a ser indispensable hacer mucho más que eso, ¿verdad?

—Si quiere seguir viva mañana por la mañana, sí.

—Me lo temía. —Le dio el último sorbo de agua, después bajó cuidadosamente su cabeza hasta la manta y sacó el brazo de debajo de él. Su sonrisa era triste mientras metía la mano debajo del montón de ropa que lo cubría y finalmente sacaba la navaja—. Entonces mejor me pongo en marcha. Esto llevará tiempo.

—No trate de hacer nada complicado. Tiene que ser suficientemente pequeño para que el calor corporal pueda calentar un poco el aire a nuestro alrededor; así que cuanto más reducido, mejor, siempre que haya espacio para los dos. Rescate lo que pueda del avión; el cuero de los asientos, cualquier alambre que pueda utilizar para atar postes o palos, cosas así.

Ella resopló ante sus instrucciones.

—¿Complicado? Ni lo sueñe. Para su información, le diré que soy un verdadero desastre para la construcción.

Capítulo 10

Que Justice confirmara lo que ella había sabido instintivamente —que nadie los estaba buscando— puso a Bailey más nerviosa de lo que quería aparentar. En realidad, habría necesitado oír que serían rescatados pronto, porque preparar cualquier tipo de refugio pondría a prueba hasta el límite la poca fuerza que le quedaba. Sencillamente, no sabía cuánto más podía seguir en pie.

Descansar junto a Justice y calentarse mientras trataba de hacerle entrar en calor la había ayudado, pero ahora el menor esfuerzo parecía producir un ataque violento de vértigo, lo cual era un peligro si se tenía en cuenta la pendiente de la ladera en la que se encontraban. Cualquier mal paso o ligero tropezón podía hacerla caer montaña abajo, y en aquel terreno accidentado seguramente se rompería una pierna o un brazo, por lo menos. Lo único positivo que se le ocurría era que, aunque su dolor de cabeza no remitía, no parecía ir en aumento. Algo positivo..., pero no le devolvía la esperanza.

Sus vidas dependían de ella, así que tendría que ser extremadamente cautelosa. Sin embargo, la precaución llevaba tiempo, y el tiempo era casi tan limitado como su fuerza. La temperatura, que dudaba que hubiera superado los cero grados durante el día, caería en picado incluso antes de que el sol se ocultara por completo. En cuanto se escondiera detrás de la cumbre de las montañas que se erguían sobre ella, lo cual podría suceder un par de horas antes de la puesta de sol, la temperatura empezaría a descender. Tendría que conseguir agua cuanto antes y construir un refugio, aunque fuera rudimentario.

Agarró la botella vacía del colutorio, se agachó y empezó a meter nieve por la estrecha boca. Sus manos estaban frías incluso antes de comenzar, y en un minuto el dolor de sus dedos se hizo insoportable. Tuvo que detenerse y meter las manos debajo de las axilas, cerrando los ojos y balanceándose mientras el dolor disminuía lentamente y el calor traspasaba su piel. Necesitaba algo para taparse las manos, lo más rápidamente posible.

De forma automática empezó a considerar sus opciones. Había traído dos pares de guantes a prueba de agua para coger los remos, pero no tenían dedos, así que aunque fueran buenos para evitar ampollas no ayudarían a mantener calientes sus manos. Podía ponerse calcetines en las manos como mitones improvisados, pero entorpecerían sus movimientos y se mojarían, lo cual enfriaría aún más sus extremidades. Los calcetines serían útiles después.

Tenía que olvidarse de los guantes; necesitaba un método eficaz para meter nieve en la botella que no implicara poner las manos en ella. ¿Qué podía usar como rastrillo o pala improvisada?

Dejando la botella sobre la nieve —desde luego, no iba a derretirse y verterse la que ya había dentro—, se acercó a las bolsas de basura que ahora contenían el resto de su ropa y de sus provisiones, se sentó sobre una de ellas y empezó a sacar metódicamente de las otras todo lo que no fuera ropa. Analizó cada objeto, tratando de pensar en un uso diferente del habitual.

No encontró ninguna utilidad inmediata para su desodorante de barra. Suponía que si necesitaba algo parecido a la cera, serviría, pero en aquel momento no se le ocurría nada. El cepillo del pelo, el maquillaje básico —rímel, crema solar, barra de labios—, los libros y revistas que había traído para leer podían usarse de formas diversas, pero ninguna de ellas la ayudaría a meter nieve en una botella de colutorio. Tenía su linterna para la lectura, útil sin duda, pero no ahora. También encontró un par de bolígrafos, un bloc, un rollo de cinta aislante que dejó a un lado porque lo necesitaría cuando trabajara en construir el refugio, una baraja de cartas, repelente de insectos, un poncho que también apartó, pañuelos y toallitas —también las puso cerca—, así como cuatro toallas de microfibra y un puñado de cepillos de dientes desechables.

«Maldita sea», pensó con impaciencia. ¿Por qué no habría metido algo útil, como una caja de cerillas? Sus dientes estarían limpísimos y su boca fresca cuando encontraran su cuerpo congelado, pero ¿de qué demonios le servía eso?

Volvió a revisar la variada selección de objetos que en su momento había considerado útiles para hacer rafting durante dos semanas y suspiró desanimada... Entonces miró otra vez la baraja de cartas. Eran nuevas; la caja aún estaba sellada con plástico. Las cogió, agarró un extremo del plástico con los dientes y empezó a romperlo. Después abrió la caja y sacó una carta. Estaba plastificada, así que podría aguantar mucho.

«Bien», pensó con un cierto aire de satisfacción.

La carta era lo suficientemente rígida y flexible para enrollarla y hacer una especie de pala diminuta para así empujar la nieve hacia la boca de la botella. Sacudió la botella y golpeó el fondo contra una piedra haciendo que la nieve bajara, para poder meter más. Cuando el recipiente estuvo lleno de nieve, le volvió a poner la tapa y la enroscó bien fuerte.

—Esto no va a tener un sabor agradable —advirtió mientras caminaba de vuelta hacia Justice con cuidado.

Él había permanecido con los ojos cerrados mientras ella se ocupaba del agua y los abrió lentamente cuando la oyó. Su cara estaba pálida, lo que no era sorprendente, pero en su boca apareció una sonrisa irónica.

—Entonces, ¿qué novedades hay?

Ella le enseñó la botella de nieve.

—No será mucha agua cuando se derrita, pero es lo mejor que se me ocurre. El truco es conseguir que la nieve se derrita. Tengo que poner la botella en un sitio caliente. ¿Adivina cuál es?

—Apuesto que no es debajo de su camisa. —La sonrisa dibujó una curva sardónica.

—Eso sería apostar sobre seguro. —Ignoró su referencia a la forma en que le había calentado los pies. El hecho de que hubiera tocado sus senos desnudos no la avergonzaba, pero tampoco se sentía lo que se dice cómoda con aquel cambio brusco en su relación, si es que podía llamar relación a una fría enemistad. ¿Se habían convertido de repente en los mejores amigos sólo porque habían sobrevivido juntos a un accidente de avión? No lo creía. Por otra parte, no había lugar para la hostilidad entre ellos ahora; aún se necesitaban mutuamente para sobrevivir. Y si había otro aspecto a tener en cuenta, tras considerar el esfuerzo hercúleo realizado para controlar el impacto y hacer posible la supervivencia, sus sentimientos hacia él eran de respeto y admiración. Tenía que ser sincera. Él era su héroe.

Suspiró mentalmente. En resumen, no sabía lo que creía ni lo que sentía. Se obligó a concentrarse en el asunto que tenía entre manos, que era más importante que lo que sentía o dejaba de sentir, y deslizó la botella bajo su ropa, junto a su cadera.

—Espero que esto no haga que empiece a tiritar de nuevo. ¿Está demasiado frío?

—No, está bien. Tengo dos capas de ropa entre la botella y yo. Usted se está deslomando a trabajar, así que lo menos que puedo hacer es derretir la nieve.

—Eso es verdad. —Esta vez la sonrisa fue sincera, y mostró el brillo de sus dientes y un minúsculo hoyuelo justo sobre la comisura izquierda de su boca. Sólo entonces se dio cuenta de lo poco cortés que había sido su respuesta, y sacudió la cabeza arrepentida—. Lo siento. Eso ha sido muy poco amable.

—Pero sincero. —Mantenía la cabeza muy quieta, comprensiblemente, pero en sus ojos se habían formado unas pequeñas arruguillas de jovialidad y el pequeño hoyuelo relampagueó de nuevo. Resultaba sorprendente ver cómo una sonrisa transformaba al Capitán Amargado en un hombre verdaderamente atractivo, a pesar de su cabeza vendada y su cara amoratada.

—Bueno..., sí.

—Gracias a Dios que ha dicho que sí. Si no habría pensado que había perdido completamente el sentido de la realidad.

—Me aferro con bastante firmeza a la realidad —dijo ella irónicamente, y suspiró—. Desgraciadamente, la realidad me está diciendo que es mejor que me mueva o moriremos congelados esta noche. La altitud me está afectando, así que tengo que ir despacio y con cuidado.

La mirada de él se endureció de súbito mientras observaba su cara.

—¿Tiene mal de altura?

—Dolor de cabeza, vértigo... Sí, estoy casi segura. El dolor de cabeza podría ser en parte por habérmela golpeado, pero creo que sobre todo es debido a la altura.

La expresión de él se volvió sombría.

—Y no puedo hacer nada para ayudarla. Bailey, no haga demasiado esfuerzo. Es peligroso que lo haga. El mal de altura puede matarla.

—La hipotermia también.

—Conseguiremos superar la noche. Hay suficiente ropa aquí para tapar a diez personas, y podemos compartir el calor corporal.

Tendrían que hacerlo, de todos modos; ella no se hacía ilusiones sobre su habilidad en la construcción de refugios. Y prefería no pensar en lo frías que podían volverse las montañas por la noche y en la precaria salud de él. Mirándolo objetivamente, la hipotermia y el mal de altura no eran peligros comparables, al menos no para ella y con toda seguridad tampoco para él. Si se consideraba la sangre que había perdido, él corría mucho más riesgo de morir durante la noche que ella.

—Tendré cuidado —dijo, poniéndose de pie. Levantó la vista hacia el avión, inclinado casi de costado en la pendiente sobre ella. Sólo de pensar en subir aquellos escasos metros de nuevo, se sentía agotada, pero necesitaba la red de carga, así como el cuero de los asientos. Ah, sí, y los cables también. Podía ver montones de cables colgando del ala rota y del hueco donde habían estado el ala izquierda y parte de la cabina.

La enormidad del trabajo al que se enfrentaba casi le producía pánico. Tenía hambre, sed y frío. Le dolía todo. La herida del pinchazo en su brazo derecho, que casi había olvidado, empezaba a hacerse notar. Aunque hubiera tenido algo de comida decente dentro, abundancia de agua y la ropa adecuada —así como una agradable y cálida hoguera—, no le habría gustado saber que era la responsable de construir un refugio que se mantuviera en pie. La arquitectura la aburría. Nunca había construido ni siquiera castillos de arena.

Toda la experiencia con que contaba procedía de algunos episodios sobre supervivencia que había visto en el canal Discovery, cuyos detalles, en realidad, no recordaba. Sabía que estarían más calientes con una capa aislante entre ellos y el suelo, y que tenía que poner algún tipo de techo sobre sus cabezas para protegerlos de la posibilidad de lluvia o nieve. Más allá de eso, lo único que se le ocurría era que tenían que protegerse igualmente del viento. Suponía que tenía que lograr eso de alguna forma con palos y hojas.

Se deslizó de nuevo en el interior de los restos del aparato, terminó de soltar la red y la dejó caer al suelo por la puerta. Aquello no exigía un esfuerzo físico excesivo, ni tampoco quitar el cuero de los asientos. Para obtener trozos de cuero lo más grandes posibles, usó concienzudamente la punta de la navaja para cortar las puntadas. El asiento trasero estaba formado por una sola pieza, con dos respaldos y brazos individuales, y le proporcionaría el trozo más grande. El viento no podía traspasar el cuero; por eso los motoristas usan ropa hecha con ese material.

Cortar todas las puntadas le llevó tiempo, más del que había previsto. De todas formas, tuvo que romper algo del cuero, porque se resistía a soltarse incluso después de haber cortado todas las costuras. Al quitar el material que cubría los asientos apareció la gruesa gomaespuma del relleno; de inmediato se imaginó un uso para ella, así que la gomaespuma siguió a la red y a los trozos de cuero. El suelo proporcionó más hules. Pensó que el botín rescatado del avión que casi los había matado todavía podría salvarlos.

Capítulo 11

¡Adivina qué! —Bret, con voz cantarina, entró dando saltos en la oficina de J&L con aire desenfadado—. Resulta que Cam tenía razón sobre la reacción alérgica. Era... —Se detuvo en mitad de la frase, la alegría se borró de su cara, sus ojos azules se fijaron intensamente en la cara de Karen—. ¿Qué pasa?

Karen lo miraba sin palabras. Su rostro estaba blanco como el papel, su expresión demacrada y seria. Tenía en la mano el auricular del teléfono y lo volvió a colgar lentamente.

—Estaba a punto de llamarte —dijo. Su voz era débil, sin matices.

—¿Qué?

—Es Cam.

Bret miró su reloj.

—¿Ya ha llamado? Ha hecho un tiempo estupendo.

—No..., no ha llamado. —Karen hablaba como si casi no pudiera mover los labios. Tragó saliva—. No hizo la parada para repostar en Salt Lake.

Un tic nervioso hizo que se le moviera un minúsculo músculo en la barbilla.

—Se habrá detenido en otro lugar —dijo con tono neutro, después de un momento—. Antes de Salt Lake. Si hubiera algún problema habría dejado…

Lentamente, temblando un poco, Karen negó con la cabeza.

Bret se quedó inmóvil, mirándola fijamente mientras trataba de comprender lo que le estaba diciendo. Después salió disparado hacia su oficina, agarró su papelera y vomitó en ella.

—Dios —dijo con voz tensa, cuando pudo hablar. Apretó los puños sobre sus ojos—. Cielo santo. No puedo…, no puedo creer…

Karen apareció en la puerta de la oficina.

—Se ha emitido una alerta.

—Mierda, una alerta —dijo como loco, girando sobre sus pies—. Una búsqueda…

—Conoce el protocolo.

—¡Están perdiendo tiempo! Tienen que…

La única respuesta de ella fue otra sacudida dolorosamente lenta de su cabeza.

Con toda su furia, le dio una patada a la silla, que fue a estrellarse contra la pared.

—¡Mierda! —bramó—. ¡Mierda, mierda, mierda!

Después descolgó el teléfono y empezó a realizar algunas llamadas, sólo para que le dijeran una y otra vez que se seguiría el protocolo, que si Cam no se ponía en contacto desde alguna parte, en un par de horas se iniciaría su búsqueda.

Colgó el teléfono, se dirigió a un mapa que había en su pared y trazó una línea de Seattle a Denver, para señalar la ruta que Cam habría tomado.

—Más de mil quinientos kilómetros —murmuró—. Podría estar en cualquier parte. Ha podido ocurrir cualquier cosa. ¿Has hablado con Dennis? ¿Mike puso a punto el Skylane ayer por algo concreto?

Las dos preguntas estaban dirigidas a Karen, que había estado escuchando sus llamadas, deseando contra toda esperanza que él pudiera acelerar el comienzo de la búsqueda.

—Ya lo he revisado —dijo—. No había nada. Dennis ha dicho que no hizo nada en el Skylane aparte del mantenimiento normal. —Dudó—. Lo que haya pasado... no puede haber sido mecánico. Quizá chocaron contra un pájaro o se ha puesto enfermo y se ha desmayado... —Su voz se apagó.

Bret estaba todavía mirando el mapa. La ruta de Cam atravesaba parte del terreno más accidentado y remoto del país.

—Ha podido haber hecho un aterrizaje forzoso —insistió—. En una pradera, en un cañón, en un sendero de tierra para bicicletas..., en cualquier lugar. Si había alguna posibilidad, Cam lo habrá conseguido.

—Están haciendo un rastreo de comunicaciones —dijo ella—. Si ha podido aterrizar, estará emitiendo por radio. Una FSS recogerá su transmisión. —La voz de Karen tembló un poco mientras añadía—: Todo lo que podemos hacer es esperar.

Las FSS o Estaciones de Servicio de Vuelo eran una asistencia que cumplía muchas funciones diferentes; entre ellas estaba el control constante de la frecuencia de emergencias de los aviones. Cam había presentado un plan de vuelo ateniéndose a la Normativa de Vuelo Visual, lo que lo colocaba en el sistema FSS de niveles progresivos de emergencia. Al no llegar a Salt Lake en el tiempo estimado, el sistema había entrado en una fase de alerta. Un servicio de comunicaciones notificó a todos los puestos de comunicación y aeropuertos en su ruta que llevaba retraso en su llegada y pidió información.

El protocolo era que transcurrida una hora, si el avión no había sido encontrado, la búsqueda de comunicación se intensificaba y se ampliaba, revisando todos los posibles sitios de aterrizaje. Después de otra hora sin resultados, la FSS dejaría que el servicio de Búsqueda y Rescate se hiciese cargo de la tarea. Se llamaría a los amigos y parientes de Cam. Sólo se iniciaba una búsqueda real, física, después de tres horas; un satélite recogería la señal del transmisor-localizador de emergencia que había en el avión y guiaría al equipo de Búsqueda y Rescate hacia él, pero dependiendo de lo remota que fuera la localización, eso podía tardar varias horas más.

Karen tenía razón. Todo lo que podían hacer era esperar.

Bret se paseaba de un lado a otro. Karen volvió a su mesa y se quedó sentada mirando al vacío, moviéndose únicamente para contestar al teléfono cuando sonaba. Los minutos pasaban tan lentamente que el tiempo empezaba a parecerse a la tortura china de la gota de agua.

Entonces Karen contestó al teléfono otra vez para decir con voz ahogada:

—Sí, gracias —colgó y rompió a llorar.

Bret respiró profunda y entrecortadamente. Se quedó lívido, con los puños apretados.

—¿Han encontrado los restos del aparato? —preguntó con voz ronca.

—No. —Se secó los ojos y apretó la mandíbula—. No han recibido llamadas de socorro ni ha habido contacto por radio. Si hubiera hecho un aterrizaje de emergencia en alguna parte... —No tuvo que decirlo. Si Cam hubiera aterrizado, se habría comunicado por radio, pero aterrizar y estrellarse eran dos cosas muy diferentes—. Se ha iniciado la búsqueda.

El semblante de Bret se había vuelto gris y tenía los hombros caídos.

—Mejor... Supongo que debería llamar a Seth Wingate. —Volvió a su mesa para dejarse caer pesadamente en la silla y se puso a rebuscar en la agenda de teléfonos. Karen sacó rápidamente el archivo de la familia del ordenador y le dijo el número en voz alta.

—¿Sí? ¿Qué ocurre? —Una voz ligeramente arrastrada lo saludó. De fondo sonaba un televisor con el volumen bastante alto.

¿Estaba ya borracho? Era media tarde.

—¿Seth?

—El mismo que viste y calza.

—Bret Larsen de J&L. —Bret apoyó los codos en la mesa y se tapó los ojos con una mano.

—Pensaba que iba a llevar a esa zorra, perdón, a mi querida madrastra, a Denver hoy.

—Cam, el capitán Justice, se ha encargado de ese vuelo en el último momento. —Notó que le faltaba el aire, así que tragó una bocanada rápida. Tenía que acabar con esto—. Hemos perdido contacto con el avión. No han llegado a repostar a Salt Lake.

Increíblemente, Seth se rió.

—Me está diciendo gilipolleces.

—No. Se ha puesto en marcha el equipo de Búsqueda y Rescate. Ellos…

—Gracias por llamar —dijo Seth, riéndose de nuevo—. Supongo que algunas de mis jodidas plegarias han sido escuchadas, ¿eh?

Bret escuchó de pronto el pitido de la línea telefónica.

—¡Cabrón! —bramó, luchando contra el deseo irrefrenable de lanzar el teléfono contra la pared—. ¡Hijo de puta! ¡Bastardo!

—Deduzco que no está disgustado —dijo Karen. Estaba todavía pálida, pero tenía los ojos sin lágrimas y el aspecto ojeroso y perdido de alguien que estaba pasando por una gran conmoción.

—El hijo de puta se ha reído. Ha dicho que sus plegarias habían sido escuchadas.

—Quizá con algo de ayuda de su parte —apostilló ella con intenso odio.

***

Lo primero que hizo Seth fue quitarle el sonido al televisor y llamar a su hermana Tamzin. Cuando contestó pudo darse cuenta, por los gritos y el chapoteo que se oían de fondo, de que estaba al lado de la piscina vigilando a sus dos mocosos. No le gustaban sus sobrinos ni tampoco su hermana; pero en este frente, por lo menos, estaban unidos.

—No te lo vas a creer —ronroneó satisfecho—. Parece que el avión de Bailey se ha estrellado volando a Denver.

Al igual que él, su primera reacción fue de risa.

—¡Me estás tomando el pelo!

—Acaba de llamar Bret Larsen. Se suponía que iba a ser él su piloto, pero en su lugar llevaba el avión el otro, el alto.

—¡Oh, Dios mío, eso es estupendo! No puedo creer… Quiero decir, sé que no deberíamos celebrarlo, pero ella ha sido tan… ¿Cómo te las has arreglado?

Una furia instantánea lo invadió. Era tan malditamente estúpida… Tenía identificador de llamadas; sabía que él estaba llamando desde un móvil, que era evidentemente poco seguro, ¿y decía algo así? ¿Estaba tratando de que lo detuvieran?

—No sé de qué me estás hablando —dijo fríamente.

—Ah, vamos. ¡Madison, no hagas eso! Te dejaré sin ir a jugar si… —gritó de repente—. ¡Mira lo que has hecho ahora! ¡Mamá está toda mojada! ¡Ya está bien! ¡No puedes traer a nadie a casa durante un mes!

Incluso por el teléfono, Seth podía oír el odioso lloriqueo de su sobrina, un sonido particularmente irritante, mientras se lanzaba de forma inmediata a una campaña para agotar a su madre y restablecer sus derechos. Tamzin nunca cumplía ninguna de sus amenazas, y sus hijos lo sabían perfectamente. Todo lo que tenían que hacer era llorar el tiempo suficiente y Tamzin cedía sólo para que se callaran. Seth se pellizcó el puente de la nariz.

—¿No puedes hacer que se calle? Suena como el silbato de una locomotora.

—Hoy están volviéndome loca.

«No se necesita mucho», pensó él, cínicamente.

—Entonces, ¿qué hacemos? —preguntó Tamzin—. ¿Tenemos que reclamar el cadáver o algo así? Porque no me importa si está enterrada o no. No voy a gastar un céntimo en su funeral.

—No haremos nada todavía. Están buscando el avión.

—¿Quieres decir que ni siquiera saben dónde está?

—¿Y por qué otra razón lo iban a estar buscando? —soltó él con furia.

—¿Cómo saben que se ha estrellado si desconocen dónde está? Lo lógico es que alguien se dé cuenta cuando un avión desaparece de la pantalla del radar.

Él empezó a explicarle que los vuelos de este tipo no iban a la misma altura que los de la aviación comercial y no eran rastreados por radar hasta que se aproximaban a un espacio aéreo controlado; pero decidió ahorrarse el esfuerzo.

—No se ha presentado en la parada programada para repostar combustible.

—Entonces, ¿podría no haberse estrellado? ¿No están seguros? —En su voz se notaba la desilusión.

—Están todo lo seguros que se puede estar.

—Entonces, ¿cuándo tendremos el control del dinero?

—Cuando se encuentren los cadáveres y se expida un certificado de defunción, supongo. —En realidad no tenía ni idea; los asuntos legales podrían tardar algún tiempo antes de resolverse.

—¿Cuánto llevará eso? Es ridículo que no tengamos control sobre nuestro propio dinero. Odio, odio absolutamente a papá por hacerme esto. Tengo que aparentar ante todos mis amigos que la dejamos vivir en la casa por la bondad de nuestro corazón y que soy cuidadosa con el dinero, cuando la verdad es que ella reparte cada céntimo como si fuera suyo.

—No lo sé —dijo él con impaciencia—. Llama a tu abogado si quieres averiguarlo ahora mismo.

—Además, no me voy a poner de luto, y no voy a aparentar que lo siento.

—Claro, claro, yo tampoco. —De repente no pudo soportar hablar con ella ni un minuto más—. Te avisaré cuando averigüe algo más concreto.

—Podías haber llamado antes. He tenido un día espantoso y si me hubieras dicho esto por la mañana habría estado de mejor humor.

Seth desconectó el teléfono y en un ataque de ira lo arrojó contra la pared. Lo que había empezado como pura satisfacción ahora le dejaba un sabor amargo en la boca. Se dirigió al baño para beber un vaso de agua y se quedó mirando fijamente al espejo como si no se hubiera visto nunca antes, preguntándose si los demás verían en él a alguien capaz de matar para conseguir sus fines. Su boca se hizo más fina cuando la apretó y se dio la vuelta, alejándose de su propia imagen en el espejo. Volvió al salón, tomó el whisky que estaba bebiendo, el tercero del día, y se lo llevó a la boca. Entonces, sin llegar a beber, lo volvió a dejar. Necesitaba tener la cabeza despejada, así que eso significaba que, de momento, ya había tenido suficiente whisky.

Tendría que ser muy, muy cuidadoso, o su deslenguada y estúpida hermana lo llevaría a prisión.

Capítulo 12

Bailey dio un paso atrás para inspeccionar el resultado de su trabajo; y no porque estuviera entusiasmada por su belleza. El «refugio» —esperaba que fuera lo suficientemente resistente para denominarlo así— era una colección tan variopinta de cosas sin orden ni concierto y de forma tan extraña, que hasta un país del Tercer Mundo lo hubiera rechazado. Le temblaban las rodillas; después de aquel enorme esfuerzo estaba al borde del desmayo.

Sentía latir sus sienes y tenía tanta sed que la boca parecía de algodón. Derretir nieve en la boca sólo le proporcionaba un breve alivio, y además le hacía sentir más frío aún. También tenía hambre. Le dolía todo el cuerpo, y cada movimiento provocaba una protesta de sus músculos. Estaba tan mareada que, al final, se había visto obligada a andar a gatas, lo que significaba que los pantalones de su chándal se habían mojado con la nieve y ahora le restaban aún más calor de su cuerpo.

Pero al menos había terminado, y ella y Justice tenían un lugar donde dormir que, si no se les venía abajo, les proporcionaría algo de protección contra el frío nocturno. Y eso no había sido fácil.

Pertrechada únicamente con la navaja de Justice para cortar, había tenido que usar todos los troncos y ramas rotos que pudo encontrar. El avión había destrozado muchas ramas, pero no todas habían sido cortadas de cuajo. Algunas las había podido arrancar, pero no pudo permitirse el lujo de gastar demasiada energía o tiempo en ninguna de ellas. Recoger un par de ramas rotas del suelo, aunque no fueran tan fuertes como una que aún estaba colgando, era mucho más fácil que intentar cortarlas con una navaja.

Tras elegir un espacio alargado entre unos cuantos árboles que se apretujaban hacia el lateral cóncavo de una roca, bastante recomendable sobre todo porque era plano y no había raíces que sobresalieran del suelo, había retirado tanta nieve como le había sido posible y cubierto el espacio limpio con un entramado formado con las ramas más flexibles. Los árboles parecían todos abetos de hoja perenne, así que las ramas con sus agujas formarían una buena capa acolchada entre sus cuerpos y el suelo.

Probablemente lo había empezado al revés, pero en aquel momento creyó que era mejor empezar por la cama y después construir el refugio a su alrededor para poder visualizar mejor el tamaño que debería tener. Como él había dicho, cuanto más pequeño, mejor. Como estaba concentrada en hacer el refugio lo suficientemente largo para que él pudiera estirar las piernas, se puso de pie junto a Justice y midió su estatura cuidadosamente poniendo un pie delante del otro. Era un poco más largo que siete de sus pies desde el talón hasta el dedo.

Él no dejó de mirarla durante todo el proceso, con el ceño ligeramente fruncido.

—¿Está haciendo alguna especie de prueba de alcoholemia?

—Estoy midiéndolo. Tiene aproximadamente un par de centímetros más de siete pies; de mis pies reales, no de los pies de treinta centímetros. No quiero hacer un refugio demasiado corto para usted.

Trató de hacer la cama unos centímetros más larga que esa medida, o habría que decir más bien que intentó hacer un lado más largo, porque el espacio libre estaba ligeramente torcido a causa de la colocación de los árboles. Imaginó que ella ocuparía el lado más corto.

Sobre el entramado de ramas y agujas puso el almohadillado de gomaespuma que había quitado de los asientos del avión e imaginó que estaría más mullido que los sacos de dormir. Dadas sus preferencias, sin embargo, había cogido el saco, al menos así tendría más calor. Permanecer caliente durante la noche sin una hoguera sería un verdadero desafío.

Cuando tuvo el almohadillado en su sitio, empezó a trabajar con las ramas más largas. Obviamente necesitaba una especie de armazón, por lo que precisaría el rollo de cinta para sujetar las ramas, pero se sintió un poco reacia a usarlo. El rollo era pequeño y se acabaría pronto. Si usaba tiras de ropa para atar el armazón y no daba resultado, al menos podría volver a utilizarlas, mientras que la cinta, una vez usada, ya no servía para nada.

La chaqueta de seda estropeada era perfecta para hacerla jirones.

Al principio, trató de hacer un armazón en forma de V invertida, pero aquello resultó estar más allá de su capacidad constructora, lo cual no era sorprendente. Cuando la rudimentaria estructura se desplomó por tercera vez, decidió dejar de perder el tiempo en aquel empeño.

Volvió al lugar donde se encontraba Justice acostado bajo el montículo de ropa y se agachó junto a él.

—¿Recuerda cuando dije que era un desastre como constructora? —preguntó.

Él entreabrió los ojos.

—¿Es ésa su forma de decirme que vamos a dormir a la intemperie esta noche?

—¡No, es mi forma de pedirle ayuda! Deme algunas instrucciones, sugerencias, algo. Si tiene alguna experiencia en esto, ya sabe más que yo.

—Creía que había ido a hacer rafting antes.

—Sí, pero me gustaría señalar que no se hace rafting en la cumbre de una montaña nevada.

—¿No ha montado nunca una tienda de campaña?

Ella soltó un sonido burlón.

—Era estudiante. Por supuesto que no. Dormíamos en sacos de dormir en torno a una hoguera.

—Bien. —Pensó durante un momento—. ¿Qué tipo estaba tratando de construir, con armazón en «A» o de apoyar?

—Un armazón en «A». No puedo lograr que se tenga en pie.

—Haga primero la base. Trace los lados más prolongados con dos ramas largas paralelas, después ponga encima las ramas cruzadas para apuntalar, una a cada lado, y asegure las cuatro esquinas.

Eso parecía bastante fácil. Volvió al lugar del refugio. Escogió entre la variedad de troncos, palos y ramas los dos más adecuados para la longitud de lo que iba a ser la cama, y después colocó uno a cada lado. Luego puso en su sitio dos ramas más cortas, una a cada extremo, y utilizó las tiras de seda para atar cada una de ellas a las dos más largas. Cuando terminó, sacudió el armazón para comprobar su consistencia, apretó más fuerte los nudos y volvió a sacudirlo. Parecía suficientemente bueno.

—¿Y ahora qué? —preguntó en voz alta.

—Ahora necesita establecer la altura. Consiga cuatro ramas que sean más que la altura que quiera darle al refugio.

Eso era fácil, pero las cuatro ramas tenían todavía un montón de ramitas y agujas. Utilizando la navaja, quitó lo que pudo.

—Ya las tengo.

—Coja dos y haga una X desigual con ellas. El punto donde se crucen debe marcar la altura del refugio. Debe atar el segundo par, donde se cruzan, a la misma altura que el primer par. Después consiga dos trozos más cortos y póngalos debajo del punto de cruce de las X, como tirantes.

Hummm. Ya se imaginaba adónde quería llegar él con eso. Se puso a trabajar con sus tiras de seda y cuando hubo terminado tenía algo parecido a dos letras A con cuernos que sobresalían por arriba.

—Ahora las ato a la base, ¿verdad?

—Primero consiga otra rama larga y póngala en el empalme de las dos X, y átela en los dos extremos de forma que el marco superior sea tan largo como la base. Después fíjelo todo a la base.

A pesar de las instrucciones, el armazón del refugio se inclinaba un poco a la izquierda y se combaba en la parte de atrás, pero cuando buscó el sol vio que se había ocultado tras las montañas y tenía muy poco tiempo para mejorar su obra. En lugar de eso, ató otros trozos de rama como tirantes en los lugares donde parecían ser más necesarios, que era prácticamente en todas partes. Cuando lo consideró suficientemente resistente para tenerse en pie, al menos durante una noche, empezó a trabajar en recubrirlo.

Supuso que las bolsas grandes de basura sujetas en la parte superior no podían considerarse propiamente un tejado, pero eran lo más parecido a una lona que tenía. Aseguró con cinta las bolsas a la estructura de madera, después echó la red de carga encima para fijarlas en el caso de que se levantara viento, y para añadir peso y aislamiento entrecruzó las ramas flexibles con las agujas entre la red.

Las bolsas de basura no cubrían completamente los lados de la estructura en A, pero no disponía de suficientes para completar la tarea. Añadió más ramas para cubrir los huecos, y después tapó todos los espacios libres con montones de agujas. Con la mirada puesta en la luz que iba declinando lentamente se percató de que la temperatura descendía, y olvidó moverse con lentitud. La sensación de urgencia la llevó a ir cada vez más rápido, hasta que empezó a respirar jadeando.

Cuando se puso de pie para alcanzar otra rama con la que cubrir un pequeño hueco que acababa de descubrir, se le nubló la vista. Se tambaleó, se estiró llena de pánico para agarrar algo, cualquier cosa, pero su mano se agitó inútilmente en el aire mientras se iba de cabeza contra uno de los árboles.

Cuando recuperó la visión, estaba de rodillas en la nieve, sujeta con un brazo a un delgado árbol, y el corazón le martilleaba de pánico. No queriendo arriesgarse a caer, permaneció de rodillas, apretando los dientes mientras cubría torpemente el pequeño hueco. La náusea, aceitosa y amarga, le subió a la garganta e hizo esfuerzos por tragar.

Todavía tenía que cerrar los extremos, y la única forma de hacerlo era gateando. Después de poner rectas las ramas para cubrir la parte de atrás, amontonó nieve contra ellas; estaba segura de que la nieve no se iba a derretir, y formaba una barrera efectiva contra el viento arremolinado. La parte frontal sólo podía cerrarse parcialmente, porque ellos tenían que entrar de alguna manera; colocó más ramas, empezando en los extremos y trabajando hacia dentro, dejando apenas el espacio suficiente para que Justice se arrastrara a través de él. Para cubrir la entrada, sujetó torpemente el trozo más grande de cuero en la estructura, dejando que el faldón colgara hacia abajo; no tapaba completamente la entrada, pero tampoco era necesario. El hueco que quedaba podía llenarlo empujando contra él una de las bolsas de basura que contenía su ropa.

El mayor problema al que se enfrentaba ahora era ponerse de pie, mantenerse derecha y meter de alguna manera a Justice en el refugio; no podía arrastrarlo, porque ella también se estaba arrastrando. Se levantó cuidadosamente, agarrándose a uno de los árboles para ayudarse. Sus rodillas parecían flaquear y su cabeza latía de un modo despiadado, tanto que casi se desmaya de nuevo. Cuando pasó la amenaza, miró con cansancio la estructura destartalada y torcida. Serviría porque tenía que servir; no tenían más opciones.

***

Temblando y tambaleándose, se dirigió pendiente abajo hacia donde se encontraba acostado Justice. Se trataba de una distancia corta, no más de diez metros, sólo lo suficiente para quedar fuera del camino del avión si éste empezaba a deslizarse. Aun así, a juzgar por el esfuerzo que tuvo que hacer para recorrer esa distancia, le pareció un kilómetro.

—Está listo —jadeó, bamboleándose hasta caer de rodillas junto a él. Tenía las manos entumecidas y torpes por el frío, las montañas estaban girando lentamente en torno a ella y estaba luchando por alejar la náusea de nuevo—. Sin embargo, no sé cómo va a llegar allí, a menos que pueda gatear.

Él abrió los ojos, pálidos en medio de los oscuros cardenales que se le habían formado ya.

—Creo que puedo ponerme de pie. Si no puedo, gatearé. —Se dio cuenta de la palidez de su piel, de la forma en que estaba tiritando y temblando, de lo empapado que tenía el chándal de rodilla para abajo, y frunció el entrecejo—. ¿Qué demonios le ha pasado? —preguntó con dureza—. No importa; ya lo sé. Se ha estado matando para hacernos un refugio. Maldita sea, Bailey...

Ella se sintió ridículamente herida, como si lo que él pensaba le importara, y aquel sentimiento hizo que se enfadara. Su tono fue también duro.

—¿Sabe? No tiene por qué dormir en él. Puede congelarse el culo aquí fuera, si quiere.

Un brazo desnudo y musculoso salió disparado de debajo de la ropa, una fuerte mano le agarró el antebrazo y lo siguiente que supo fue que estaba acostada sobre la manta térmica. La enfurecía que, a pesar de que él estaba débil y herido, ella, agotada tras el tremendo esfuerzo que había hecho, ofrecía la misma resistencia que una muñeca de trapo.

Sus ojos grises se habían vuelto helados.

—Vamos a dormir juntos, ya sea en el refugio o aquí fuera. Sin embargo, primero —dijo sombríamente— se va a meter debajo de esta ropa conmigo y a acostarse un rato, antes de que se desmaye. —A medida que hablaba, se iba girando lenta y trabajosamente hacia su lado izquierdo para ponerse de cara a ella.

Acostarse les sentó estupendamente a su cuerpo dolorido y a su cabeza que daba vueltas; la idea de entrar en calor era un sueño tan delicioso que casi se echa a llorar. La ira y el sentimiento herido le hacían desear apartarse y salir airadamente para meterse en el refugio en gloriosa soledad, pero la realidad era que no se sentía capaz de ir a ningún lado. Al no poder ofrecer resistencia física, recurrió a las palabras:

—Gilipollas ingrato. Siempre creí que era un burro, y ahora estoy segura de ello. Tenga por seguro que no le daré ni una onza más de mi chocolate.

—Sí, sí —dijo él, acercándola más, luchando con las pesadas capas de ropa para poder ponerlas sobre ella. Una vez que lo logró, la aproximó aún más, hasta que estuvo refugiada en sus brazos, contra su cuerpo medio desnudo.

Le pareció que la invadía una sensación de inmenso calor. Pero, para ser realista, sabía que no era así, que, en el mejor de los casos, él estaba sólo moderadamente tibio, pero, en comparación, ella estaba tan fría que Justice parecía estar ardiendo. Su cara helada se apretó contra la cálida curva de su cuello y su hombro, el brazo de él le rodeó la espalda abrazándola con fuerza, y la sensación de calor sobre sus manos heladas y temblorosas fue al mismo tiempo tan dolorosa y maravillosa que poco le faltó para ponerse a llorar. Empujó sus manos contra los costados desnudos de él en busca de más calor. Él se estremeció y soltó una palabrota, pero no las apartó.

Bailey continuó soltando improperios, murmurándolos contra su cálida garganta.

—Cuando se duerma le voy a quitar todos esos puntos de la cabeza. Ya lo verá. Y me voy a llevar la ropa también, puede calentarse con la suya, con las tres prendas que tiene. Y quiero que me devuelva la botella de colutorio.

—Shhh —murmuró él. Movía la mano en lentas caricias sobre su columna, arriba y abajo, arriba y abajo—. Descanse ahora. Puede continuar enviándome al infierno cuando se sienta mejor.

—Le enviaré al infierno cuando me dé la gana y no cuando a usted le venga bien. ¿Se está riendo? —preguntó furiosa, levantando la cabeza para ver si estaba en lo cierto, porque habría jurado que había oído una nota delatora en su voz.

Si lo había hecho, se las arregló para borrar la evidencia antes de que ella pudiera verla.

—¿Quién, yo? Jamás. Vamos, baje la cabeza —dijo, moviendo la mano hacia la parte de atrás de su cabeza, para aplicar una pequeña presión—. Acérquese más.

¿Más cerca? La única forma de acercarse más a él era quitándose también la ropa. Se rindió a la insistencia de su mano, apretando una vez más la cara contra la calidez de su piel.

—Deje de reírse de mí. Odio eso y no funcionará.

—Nunca pensé que lo hiciera.

Maldito sea, seguía riéndose. Pensó en pellizcarlo, pero eso requeriría un enorme esfuerzo y estaba empezando a relajarse por completo. No deseaba otra cosa que estar allí acostada ante la perspectiva que se les presentaba, con la dolorida cabeza sobre la cálida almohada de su hombro.

No se atrevía a quedarse dormida. La oscuridad estaba acercándose a toda velocidad, y aún le quedaba mucho que hacer.

—Tengo que levantarme. Está oscureciendo...

—Nos queda casi una hora de luz diurna. Podemos permitirnos cinco minutos para que descanse y entre un poco en calor. He estado añadiendo nieve a la botella según se derretía, así que tenemos como medio litro de agua si necesita beber.

Vaya. No lo había visto moverse, pero había estado concentrada, así que eso no era sorprendente. Sacó la botella de debajo de las mantas.

Pudo ver algunas minúsculas manchas oscuras de suciedad flotando en la nieve derretida, pero, francamente, le importaba un bledo. Tenía tanta sed que habría podido beber toda el agua, pero sólo se permitió tres sorbos, moviendo el maravilloso líquido en la boca hasta que se calentó antes de tragarlo.

—Está buena —dijo en un suspiro, volviendo a poner la tapa a la botella. Cam la devolvió a su sitio bajo la ropa, y de nuevo la atrajo hacia él.

Acurrucada fuertemente entre sus brazos, rodeada por su calor, Bailey dejó salir toda la tensión de sus músculos. Qué demonios; a pesar de que la había hecho enfadar, la dura realidad era que estaban juntos en esto. Enfrentados al frío brutal de una noche a gran altitud, podían sobrevivir juntos o morir separados. Era sólo una noche; al día siguiente serían rescatados. Se reuniría con Logan y Peaches, que en aquel momento estarían locos de preocupación, y quizá aún pudieran sumarse a la partida de rafting más abajo, en la ruta planeada. Medio dormida pensó que ahora el rafting en agua dulce le parecía algo suave después de haber sobrevivido a un accidente de avión. Había aventura; nada como una situación de vida o muerte para producir adrenalina.

Gradualmente, se percató de otra dura realidad.

Justice estaba medio muerto por la pérdida de sangre, tenía la cabeza abierta, e indudablemente tenía una conmoción. Había estado cerca de morir de hipotermia y sólo Dios sabía qué otras heridas tenía. Había pasado por todo eso… y el muy maldito tenía una erección.

Capítulo 13

—Mierda —dijo Bailey con tono de culpabilidad, exagerando sólo un poco—. Necesita orinar, ¿verdad? Lo siento, debería haber preguntado hace mucho.

Pasaron un par de segundos antes de que él dijera:

—Estoy bien, puedo esperar.

—Bueno, si está seguro de que…

—Estoy seguro. —Su tono era ligeramente enfadado.

No se permitió ni siquiera insinuar una sonrisa, porque tal y como estaba estaba con la cara apretada contra él habría notado moverse sus músculos faciales. Si a Justice se le había pasado por la cabeza tener una relación sexual —ella era la única persona disponible—, haber atribuido su erección a una función corporal y no a una de índole sexual seguramente le daría a entender que ella no estaba pensando en él en esos términos. En cualquier caso, no podía entender cómo en tales circunstancias se le podía pasar por la cabeza algo semejante, pero se había dado cuenta de que los hombres perdían la noción de la realidad cuando se trataba de su pene.

Sin embargo, ella tenía una fuerte noción de la realidad y sabía que estaban en una difícil situación. Aunque él no hubiera estado herido, ella no tenía tiempo ni espacio en su lista de tareas pendientes para implicarse en juegos. Y, además, siempre podía esgrimir la clásica excusa para negarse: tenía un dolor de cabeza real, y tan fuerte que lo único que la había mantenido activa había sido la urgente necesidad de hacer un refugio para pasar la noche.

Hablando de eso... A por ello, vamos, se dijo a sí misma, dejando a un lado sus quejas con respecto a su estado físico.

—Si está seguro de que no necesita orinar...

—Estoy seguro —bramó él. Ahora parecía definitivamente molesto.

—Entonces pongámonos en funcionamiento, capitán Justice.

Más de una hora después, se arrastró literalmente dentro del destartalado refugio junto a él y se derrumbó sobre los trozos de gomaespuma, que había cubierto con la manta térmica, basándose en la teoría de que el calor siempre ascendía, así que estarían más calientes acostados sobre la manta que debajo de ella. Le había parecido lógico, así que lo había puesto en práctica.

Justice estaba pálido a causa del agotamiento y el dolor cuando ella logró hacerle subir la pendiente. Recorrer esa corta distancia, avanzando centímetro a centímetro con enorme esfuerzo, había sido una pesadilla que los dejó temblorosos a los dos. Antes, con la ayuda de él, le había puesto ropa limpia. Había hecho varios viajes arriba y abajo de la pendiente, arrastrando las bolsas de ropa y otras provisiones, pero por fin todo había finalizado y había caído la noche.

Otra vez se encontró tiritando de frío, pero se las arregló para estirarse y arrastrar una de las bolsas de basura llenas más cerca hasta tapar la mayor parte de la abertura de entrada al refugio. Se quedaron acostados en la oscuridad total unos segundos, con el único sonido del áspero jadeo de la respiración de ella; entonces él encendió la linterna de ella. La pequeña luz arrojó sombras dentadas sobre su cara de huesos fuertes mientras se esforzaba por acercarse a Bailey, sin que su expresión revelara nada de lo que debía costarle ese movimiento.

Silenciosamente, la acurrucó en sus brazos de nuevo, para estar lo más cerca posible, y arregló los montones de ropa sobre los dos. Entonces apagó la luz para ahorrar pilas, y se quedaron allí juntos hasta que la respiración de ella fue menos dificultosa y ambos casi habían cesado de tiritar.

—Cuando le apetezca —dijo él con voz profunda y tranquilizadora en la total oscuridad que los rodeaba—, terminaremos ese Snickers y beberemos el resto del agua. Creo que a los dos nos vendrían bien un par de aspirinas también.

—Ajá. —Fue la única palabra que pudo articular Bailey. Estaba tan cansada que le dolía todo el cuerpo. Sí, tenía hambre, pero si tomar alimento requería moverse, entonces podía pasar sin comer. Los trozos de gomaespuma eran tan mullidos para su cuerpo maltratado como cualquier cama en la que hubiera dormido, y había algo profundamente reconfortante en estar acostada tan cerca de él que podía sentir su aliento agitándole el pelo y su pecho moverse mientras respiraba. Su aroma y su calor la envolvían. Apoyando la cabeza dolorida sobre su hombro, se durmió.

Cam fue consciente del momento en que ella se quedó dormida; la tensión de sus músculos desapareció, su respiración se hizo más regular y profunda, y se quedó completamente relajada contra él. Él apoyó los labios en su frente fría un instante, después giró un poco la cabeza de modo que su mejilla quedara contra la de ella y pudiera compartir el poco calor que tenía. Si sobrevivían a la noche sería por la determinación tenaz de ella... y gracias a la enorme cantidad de ropa que había metido en su maleta.

La había contemplado tanto como le había sido posible, aunque el más mínimo giro hacía que su dolor de cabeza casi le cegara. Cuando estaba en su campo de visión la había visto tambalearse, luego gatear, y le enfurecía no poder ayudarla, tener que quedarse allí acostado como un inútil mientras ella se mataba tratando de ocuparse de los dos. Se había esforzado más allá del límite en el que la mayoría de la gente se habría sentado y dicho: «No puedo más», y al preocuparse por él había descuidado su propia salud.

Sospechaba que estaba deshidratada, porque si se había detenido para acudir a las llamadas de la naturaleza durante el día, él no se había dado cuenta, y desde que había recuperado la consciencia le había prestado mucha atención, pendiente de sus movimientos incluso cuando no la podía ver. Se había permitido tomar solamente unos sorbos de agua, pero al mismo tiempo se había exigido mucho físicamente durante todo el día.

Por otra parte, él había tratado de recuperar el volumen de líquido que había perdido. Había bebido regularmente, aunque no mucho de cada vez, de la botella de colutorio, a medida que se derretía la nieve que había dentro, rellenándola de nuevo con la nieve que podía alcanzar. Hubo un momento en que se había puesto de lado a pesar del dolor y había echado una meadita —tratando de apuntar lejos de la zona donde estaba recogiendo la nieve—, y Bailey había estado tan concentrada en terminar el trabajo que ni siquiera se había dado cuenta.

Estaba tan agotada que la había dejado dormir un rato antes de despertarla para comer y beber. Tenerla en brazos no era exactamente un sufrimiento. Incluso con todas las capas de ropa que había entre ellos podía sentir la firmeza de su cuerpo, la elasticidad de sus senos. Se mantenía en forma, un poco delgada para su gusto, pero su tono muscular indicaba que lo lograba con ejercicio y no matándose de hambre.

La buena masa muscular también la ayudaría a mantener algo la temperatura corporal esa noche, pero aun así tendría más dificultad en luchar contra el frío que él. Ésa era otra razón para dejarla dormir ahora, mientras pudiera. A medida que hiciera más frío, la temperatura corporal de ambos bajaría también, incluso con toda aquella ropa encima. Compartir su calor corporal podía ser suficiente para mantenerlos más o menos cómodos, pero sospechaba que en torno a la madrugada la temperatura estaría alrededor de los dieciocho grados bajo cero, con una sensación térmica por el viento de unos treinta bajo cero. Eso resultaría endemoniadamente frío para la tolerancia de cualquiera. El refugio podía protegerlos hasta cierto punto, aunque no era hermético. Pero no podía decírselo. Tendría que abrazarse a ella toda la noche.

Qué sufrimiento.

No estaba en condiciones de sacar ventaja de la intimidad forzosa. A decir verdad, no estaba en condiciones de sacar ventaja de nada. De momento era suficiente con que pasaran la noche uno en brazos del otro, literalmente. Aunque los rescataran a primera hora de la mañana, cosa que no creía posible, esa noche se establecería para siempre un vínculo entre ellos. Habrían dormido juntos, se habrían dado mutuamente calor para mantenerse vivos, habrían hablado durante las largas horas de oscuridad. No sería posible volver al frío trato anterior que ella mostraba hacia él. No creía que lo intentara, pero si se le ocurría hacerlo, no se lo permitiría.

Cam no iba detrás de muchas mujeres; en realidad, nunca había tenido que hacerlo. La mayoría de los pilotos no lo necesitaban, a menos que fueran de una fealdad extrema. Habiendo crecido en Texas, había jugado al fútbol americano en el instituto, y eso garantizaba la popularidad entre las chicas. Luego había ido directamente a la Academia de las Fuerzas Aéreas —bonitos uniformes y todo el machismo militar—, así que no había tenido problemas. Después había ido a la escuela de vuelo, había obtenido sus alas, empezando a ascender. Se había casado con la hija de un coronel, así que hacía caso omiso a cualquier atención femenina que se cruzaba en su camino. Más tarde, tras abandonar la vida militar y divorciarse, no había experimentado muchos cambios. Ahora era piloto y dueño de un negocio, y aunque no era un perro de caza como Bret, cuando quería sexo pocas veces le resultaba difícil encontrarlo.

Bailey, sin embargo, tenía todo el aspecto de ser difícil. No se había sentido acobardada por su erección, pero tampoco había mostrado el menor interés. Puesto que había estado casada tenía que suponer que no era lesbiana, así que o bien no sentía el más mínimo interés por él o eran esos malditos muros que había construido a su alrededor. De todas formas, él presentía que iba a ser un reto. Poco le faltó para sonreír con satisfacción depredadora.

Cuando calculó que habría dormido aproximadamente una hora, encendió la linterna para que pudiera ver quién era él y no se sobresaltara y después la sacudió delicadamente para despertarla.

—Bailey, es hora de comer. —Ella se espabiló un poco, sólo para caer de nuevo cuando él dejó de moverla. La sacudió con más fuerza—. Vamos, cariño, necesitas beber un poco de agua aunque no quieras comer.

Ella abrió los ojos, parpadeó lentamente y miró a su alrededor un momento como si no supiera dónde estaba. Después dirigió la mirada hacia él, y debajo del montículo de ropa que los cubría su mano libre se agarró a su cintura.

—¿Justice?

—Cam. Ahora que estamos durmiendo juntos, creo que deberías llamarme por mi nombre.

Una pequeña sonrisa soñolienta apareció en su boca.

—No te pongas avasallador. Esas cosas llevan su tiempo.

—No lo haré. —Observó su rostro lo mejor que pudo con la poca luz. No había forma de asegurarlo, pero le pareció que todavía estaba pálida. Su mejilla derecha estaba algo inflamada y bajo su ojo un cardenal le oscurecía la piel. También se había llevado un golpe, pero había seguido en pie—. Tienes un ojo morado —dijo, sacando la mano de debajo de las mantas para tocar delicadamente su mejilla.

—¿Y qué? Tú tienes los dos.

—No es la primera vez.

Ella bostezó.

—Estoy tan cansada… —dijo adormecida—. ¿Por qué me has despertado?

—Necesitas agua; estás deshidratada. Y necesitas comer algo, si puedes.

—Eres tú el que ha perdido mucha sangre. Necesitas el agua más que yo.

—He estado bebiendo algo todo el día, a medida que se derretía la nieve. Vamos, no discutas. Bebe. —Levantó la botella del colutorio del lugar donde la tenía junto a su cadera. La observó mientras tragaba un par de sorbos obedientemente, pero estaba tan agotada que podía ver que incluso eso le suponía un esfuerzo. La botella se tambaleó en su mano, amenazando con derramar el precioso líquido, y él la cogió apresuradamente y la volvió a tapar.

—Eso está bien —dijo para animarla—. ¿Y qué tal el resto de la barra de Snickers? ¿Quieres compartirla conmigo?

—Sólo quiero dormir —dijo ella de mal humor—. Me duele la cabeza.

—Ya lo sé, cariño. ¿Recuerdas esas aspirinas que íbamos a tomarnos? Necesitas tener algo en el estómago para que no te siente mal la aspirina. Muerde. —Puso la barra de chocolate en sus labios y ella dio un pequeño mordisco. La observó mientras masticaba y tragaba, antes de comer él algo de la chocolatina. Después la obligó a dar otro mordisco. Un último trozo para él y se acabó la chocolatina.

A continuación tenía que abrir el equipo de primeros auxilios, que ella había puesto en el refugio, y eso exigía alzarse sobre el codo. Todos los músculos de su cuerpo protestaron, pero su cabeza parecía negarse rotundamente a moverse. Hizo una breve pausa, luchando contra la náusea hasta que el dolor martilleante pasó de insoportable a simple sufrimiento.

Cuando pudo abrir los ojos, que estaban llenos de lágrimas a causa del dolor, vio que ella había cerrado los suyos de nuevo.

—Bailey, despierta. Aspirina.

Una vez más, ella hizo el esfuerzo de abrir los ojos. Cuidadosamente él rebuscó en el botiquín hasta que encontró las dos dosis de aspirina, selladas en sus cuadrados individuales de plástico. Usando los dientes, rasgó ambos envoltorios, tragó dos pastillas y le dio después las otras dos a Bailey. Cada uno tomó otro sorbo de agua, para hacer bajar las aspirinas, y después colocó la botella bajo la ropa para que el agua no se congelara durante la noche.

Apagó la luz. La oscuridad los rodeó de nuevo. La atrajo hacia él, dándole la vuelta para quedarse cara a cara, con las piernas enlazadas. Recordó la forma en que ella había cubierto antes sus cabezas, e hizo lo mismo, echándose una prenda encima. Habían dejado una abertura para que entrara el aire. Podía sentir el hueco helado tan claramente como si fuera hielo sólido, pero el aire que estaban respirando era ligeramente más cálido.

—Hasta mañana —murmuró ella arrastrando las palabras, mientras se acurrucaba más cerca, apretando la cara contra su hombro.

—Hasta mañana —dijo él, y besándole la frente le puso un brazo sobre la cadera y se dispuso a dormir lo máximo posible.

Capítulo
14

El frío la despertó. Bailey salió tiritando de un sueño inquieto. Le dolía todo el cuerpo y notaba una sensación de malestar. La rodeaba una completa oscuridad y casi le entra el pánico, y así habría sido si no hubiese notado la sensación inconfundible de estar abrazada estrechamente por alguien. En su subconsciente reconoció el olor, el tacto, y supo que no había razón para asustarse.

O quizá sí, ya que la mano izquierda de él estaba metida dentro de la cinturilla elástica de su chándal y de su ropa interior, apoyada en sus nalgas desnudas.

De la misma manera que las manos de ella estaban metidas bajo su camisa, según se percató, buscando el calor de su piel.

A través de las pesadas capas de ropa que los cubrían se colaba un aire helado. ¿Se había destapado? Estiró la mano por detrás de su espalda para ver si se había descolocado alguna prenda.

—¿Estás despierta? —preguntó Cam en voz baja, para no despertarla si aún dormía. Pudo sentir la débil vibración que produjo el sonido en su pecho, casi como un profundo ronroneo masculino. Hizo que deseara acurrucarse más cerca todavía, si eso fuera físicamente posible.

—Tengo frío —respondió en un murmullo—. ¿Y quieres quitar la mano, por favor?

—¿Qué mano? ¿Ésta? —Los dedos se deslizaron por su trasero, peligrosamente cerca de... bueno, peligrosamente cerca.

—¡Justice! —le advirtió enérgicamente, mientras lo miraba con los ojos entrecerrados, aunque la espesa oscuridad hacía inútil el gesto.

—Tengo daño cerebral, ¿recuerdas? No soy responsable de mis actos, ni de los actos de mi mano, que ha actuado por voluntad propia y sin mi consentimiento.

A ella se le escapó un sonido burlón, pero estaba tratando de no sonreír. Se dio cuenta de que estar acostada con él así en la oscuridad resultaba estimulante. Estaban haciéndolo para sobrevivir, pero la razón que había tras aquella acción no debilitaba de ninguna manera la sensación de intimidad que las circunstancias habían forjado entre ellos. Su cautela innata hizo que se disparara una alarma en su interior. Si no tenía cuidado, podría encontrarse dirigiéndose hacia el tipo de relación impulsiva que había visto causar tantos problemas en numerosas vidas, incluidas las de sus padres. Con semejante experiencia de primera mano con respecto a los estragos que una mala relación personal podía provocar en una familia, siempre había sido extremadamente cuidadosa, negándose a permitir que sus emociones nublaran su mente.

Bailey no actuaba impulsivamente, ni en su vida financiera ni en su vida personal. No conocía a Cam Justice; tenía una relación superficial con él desde hacía unos cuantos años, pero no podía decirse que lo conociera. Dudaba de que él hubiera cambiado mucho en las últimas doce horas, y sabía que ella no lo había hecho. Pasar de apenas soportarse a dormir juntos —en sentido literal, por supuesto— en un periodo tan corto de tiempo ya era bastante inquietante en sí mismo como para permitir que la situación la impulsara a tomar decisiones estúpidas.

Así que en lugar de reírse, dijo:

—Apártala o piérdela.

—¿El dicho no es «Úsala o piérdela»? —Sonaba divertido, pero apartó la mano, sacándola de la parte posterior de sus pantalones y metiendo los dedos bajo su camisa. Ella no puso ninguna objeción; después de todo, todavía se estaba calentando las manos sobre su piel.

Y le gustaba tocarlo. Ese pensamiento disparó otra alarma, pero no reconocer el hecho cuando lo estaba mirando de frente parecía aún más peligroso. ¿Qué podía no gustarle? Era alto y delgado, de cuerpo musculoso. No era guapo, pero la dura masculinidad de sus rasgos la atraía. De repente se imaginó aquel rostro sobre ella en la cama, y sus brazos fuertes apoyados a cada lado mientras sus piernas se enroscaban en torno a sus caderas...

Apartó bruscamente sus pensamientos de esa fantasía. «No vayas por ahí». No era partidaria de actuar basándose en la atracción sexual, porque si había una situación en la que las hormonas se apoderaban del cerebro en la toma de decisiones, era ésa. Cuanto más fuerte era la atracción, más control ejercía. De hecho, procuraba evitar a los hombres hacia los que se sentía muy atraída. Nunca había sentido un amor apasionado ni había estado enamorada, y no pretendía empezar ahora. El amor y la pasión deberían venir marcados claramente con avisos que dijeran: «Precaución, puede producir estupidez».

Le dolían tanto la espalda y las piernas que no era capaz de encontrar una postura cómoda. Trató de acomodarse mejor. Después del accidente, seguramente estaba cubierta de cardenales, y no era sorprendente que se sintiera dolorida. Tembló cuando otro escalofrío la recorrió.

—¿Qué hora es? —preguntó. Cuando amaneciera podría moverse y la temperatura empezaría a subir.

Él movió de nuevo la mano izquierda, la levantó y apretó un botón de su reloj, de modo que la esfera se iluminó brevemente.

—Casi las cuatro y media. Hemos dormido unas cuatro horas. ¿Cómo te sientes?

¿Él le preguntaba eso a ella? Era Justice el que tenía un corte enorme en la cabeza, el que casi se había desangrado, el que había sufrido hipotermia. Tenía una conmoción y casi no podía moverse por sí mismo; dudaba de que pudiera caminar diez metros sin ayuda. Quizá esa desconexión de la realidad era un defecto del cromosoma masculino.

—Tengo dolor de cabeza, me duelen todos los músculos y estoy helada —dijo ella brevemente—. Por lo demás estoy bien. ¿Y tú?

En vez de contestar le tocó la cara, sintió sus dedos fríos sobre la piel.

—Creo que tienes fiebre. Dices que tienes frío, pero te noto la piel caliente. De hecho, yo probablemente tendría frío si no estuvieras despidiendo tanto calor.

—No tengo fiebre —aseguró ella, sintiéndose irracionalmente insultada por la sugerencia—. Para tener fiebre tendría que estar enferma, y no lo estoy. Enferma de verdad, en todo caso. Padezco mal de altura, y de acuerdo con ese folleto tan útil, el mal de altura no causa fiebre. Produce dolor de cabeza y mareo, síntomas que tengo. Que tenía. Ahora no estoy mareada, pero bueno, tampoco estoy de pie.

No podía estar enferma. Tenía cosas que hacer. Estaba de vacaciones. En cuanto los rescataran de aquella estúpida montaña, iba a practicar rafting con Logan y Peaches, y se negaba a permitir que un ridículo virus le destruyera los planes.

—Como decía, creo que tienes fiebre —repitió, ignorando su protesta—. ¿Has estado expuesta últimamente a algún riesgo, que tú sepas?

—No, y si tengo algún virus tú también te habrías contagiado, porque hemos estado bebiendo de la misma botella, así que es mejor que no lo tenga. —Enfadada, se volvió hacia el lado derecho para no estar cara a cara con él. Al hacerlo, sintió un dolor intenso en su brazo derecho—. ¿Qué demonios...? Mierda —murmuró, y después exclamó más alto—: ¡Mierda!

—¿Mierda qué? ¿Algo va mal? —Encendió la linterna y la brillante bombilla casi la ciega durante un segundo.

—Te has salvado, no tengo un virus. Tenía un trozo de metal clavado en el brazo esta mañana..., ayer por la mañana. Me lo saqué y lo olvidé. Ahora me duele el brazo. Supongo que está infectado —dijo con abatimiento. Sí, entonces tenía fiebre. Maldita sea.

—Así que me curaste a mí y no te ocupaste de ti. —Había una nota severa en su voz—. ¿Qué brazo?

—El derecho.

—Vamos a ver.

—Puedo esperar hasta que sea de día. No podemos ni sentarnos aquí, así que…

Él empezó a desabrocharle la camisa exterior que llevaba puesta. Viendo que no iba a atender a razones, ella le apartó las manos de un empujón y emprendió la tarea ella misma.

—Está bien, está bien. No veo qué diferencia pueden suponer unas cuantas horas, pero si poner un poco de pomada antibiótica y una tirita en mi brazo va a hacer que te sientas mejor…

—Dios, eres una gruñona. ¿Tienes siempre tan mal despertar?

—No, sólo cuando tengo fiebre —le respondió cortante mientras forcejeaba por quitarse la primera camisa y comenzaba a desabrochar la segunda—. Maldita sea. ¡Mierda! No tengo tiempo para ponerme enferma. —Se quitó la segunda camisa.

—Qué curioso —comentó él sin dejar de observar con interés—. ¿Cuántas camisas llevas encima?

—Tres o cuatro. Tenía frío, y te di a ti mi agradable y cálido chaleco de plumas.

—Lo cual agradecí profundamente.

—¡Que me lo voy a creer, Justice! —murmuró ella—. Apenas estabas consciente y no sabías lo que estaba pasando.

Cuando llegó a la última camisa se detuvo. No llevaba sujetador y no estaba dispuesta a desnudarse hasta la cintura para que él disfrutara de la vista. Con incomodidad, forcejeó para darse la vuelta y quedar echada sobre el vientre. Teniendo en cuenta las muchas capas de ropa que los cubrían, era mucho más fácil pensarlo que hacerlo. Finalmente, sintiéndose como un pez que cayera en la orilla de un arroyo, se las arregló para acostarse sobre el vientre y sacar el brazo dolorido de la manga de la camisa.

—Ahí está —murmuró contra la manta.

—¡Demonios, Bailey, ni siquiera la limpiaste! —Su voz mostraba un cierto fastidio.

—No, estaba ocupada en otras cosas, como evitar que te murieras desangrado y después evitar que muriéramos congelados —replicó con sarcasmo, tan fastidiada como él—. La próxima vez pondré en el orden correcto mis prioridades.

—¿Dónde guardaste las gasas?

Con la mano izquierda buscó a tientas por el refugio, localizó el paquete y lo tiró por encima de su espalda.

—Ahí van. —La gasa estaba fría, pero notó una cierta sensación agradable en su brazo. Hizo una mueca cuando él frotó la herida y el dolor se extendió por el músculo—. ¡Ay!

—Sin bobadas. ¿Parece que algo te está pinchando?

—Sí, pero...

—Es porque te está pinchando. Sacaste el trozo más grande, supongo, pero te dejaste otro dentro. Parece como una aguja... Aguanta..., ya lo tengo.

Ella apretó los dientes ante el dolor punzante. Ahora estaba pinchando con fuerza en su tríceps, haciendo sangrar la herida y empapando de sangre su mano libre. Aquello no era divertido, pero él había permanecido en silencio mientras ella le cosía la cabeza, así que podía quedarse callada mientras él se ocupaba de su brazo.

—La piel está caliente y un poco inflamada —dijo él—. Así que, en efecto, yo diría que esto es lo que te está produciendo la fiebre. No veo ninguna estría roja, sin embargo. —Ella sintió la frescura de la pomada, y después una ligera presión cuando él puso un par de vendas adhesivas sobre la herida... o las heridas. No sabía si había una perforación o dos—. Esperemos que esto sea suficiente para mantener controlada la infección.

Ella volvió a ponerse la camisa con esfuerzo, de espaldas a él mientras se abrochaba. Pensó en tomar algo de ibuprofeno para mantener la fiebre baja y sentirse algo mejor, pero al final decidió que no. La fiebre no era muy grave sólo lo bastante alta para tener dolor; pero el calor era una de las armas de su cuerpo contra la infección. Podía soportar un poco de incomodidad mientras su sistema inmune y las bacterias invasoras hacían la guerra.

—Bebe el resto del agua —le ordenó él, sacando la botella—. Sin discusiones. Con fiebre, te deshidratarás gravemente si no bebes.

Ella no discutió, y se limitó a beber el agua sin hacer comentarios. Faltaban sólo un par de horas para el amanecer; entonces derretirían más nieve. Por ahora, quería descansar, y quizá empezara a sentir un poco más de calor.

Se enroscó de medio lado, acercando los pies al cuerpo. Justice empezó a amontonar más ropa sobre ella, hasta que el montículo resultó tan pesado que casi no podía moverse. Entonces le puso el brazo en torno a la cintura y la aproximó tanto a su cuerpo como le fue posible, con la espalda de ella apoyada contra su pecho, su trasero en su entrepierna, las caderas de él acunando las de ella.

Acurrucarse era… agradable, pensó ella. Y sorprendentemente cálido. Podía soportar eso durante un par de horas…, únicamente hasta que saliera el sol.

Pero era estupendo que él estuviera herido, y estupendo que probablemente los fueran a rescatar al día siguiente, porque en caso contrario su resistencia necesitaría un enorme refuerzo.

Capítulo 15

Seth Wingate no era madrugador, pero eso no le supuso ningún problema la mañana siguiente, porque no se había acostado. Si hubiera seguido su rutina normal habría ido a uno de los locales nocturnos más animados de Seattle hacia las diez y media o las once de la noche anterior, y después a otro hacia la medianoche. Habría recogido a una chica en algún lugar, quizá habría fumado un poco de marihuana, se la habría follado en un lugar medio privado si hubiera tenido ganas, habría bebido mucho, habría llegado a casa antes del amanecer para quedarse dormido en el sofá si no hubiera logrado llegar a la cama. Eso sería si hubiera seguido su rutina normal..., pero no lo había hecho.

En vez de visitar los clubes nocturnos se había quedado en casa. La noticia del avión perdido aparecía en todas las emisoras locales. Un par de reporteros, de la prensa escrita y de la televisión, llamaron y dejaron un mensaje. Tamzin había telefoneado varias veces, también había dejado mensajes, pero él no había devuelto las llamadas. No quería hablar con aquella zorra estúpida; era imprevisible y podía decir cualquier estupidez. Los mensajes dejados en su contestador ya eran suficientemente malos: «Llámame cuando llegues a casa. ¿Cuándo conseguirás que podamos disponer del dinero? A propósito..., gracias. No sé cómo lo hiciste, ¡pero eres brillante!».

También envió mensajes de texto a su móvil, lo que le resultó todavía más molesto. Finalmente, desconectó los dos teléfonos. Tendría que tirar el contestador y comprar uno nuevo; éste era digital, así que aunque pudiera borrar sus mensajes, no estaba seguro de que un especialista en informática forense no pudiera sacar de alguna forma lo que tratara de hacer desaparecer. Mejor seguro que arrepentido.

Ése era un nuevo concepto para él, porque la palabra «seguro» no había formado nunca parte de su vocabulario.

Lo mismo que «sobrio», pero la añadió esa noche. Necesitaba desesperadamente un trago, o un poco de droga —algo—, pero no se atrevió a tomar ni siquiera un sorbo para que no embotara sus sentidos. Si las autoridades, las que se encargaran de este caso, venían a llamar a su puerta con cualquier pregunta acerca de su madrastra y del accidente de avión, necesitaba estar despejado. Había dejado que su temperamento y la bebida lo impulsaran a hacer algo estúpido. Ahora tenía que caminar por una línea muy fina, o se encontraría con la mierda hasta el cuello.

Seth paseó nervioso toda la noche por su grande y costoso apartamento, mirando detenidamente todo como si perteneciera a un extraño. Vagaba como un fantasma buscando su alma, entrando y saliendo de las habitaciones, luchando contra el fuerte deseo de beber algo de licor y, al mismo tiempo, enfrentándose a la oscuridad de sus propias profundidades.

Cuando llegó la mañana, se sentía débil e inconsistente, como si fuera realmente un fantasma. Nunca se había sentido menos capaz de lograr nada que aquella mañana, pero tampoco jamás la necesidad había sido más urgente. Sentía un abismo sin retorno abriéndose a sus pies. Si no actuaba ahora, no sabía si volvería a tener una oportunidad de hacerlo, o el valor para intervenir de alguna manera.

Cuando finalmente el cielo se aclaró, y se iluminó el hermoso pico nevado de Mount Rainier hacia el sureste, ya sabía cómo debía actuar.

Primero se dirigió a la cocina para ver qué podía encontrar de desayuno. Casi nunca comía en casa, así que no tenía demasiados alimentos en la nevera. Encontró un poco de queso mohoso en lonchas que nunca había sido abierto; lo tiró a la basura. No tenía pan para hacer tostadas. Había algo de café, así que preparó una cafetera. También aparecieron media caja de galletas saladas ya rancias en la alacena y una manzana, que no se había podrido del todo, en un cuenco. La manzana y las galletas llenaron un poco su estómago revuelto e incluso lo asentaron. El café consiguió que se sintiera menos adormilado, aunque no completamente alerta y despierto; pero eso tendría que ser suficiente.

Se duchó, se afeitó y se puso el traje más clásico de los tres que tenía. Contaba con un auténtico arsenal de ropa deportiva, para ir a discotecas y clubes, para navegar, pero había pasado la mayor parte de su vida evitando aquellas situaciones que requerían un traje de negocios serio, así que su selección era limitada. Su padre había poseído en vida al menos cincuenta trajes. Se preguntó qué habría hecho con ellos la zorra de Bailey. Tirarlos a la basura, probablemente.

Se miró una vez más en el espejo, como había hecho el día anterior. Tenía ojeras y su expresión era... extraña. Era la única manera de describirla. Ante sus ojos, no parecía el mismo.

Después subió a su coche e hizo algo que había jurado que nunca haría: condujo hasta las oficinas centrales del Grupo Wingate, como el resto de los empleados.

Se sintió más bien sorprendido, y molesto, al descubrir que no podía pasar por el control de seguridad porque no tenía la tarjeta de identificación de empleado. Aquél era un edificio de oficinas, por el amor de Dios, no la Casa Blanca o una oficina de correos. Cuando su padre vivía, Seth podía entrar y salir cuando quería, aunque en realidad no había querido nunca. No había estado allí en los últimos... cinco o seis años, quizá más. Ciertamente, no reconocía a ninguno de los guardias de seguridad.

Miró a su alrededor mientras esperaba que uno de los vigilantes llamara a W. Grant Siebold, el presidente ejecutivo. Cuando Seth era niño, Siebold era el «tío Grant» para él; pero eso había cambiado. No había vuelto a ver ni oído hablar de Grant desde el funeral de su padre, y en esa ocasión el muy hijo de puta había estado prácticamente pegado al culo de Bailey, de cerca que había estado de ella; así que ni siquiera se había molestado en hablarle. Con una especie de humor sombrío, Seth pensó para sus adentros que la actitud de Grant probablemente sufriría una transformación abismal ahora que Bailey ya no estaba en la sombra, o controlando todos esos millones de dólares.

Finalmente le dieron acceso con un pase temporal que sujetó en el bolsillo superior de su chaqueta e instrucciones para llegar a la oficina del señor Siebold, como si él necesitara instrucciones, cuando esa oficina había sido la de su padre.

Sin embargo, la distribución del edificio había cambiado; el ascensor se abría a un espacioso vestíbulo que daba a una sala de espera con cómodos sillones, unas plantas exuberantes, un acuario de peces tropicales encastrado en la pared y un variado material de lectura. Se suponía que la gente esperaba mucho tiempo en aquel sitio. A la entrada se hallaba una mujer con aspecto muy profesional, de poco más de cuarenta y cinco años, cuyo escritorio estaba junto a unas puertas talladas. Según la placa que había sobre su mesa, se llamaba Valerie Madison. No la reconoció. La última vez que había visto a la secretaria de Grant era una mujer de pelo gris con gafas, de cincuenta y pico años, que siempre le daba caramelos. Supuso que se habría retirado o habría muerto.

—Por favor, siéntese —dijo Valerie Madison, levantando el teléfono—. Informaré a la asistente del señor Siebold de que está usted aquí.

Ah, ¿entonces ella no era la secretaria de Grant? ¿Ahora la secretaria —perdón, asistente— tenía una secretaria?

Seth no se sentó. Miró cómo se elevaban lentamente las burbujas en el acuario y los peces nadaban sin rumbo. No conseguían nada, no iban a ninguna parte, sino que recorrían el acuario incansablemente como si éste fuera su único objetivo en la vida. Eran demasiado estúpidos para considerarse desgraciados.

Detrás de él, el teléfono de la secretaria de la asistente emitió un discreto pitido. Oyó el murmullo de su voz, demasiado baja para que él pudiera descifrar las palabras. Volvió a colocar el teléfono, se puso de pie y abrió la puerta. Él le hizo una seña con la cabeza silenciosamente, atravesó las puertas y se encontró en otra oficina exterior. Una música suave, una especie de basura *new age,* invadía las cuatro esquinas de la habitación. Se volvería completamente loco si tuviera que escuchar esa mierda todo el día.

La mujer que ocupaba un escritorio francés antiguo, sobre el que había un pedestal curvo que sostenía un ordenador de pantalla plana, era un poco mayor y algo más robusta que la de fuera, pero igualmente formal. Su pelo entrecano estaba recogido en una especie de ocho en la nuca y sus ojos vívidamente azules eran tranquilos y evasivos.

—Por favor, tome asiento —dijo—. El señor Siebold lo atenderá en cuanto finalice una llamada.

Buscó la placa donde estaba grabado su nombre. «Dinah Brown». El nombre era tan serio como su dueña.

—He estado tratando de recordar el nombre de la antigua secretaria de Grant —dijo él.

—Debe referirse a Eleanor Glades.

—¡La señora Glades! —exclamó él chascando los dedos—. Eso es. Solía darme caramelos. ¿Cuándo se retiró?

—No se retiró —dijo Dinah Brown—. Murió de un infarto hace doce años.

Doce años, y él no se había enterado. ¿Por qué razón? ¿No debería haberlo mencionado su padre, aunque su madre no lo hubiera hecho? Los Siebold habían sido amigos cercanos, y perder a su secretaria debía haber resultado doloroso para Grant.

Pero quizá lo habían mencionado y simplemente él no había escuchado. No se dedicaba a escuchar a sus padres muy a menudo. De hecho, había convertido en un arte el hacer oídos sordos a todo lo que decían.

—Puede entrar ahora —dijo ella, levantándose y abriéndole la puerta—. Señor Siebold, el señor Wingate ha venido a verle.

Seth entró en el despacho que había sido de su padre. Estaba bastante seguro de que era el mismo. Bueno, por lo menos estaba en el mismo sitio. Todo lo demás había cambiado demasiado como para que pudiera afirmar con rotundidad que era el mismo. Su padre había preferido una decoración sencilla, espacios poco recargados, y la utilidad antes que el diseño. Su mobiliario de oficina era de cuero. La oficina de Grant Siebold estaba decorada de la forma más confortable, elegante pero atractiva, que caracterizaba la oficina exterior. Los muebles estaban tapizados. Por lo menos aquí no se oía la música *new age.*

—Seth. —Grant Siebold se levantó de detrás de su escritorio; tenía tan buen aspecto como siempre, esbelto y musculoso. Estaba un poco calvo y su pelo había encanecido. Su mirada era astuta y penetrante—. ¿Has recibido noticias de Bailey?

Se quedó desconcertado ante aquella pregunta y sobre todo al detectar en la voz de aquel hombre una nota de auténtica preocupación. Por alguna razón, Seth había dado por sentado que su odio hacia Bailey era compartido por los viejos amigos y socios de su padre, tanto por respeto a su madre como por la forma en que Bailey se había abierto camino hacia el control de una fortuna inmensa. Sabía que, desde que su padre había muerto, habían dejado de invitarla a las reuniones sociales, una circunstancia que le había proporcionado gran placer.

—Nada —dijo él brevemente.

—Un suceso terrible. Estuve despierto casi toda la noche, esperando tener alguna noticia —aseguró Grant, señalando una de las sillas con un gesto de la mano—. Siéntate. ¿Café?

—Sí, gracias. —Seth pensó que otra dosis de cafeína no podía hacerle daño. Se sentó—. Solo.

Grant no le había tendido la mano, un descuido que sólo podía ser deliberado. En el mundo de los negocios, estrechar la mano era tan automático como respirar. Seth no creía que hubiera prescindido de aquel gesto porque Grant lo considerara un viejo amigo, casi como un hijo; no, el mensaje sutil era que Grant no se alegraba de verlo y no quería darle una bienvenida hipócrita.

Esperó hasta que la taza de café estuvo en su mano y Grant se hubo sentado de nuevo antes de hablar de negocios.

—Ahora que Bailey está muerta...

—¿Lo está? —preguntó Grant, enarcando las cejas—. Creía que no habías tenido ninguna noticia.

—Y así ha sido. Pero es pura lógica. El avión ha desaparecido y no los han encontrado en ninguna parte. Si hubiera habido algún problema mecánico y el piloto hubiera podido aterrizar en alguna pista, en una carretera o en medio del campo..., lo habríamos sabido. Habrían llamado por radio. No se han recibido noticias de ellos, así que eso significa que el avión se ha estrellado y están muertos.

—Un tribunal no lo vería así —dijo Grant con tono frío—. Hasta que se confirme la muerte de Bailey, o haya pasado un lapso de tiempo razonable y sea declarada muerta, aún está oficialmente a cargo de tu fideicomiso.

Seth podía leerlo en la cara de Grant: pensaba que él había venido para averiguar cuándo podría tomar el control de su dinero, parte del cual estaba vinculado a valores en el Grupo Wingate. Grant era también uno de los fideicomisarios del fondo, pero sólo como consejero; todas las decisiones finales eran de Bailey.

—No puede encargarse si no está aquí —dijo Seth, esforzándose por no mostrar el mal humor en su voz.

—Se han tomado las medidas necesarias para que continúe de forma automática, así que no tienes de qué preocuparte. Recibirás tu asignación.

¿Asignación? La palabra le quemaba la mente. Tenía treinta y cinco años y era relegado al mismo sitio que si tuviera diez. Nunca había pensado antes en la indignidad que se ocultaba en ello; había considerado el fideicomiso como su herencia legítima, no como una asignación.

—Quiero una auditoría —se oyó decir a sí mismo—. Quiero saber cuánto ha malversado esa zorra.

—Absolutamente nada —ladró Grant, con la aguda mirada achicándose a medida que su mal humor aumentaba—. De hecho, el fondo ha tenido un crecimiento muy saludable gracias a ella. ¿Por qué crees que la escogió tu padre?

—¡Porque lo llevó a una idiotez ciega! —replicó Seth con furia.

—¡Al contrario! ¡Fue idea suya desde el primer momento! Tuvo que convencerla de la boda, de todo... —Grant se interrumpió, sacudiendo la cabeza—. No importa. Si Jim no te contó su plan, no seré yo quien lo haga, te lo aseguro, porque él te conocía mejor de lo que yo te conoceré nunca. Todo lo que te diré es que Bailey se ha preocupado tanto de tu dinero como del suyo, y eso es mucho decir. Es una de las inversoras más meticulosas que he visto nunca, y no se ha sacado un céntimo del fondo, excepto los desembolsos mensuales para ti y para Tamzin.

Seth pareció despertar de repente, dejando a un lado todo lo que Grant había dicho sobre el dinero.

—¿Plan? ¿Qué plan?

—Como acabo de decirte, no es asunto mío contártelo. Ahora, si eso es todo...

—No, no lo es. —Seth bajó la vista al café que tenía en la mano, furioso por haberse dejado desviar de su objetivo. No había venido allí para hablar sobre Bailey ni para preguntar por su dinero. Dudó un momento, tratando de pensar en la mejor manera de enfocar el tema, pero no se le ocurría ninguna forma de mencionarlo abiertamente. La necesidad lo irritaba pero era ahora o nunca.

—Necesito un empleo. Me gustaría empezar a aprender el negocio... si hay un puesto. —Odiaba tener que preguntar; aquélla era la empresa de su padre, debería tener automáticamente un sitio, pero él mismo se había distanciado deliberadamente de ella y no creía que ahora pudiese aspirar a nada de forma automática.

Grant no contestó de inmediato. Se reclinó hacia atrás en la silla, con aquella mirada impasible de tiburón. Transcurrido un instante, preguntó:

—¿Qué tipo de empleo?

Seth estuvo a punto de decir: «Vicepresidente suena bien», pero se tragó las palabras. Era consciente de que estaba suplicando, y de que no tenía precisamente buena fama como para ponerse exigente.

—Cualquier cosa —respondió por fin.

—En ese caso, puedes empezar mañana en la oficina de la correspondencia.

Seth se quedó helado. ¿La oficina de la correspondencia? No esperaba que le dieran un puesto clave, pero creía que le concederían un despacho... o al menos un cubículo. Demonios, ya puestos, ¿por qué no nombrarlo portero? Entonces sonrió glacialmente cuando se le ocurrió una respuesta:

—Supongo que la limpieza la hará una empresa, ¿eh?

—Exactamente. Si deseas de verdad trabajar aquí, cogerás el empleo que te asignen sin importar cuál sea. Si lo desaprovechas, si llegas tarde, o no te molestas en aparecer, entonces sabré que sólo estás haciendo el imbécil, como de costumbre. Mi tiempo es valioso. No veo la necesidad de desperdiciarlo contigo hasta que hayas demostrado que no se desaprovechará.

—Entiendo. —Seth odiaba decir eso, y todavía odiaba más estar solicitando un empleo, pero él mismo se había colocado en esa situación; no podía culpar a nadie más—. Gracias. —Dejó la taza de café sobre la mesa y se puso de pie; como Grant había señalado, su tiempo era valioso.

—Una cosa más —dijo Grant.

Seth se detuvo, esperando.

—¿Por qué has tomado esta decisión?

Él esbozó otra sonrisa glacial, pero esta vez ribeteada de amargura.

—Me he mirado al espejo.

Capítulo 16

Bailey empujó la bolsa de ropa lejos de la entrada del refugio y empezó a salir reptando hacia la luz grisácea de la mañana. Se detuvo con una mano en la nieve, mirando la blancura que la rodeaba.

—Mierda.

—¿Qué ocurre? —preguntó Justice detrás de ella.

—Ha nevado más —gruñó ella—. El avión está tapado.

No por completo, pero no le faltaba mucho. La capa de nieve hacía aún más difícil detectarlos desde el aire, aunque las montañas no estuvieran coronadas de nubes, como, de hecho, ocurría. La visibilidad no era de más de cincuenta metros, como máximo. Aquello ya le pareció el colmo. ¿Por qué no podían tener una ola de calor, un día agradable y cálido que derritiera algo de nieve e hiciera la espera del rescate un poco más fácil? Tenía frío y quería sentir calor. Todavía le dolía la cabeza; le dolía todo el cuerpo. La fiebre no había desaparecido. Todo lo que quería era que la rescataran de aquella maldita montaña, y ahora... más nieve. Estupendo.

Había caído en un sueño irregular justo antes de amanecer. Ahora el sol estaba muy alto, aunque no pudiera verlo a través de las nubes, y sentía una urgente llamada de la naturaleza. Justice también, y estaba dividida entre la necesidad de ayudarlo y la sensación de que no podía esperar tanto. Ganó su urgencia.

—¡Vuelvo enseguida! —gritó, apresurándose tanto como pudo a internarse en los árboles. Cuando salió vio que él se las había arreglado por sí mismo; estaba apoyado en un árbol, de espaldas a ella.

Se detuvo donde estaba, para darle un momento de privacidad. Ese pequeño esfuerzo la había agotado completamente y cerró los ojos. Comprendió que estaba bastante enferma, no de muerte, pero lo suficiente para sentirse frágil, y eso le resultaba inquietante. Entre la fiebre, el frío, la altitud y la falta de comida y agua, no sería capaz de hacer muchas cosas. Era bueno que no necesitara hacer demasiadas cosas. Podían comer otra barra de chocolate, derretir más nieve para beber y descansar en el refugio mientras esperaban que un equipo de rescate los localizara.

Justice estaba mejor que el día anterior. Se las había arreglado para dar unos pasos solo, pero aún tenía un aspecto terrible, con la enorme venda cubriéndole la mitad superior de la cabeza, los ojos negros casi cerrados por la hinchazón y un montón de arañazos y cardenales por todas partes. Sus condiciones físicas no le permitirían mucho más que permanecer acostado en el refugio.

Estaba un poco indignada consigo misma por el hecho de tener fiebre cuando era él quien tenía aquella horrible brecha en la cabeza, una conmoción, y había sido víctima de unos cuidados médicos totalmente inexpertos, mientras que ella sólo presentaba una pequeña herida a causa de un pinchazo. ¿Dónde estaba la lógica de todo esto? Sin embargo, considerándolo retrospectivamente, debería haber echado un poco de colutorio también en su brazo.

—Ya puedes abrir los ojos —dijo Justice, y ella lo hizo lentamente.

Él estaba apoyado contra el árbol, y a juzgar por su postura, aquel esfuerzo lo había agotado. Delante de su cara se formaba vapor blanco cada vez que respiraba y estaba temblando visiblemente. Sus únicos zapatos negros de cordones no lo protegían de la nieve. Sus pantalones eran los del traje. Se había puesto un par de camisas de ella sobre los hombros y el cuello para tener algo más de calor, pero no había mucho más que pudiera hacer para protegerse de los elementos. Al verlo, recordó que era ella la que tenía que hacerse cargo de las necesidades de ambos.

Lenta y cuidadosamente caminó pendiente abajo hacia él con las piernas temblorosas. Él pasó el brazo por su hombro mientras ella le rodeaba la cintura con el suyo, agarrándole el cinturón para sujetarlo en caso de que empezara a caerse.

—Volvamos al refugio. ¿Cómo va la cabeza?

—Duele. ¿Y la tuya?

—Lo mismo. ¿Ves doble? ¿Sientes náuseas?

—No, nada de eso. —Utilizándola a ella como sostén de un lado y apoyando la otra mano en los árboles a medida que se los encontraba, se esforzaba para ir dando un paso tras otro. A veces se tambaleaba y ella tenía que sujetarlo hasta que podía estabilizar de nuevo las piernas, pero, en general, el proceso no resultó tan agotador ni lento como había sido el día anterior.

Se detuvo una vez, levantó la cabeza para inspeccionar las montañas que los rodeaban. A Bailey le pareció que estaba tratando de distinguir algún sonido, pero ella no pudo oír nada más que lo que había oído desde el comienzo: el viento silbando a través de las montañas silenciosas.

—¿Oyes algo?

—Nada.

Captó la nota sombría de su voz.

—Deberíamos estar oyendo helicópteros a estas alturas, ¿verdad?

—Esperaba que fuera así, pero no necesariamente. El tiempo podría haberlos retrasado. Sabemos que ha nevado aquí arriba, así que habrá pasado alguna borrasca. Siendo más realistas, podríamos esperar algo a mediodía, como muy pronto. —Tembló, su cuerpo entero se puso tenso por el frío, pero después continuó pragmáticamente—: No tiene sentido estar aquí de pie congelándonos el culo cuando no podemos hacer nada.

Bailey estuvo de acuerdo con eso y lo ayudó en el trayecto que faltaba hasta el refugio. Mientras él trataba de arrastrarse dentro, ella dijo:

—Dame la botella para llenarla otra vez de nieve. ¿Estás listo para el desayuno?

—¿Qué hay para desayunar? —A pesar de estar hinchados y amoratados, en sus ojos grises apareció un destello de humor cuando le tendió la botella.

—Lo mismo que comimos a la cena: una barrita de chocolate. De hecho tengo tres más, así que podemos comernos una entera cada uno si quieres.

Él hizo una pausa, la alegría se borró de su expresión.

—Mejor las racionamos —dijo finalmente—. Por si acaso.

Por si acaso no los rescataban aquel día, quería decir. La idea le resultó casi abrumadora. ¿Otra noche en la montaña, en medio de la oscuridad y el frío? La oscuridad no había sido total, pero habían usado su linterna brevemente. No saber cuánto tardaría un equipo de rescate en llegar allí lo ponía a uno nervioso. ¿Y si tampoco llegaba nadie al día siguiente?

En silencio cogió la botella y se dirigió a una zona donde la nieve estaba limpia. Se había colocado un par de calcetines en las manos, lo que entorpecía el proceso de raspar nieve y meterla en la botella con la carta de póquer, pero bajo ningún concepto quería enfriarse tanto como el día anterior.

La tarea era insignificante, comparada con los hercúleos trabajos a los que se había enfrentado el día anterior, pero era casi más de lo que podía acometer. Cansinamente reptó de nuevo al interior del refugio, agradeciendo que la protegiera del viento. El aire en el interior era sin duda más cálido que en el exterior; fuese por la ausencia de viento o por su calor corporal, se notaba la diferencia con toda claridad. No le importaba lo que lo volvía más cálido, sólo que se estuviera mejor.

La luz se colaba a través de pequeñas grietas; el interior era sombrío, pero no oscuro. No tuvo que encender la linterna para encontrar el sitio donde había puesto las chocolatinas. Estaba muerta de hambre, pero cuando empezó a masticar el primer mordisco de la mitad que le correspondía, su apetito se evaporó súbitamente y el dulce empezó a crecer en su boca. Trató de combatir las náuseas y se las arregló para tragarlo, pero envolvió el resto y volvió a ponerlo en la bolsa hermética de plástico.

—¿No tienes hambre? —preguntó él, frunciendo el ceño.

—La tenía, hasta que he empezado a comer. Daré otro mordisco dentro de un ratito. —Sentía la boca sucia, así que rebuscó a su alrededor hasta que encontró el paquete de cepillos de dientes desechables. Cogió dos, se metió uno en la boca y le ofreció otro a Justice—. Toma.

—¿Qué es esto? —preguntó él, frunciendo el ceño ante el círculo rosa de un material flexible que parecía estar vivo.

—Un cepillo de dientes desechable. No necesita agua. Este refugio es demasiado pequeño para respirar por la mañana con el aliento de ayer y anoche dentro, así que cógelo y cepíllate.

Esbozó una sonrisa mientras agarraba el palito y empezaba a restregarlo en sus dientes. Bailey se quedó agradablemente sorprendida por el sabor a menta y por lo limpia que sintió la boca cuando terminó. Ahora, si pudiera darse una agradable ducha caliente...

«Sueña», se dijo mientras relajaba su cuerpo dolorido sobre la gomaespuma y se colocaba un montón de ropa encima. La ropa los taparía mejor si las prendas estuvieran estiradas y en capas, pero se encontraba demasiado cansada y se sentía demasiado enferma para hacer semejante cosa en ese momento. Justice se estiró junto a ella, después la atrajo hacia él y dispuso la ropa de modo que no hubiera nada entre ellos, excepto lo que llevaban puesto.

Ella pensó que resultaba extraño que en una sola noche ya hubieran establecido una especie de rutina. Ya conocían y buscaban automáticamente las posturas en las que encajaban mejor y estaban más cómodos. Él era unos veinte centímetros más alto que ella, quizá más, así que dándole la espalda se acurrucaban casi perfectamente. Le pasó el brazo en torno a la cintura y deslizó la mano bajo su camisa en busca de calor, apoyándola en su estómago. Entre ellos se había forjado una familiaridad, e incluso una cierta intimidad, pero suponía que ése era un mecanismo de supervivencia. Juntos tenían más oportunidades de salir vivos de esa montaña.

—Podríamos jugar a las cartas, supongo —dijo ella, pensando en las horas que tenían por delante.

—O podríamos simplemente quedarnos aquí acostados —replicó él.

—Suena bien. —Estar allí acostados, simplemente, era, a decir verdad, lo que más le apetecía a ella. Tras otro momento de silencio, sintió que se deslizaba hacia el sueño.

***

Cam no creía que Bailey tuviera más fiebre que antes, pero, a todas luces, estaba enferma. Cuando despertara, le revisaría el brazo para ver si la herida seguía inflamada. Sin embargo, esperaba que la pomada antibiótica y la fiebre estuvieran trabajando, porque si había empezado la infección, entonces su situación había pasado de grave a crítica. Mientras tanto, dormir era lo mejor para ella... para los dos. Quemarían menos calorías y necesitarían menos comida y agua.

Quería creer que, a esas alturas, el ELT habría enviado señales y un helicóptero vendría a buscarlos, pero el clima podía complicar las labores de rescate. Un helicóptero no podría aterrizar en aquel terreno, por supuesto, pero podría señalar su posición al equipo de rescate y arrojar provisiones de primera necesidad. Gracias al montón de ropa que había traído Bailey no tenían demasiados problemas para mantenerse abrigados, pero un hornillo habría sido agradable, así como algunas botellas de agua y barritas energéticas.

Pensar en barritas energéticas le hizo recordar las barritas de cereales que había puesto en el bolsillo de su chaqueta el día anterior por la mañana. No sabía dónde estaba ahora la chaqueta, pero le gustaría encontrarla, y aquellas barritas de cereales podían ser un regalo de los dioses. El problema era que ninguno de ellos era capaz de ponerse a buscar su chaqueta y, aunque la pudieran encontrar, las barras podían haberse caído. Aunque, si los rescataban hoy, ya no tenían que preocuparse por ninguna de las dos cosas.

Se imaginaba que se encontraba relativamente bien físicamente. Estaba débil a causa de la pérdida de sangre, el golpe le provocaba un intenso dolor de cabeza, pero evidentemente no tenía ningún daño cerebral ni lesiones internas. Si hubiera sido así, suponía que no habría sobrevivido a la noche. No tenía fiebre, o si la tenía era tan leve que no la notaba. Un día de descanso, algo de comida y agua, y pronto se encontraría perfectamente.

No obstante, estaba preocupado por Bailey. No había que tomarse a la ligera el mal de altura, ni tampoco una herida infectada. Lo malo era que se encontraba en aquella situación porque se había dedicado a ocuparse de él y no de sí misma.

Así pues, ya que no podía hacer otra cosa, la abrazó mientras dormía, oyéndola respirar y atento a cualquier subida de fiebre. También estuvo atento al sonido de las hélices de algún helicóptero y rezó para que llegaran pronto.

Capítulo 17

Bret se había quedado toda la noche en la oficina, apoyando de vez en cuando la cabeza en el escritorio para echar un sueñecito. Karen se había ido a casa a cambiarse de ropa y a coger algo de comida; volvió en vaqueros y camiseta y con comida china. También venía acompañada de su novio barbudo, tatuado, perforado y vestido de cuero, cuyo nombre era Larry.

Larry estaba allí, evidentemente, para cuidar de Karen, porque le llevaba café cuando ella quería, le hacía masajes en el cuello y en los hombros, la abrazaba cuando lloraba. Karen, que era habitualmente la más ruda entre los rudos, estaba destrozada ante la posibilidad de la muerte de Cam.

El pequeño aeropuerto cerraba habitualmente a medianoche, pero ante la noticia de que había desaparecido el avión de Cam algunas personas seguían allí. Parecía imposible marcharse a casa como si todo fuera normal, a hacer cosas rutinarias, sin averiguar con certeza lo que había pasado. El mecánico jefe, Dennis, se paseaba arriba y abajo con aspecto abatido, preguntándose si había pasado algo por alto durante el mantenimiento de rutina.

La situación se discutió a fondo mientras daban cuenta de la comida china. Todos estaban convencidos de que el accidente tenía que haberse debido a un fallo mecánico; había habido una borrasca que habría producido alguna turbulencia, pero no lo suficientemente grave para hacer caer al avión. Cam no cometía errores en el aire; no leía incorrectamente su altímetro ni olvidaba la altitud de una montaña. Tampoco hacía acrobacias. Era concienzudo y tranquilo. Así que o había pasado algo que lo había dejado inconsciente o había habido un fallo en el avión.

El accidente de un avión pequeño garantizaba una operación de búsqueda y rescate, pero no una investigación total por parte del NTSB, el Consejo de Seguridad de Transporte Nacional, como ocurriría con el accidente de un avión comercial. La búsqueda tampoco se emprendería fuera de Seattle, así que Bret no entendía qué estaba haciendo todo el mundo rondando por la terminal, a menos que, como a él, los nervios les impidieran dormir y, por tanto, prefirieran estar allí.

Conocía la rutina. El primer paso era encontrar el avión. Hasta que se localizara el lugar del accidente, nadie sabría a qué se enfrentaba. No se enviaban equipos de búsqueda a ciegas, porque la zona que había que cubrir era demasiado extensa. Pero esperar era angustioso, esperar a tener noticias, esperar a saber algo con certeza.

Hacia las nueve de la mañana, cuando todos estaban histéricos a causa del agotamiento, Karen recibió una llamada telefónica. Fuese quien fuese el que había llamado, provocó que sus músculos faciales se contrajeran antes de tragar saliva y recuperar el control.

—Es para ti —le dijo a Bret, con voz apagada—. Es el hermano de la señora Wingate.

Bret hizo una mueca de dolor y fue a su oficina a recibir la llamada.

—Bret Larsen al habla.

—Soy Logan Tillman, el hermano de Bailey Wingate. ¿Qué demonios está pasando? —rugió una voz en su oído—. Aquí no hemos conseguido averiguar nada, y cuando he llamado a casa de Bailey para ver si alguien tenía alguna noticia, me ha contestado su hijastra y se rió de mí, diciendo que mi hermana ha tenido lo que se merecía. ¿Qué ha querido decir con eso? ¿Sospechan ustedes que el avión fue manipulado, que esto pudo haber sido deliberado?

Las preguntas llegaban demasiado rápidas y furiosas para que Bret pudiera contestarlas.

—¡Alto, alto! —dijo—. Nadie ha mencionado la posibilidad de que el avión pudiera haber sido manipulado. No sé lo que ha querido decir Tamzin, pero no creo que se refiriera a eso. —Con el rabillo del ojo, Bret vio a Karen de pie junto a la puerta de su oficina, sin tratar de ocultar que estaba escuchando. Tampoco Dennis, ni los otros dos que estaban en ese momento en la oficina, a la espera de alguna noticia.

—Ella se ha descubierto, lo ha dicho. —Logan Tillman estaba furioso; su voz resonaba a través de la línea telefónica—. Y ha añadido algo sobre que sólo los locos se oponen a su hermano.

Bret se pellizcó el puente de la nariz.

—Tamzin está..., bueno..., un poco mal de la azotea. Dice lo primero que se le viene a la cabeza, esté basado en algo real o no. En este momento no tenemos sospechas de juego sucio, sabotaje o cualquier otra cosa similar. Por cierto, ¿dónde está usted ahora?

—En Denver, donde se suponía que debíamos encontrarnos con Bailey.

—¿Se ha registrado en un hotel?

—No, hemos estado aquí en el aeropuerto toda la noche, esperando... —La voz de Logan se quebró.

—Sí, nosotros también llevamos aquí toda la noche. Oiga, vaya a un hotel, descanse un poco. Agotarse no servirá de nada. Sí, ya lo sé, debería seguir mi propio consejo. Déme el número de su móvil y lo llamaré cuando tenga alguna noticia. Le daré el mío también. Llámeme a cualquier hora. —Soltó su número de teléfono y después garabateó el de Logan—. Mire, no pierda la esperanza. Cam, mi socio, ha superado muchas situaciones difíciles antes. Es el mejor.

Cuando colgó, apoyó la cabeza en las manos. Dios, estaba agotado. Si por lo menos pudiera hacer algo, cualquier cosa que lo mantuviera ocupado... Esperar era una mierda y, sin embargo, era lo único que podía hacer, lo único que todos ellos podían hacer.

—Es una posibilidad —dijo Karen desde la puerta.

Bret levantó la cabeza.

—¿De qué hablas?

—De que el avión fuera manipulado. Sabes que Seth Wingate llamó anteayer para preguntar por el vuelo de la señora Wingate, y cuándo se iba. Nunca ha hecho eso antes. —Tenía la mandíbula apretada y los ojos le echaban chispas.

—Ten cuidado con lo que dices —le advirtió Bret—. No hay ni la más mínima prueba de que alguien haya manipulado el avión. Y si hubiera sido así, ¿crees que Tamzin se lo estaría contando a la gente?

—Como tú mismo has dicho, jefe, está algo mal de la azotea, ¿verdad? Podría estar bajo la influencia de cualquier sustancia, legal o ilegal, cuando lo dijo. Eso no significa que no sea verdad.

«Jefe». La palabra se quedó flotando en el aire como una espada ardiente. Ése era un título que ella había reservado para Cam, lo mejor para pinchar a Bret en sus continuos desafíos verbales. Bret apretó las manos y dio la vuelta para mirar ciegamente por la ventana.

***

Habían estado durmiendo y despertándose todo el día, saliendo del refugio cuando era necesario para conseguir más nieve que derretir u ocuparse de sus necesidades físicas. Parecía que cada vez que Bailey se despertaba Justice le hacía beber agua, aunque ella insistía en que él bebiera su parte también. Hubo un momento en que él también insistió en que intercambiaran los puestos en el refugio, que ella ocupara el lado que quedaba contra la pared, mientras que él se colocaría frente a la entrada. Ella no veía qué diferencia podría suponer, pero se arrastró hacia el interior para que él se colocara en el otro lado.

Se dio cuenta de la diferencia que suponía cuando él tuvo que salir a recoger más nieve.

—Yo debería estar haciendo eso —protestó ella cuando volvió—. Cambia de sitio conmigo otra vez.

—No —dijo él tranquilamente—. Estoy bien, sólo débil. Tú deberías quedarte quieta, dejar que tu cuerpo se acostumbre a la altura.

Ella quiso preguntar cuándo iban a rescatarlos, pero dudó, porque aún no habían oído los helicópteros cuyo sonido trataban de detectar. Las horas iban agotándose de nuevo y Bailey empezó a mentalizarse de que se enfrentaban a otra noche en la montaña. Sintió ganas de llorar, pero eso no habría servido para nada y no podía permitirse esa pérdida de líquido.

—Tú has sufrido una conmoción —le señaló a Justice—. Deberías permanecer quieto el máximo tiempo posible.

—No ando trotando por ahí, créeme. Y no tengo fiebre.

Bailey protestó un poco, porque tener fiebre aún le parecía una enorme injusticia, pero estaba verdaderamente cansada y al poco rato se durmió de nuevo.

Al final de la tarde Cam dijo:

—Necesito revisarte el brazo mientras todavía haya luz.

Ella lo miró de reojo, porque si se trataba de que hubiera luz diurna, eso significaba salir del refugio.

—¿Quieres que me quite las camisas ahí fuera?

—Sí. Hay que cambiar el vendaje. Puedes sacar algo de esta ropa y abrigarte con ella para tener cubierto todo excepto el brazo.

Se arrastró al exterior con el botiquín. Bailey forcejeó para quitarse a medias sus tres camisas mientras aún estaba dentro del refugio tirando del brazo derecho por las mangas. Trató de mirar por encima del hombro su tríceps para ver si había estrías rojas, pero en la penumbra era imposible saberlo. Arropándose con otras prendas para no enseñarle los pechos, salió arrastrándose también.

No había dónde sentarse sin mojarse los pantalones, así que se quedó de pie dándole la espalda mientras él le descubría el brazo y le quitaba el vendaje.

—No tiene peor aspecto —dijo él, para alivio de ella—. Todavía está rojo alrededor del pinchazo, pero el enrojecimiento no se ha extendido. —Puso más pomada en la herida y le colocó otra venda. Ella volvió a meter el brazo en la manga de la camisa y se abrochó.

—Ya que estamos aquí fuera debería revisar tu herida —dijo ella.

Él se tocó el grueso vendaje que le cubría la cabeza.

—¿Hay suficientes vendas para rehacer esto?

Sí las había, pero para una sola vez. ¿Y si no los rescataban al día siguiente? Esa idea le produjo un escalofrío, o quizá fuera la fiebre. En cualquier caso, pensar en pasar una tercera noche en la montaña le resultó aterrador.

No obstante, necesitaba cambiar el vendaje.

—No necesitaré tanta cantidad esta vez —dijo finalmente—. Colocaré una gasa sobre la herida y enrollaré la venda en torno a tu cabeza para estar seguros de que no entre suciedad en los puntos.

Continuaba el problema de que no había dónde sentarse, y él era bastante más alto que ella, lo que dificultaba la operación de desenrollar la venda. Finalmente extendió una de las bolsas de basura y se arrodilló, mientras ella se quedaba de pie.

—¿Así está mejor?

—Mucho mejor. —Quitó cuidadosamente el resto del vendaje, confiando en que la pomada antibiótica que había puesto sobre los puntos hubiera evitado que la gasa se pegara. Así había sido, en su mayor parte, aunque en alguna zona tuvo que tirar de la gasa para soltarla, pero nada grave. Él ni gritó ni soltó ninguna maldición, algo que ella agradeció.

La sutura tenía casi tan mal aspecto como la herida, pensó mientras se mordía el labio. La sangre seca formaba costras alrededor de los agujeros donde estaban los puntos y en una delgada línea a lo largo del corte, haciéndole preguntarse si había juntado los bordes lo suficiente. Entonces se dio cuenta de que la hinchazón había bajado algo, lo que significaba que los puntos no estaban tan apretados como deberían.

—Va a quedar una cicatriz horrible —advirtió ella—. Puede que necesites cirugía plástica.

La mirada que le lanzó él era ligeramente incrédula.

—¿Por una cicatriz?

—No soy médico, ¿recuerdas? Éste no es exactamente el trabajo de un profesional. —Se sentía avergonzada, como si hubiera fallado en una prueba, aunque no sabía qué otra cosa podía haber hecho. ¿Dejar la herida abierta hasta que la hinchazón hubiera bajado? No parecía una alternativa viable. No sólo habría habido más probabilidades de infección, sino que posiblemente habría quedado una cicatriz mayor dejándola sin coser.

—¿Te molesta la cicatriz? —preguntó él.

—Oye, no está en mi cabeza. Si no te molesta a ti, entonces no te preocupes por eso.

Él sonrió ampliamente mientras ella le limpiaba la sangre seca con alcohol.

—No eres un dechado de compasión, ¿eh?

—No soy un dechado de nada. Lo siento.

—Lo que quiero decir es si te molesta mirarla.

—No la miraré, porque voy a taparla con una venda. Pero, en general, las cicatrices no me molestan, si es eso lo que preguntas. —Agarró el tubo de pomada y extendió un poco sobre los puntos, de un extremo al otro. Para cubrir la herida necesitó dos gasas estériles; utilizó tiras de esparadrapo para mantenerlas en su lugar, después volvió a enrollar la venda en torno a su cabeza—. Ahí lo tienes. No estás como nuevo, pero estás mejor que ayer.

—Gracias a ti —dijo él según se incorporaba.

Ella extendió el brazo para ayudarle, sosteniéndolo hasta que estuvo segura de su estabilidad. Él la rodeó con su fuerte brazo, le levantó la barbilla y la besó.

Capítulo 18

Bailey se quedó helada, atrapada por la poderosa fuerza del brazo de Justice. Odiaba tener que vérselas con problemas sexuales. Se estaban llevando tan bien... ¿Por qué tenía que estropearlo todo intentando ligar? Era más fuerte de lo que ella esperaba, dada su condición física, lo cual significaba que tendría que oponer bastante resistencia para alejarlo, pero no quería hacerle caer y empeorar su estado...

De todas formas, el beso fue rápido y fugaz, apenas un roce de sus labios fríos contra los de ella. Él levantó la cabeza antes de que ella pudiera trasladar sus pensamientos a la acción.

—Gracias —dijo de nuevo, y la soltó.

Ella se quedó allí, en medio del frío, desconcertada. Bien, ahora estaba confundida. ¿Aquello había sido un flirteo o no? Si eso es lo que él pretendía, había sido lo menos sexy que había experimentado en su vida, lo cual contradecía su propósito. Y si el beso pretendía ser de agradecimiento, habría bastado con dar simplemente las gracias.

Era la primera en admitir que no era precisamente avispada a la hora de captar mensajes sexuales, y le parecía que las relaciones sentimentales eran suficientemente espeluznantes sin necesidad de que uno, o los dos, actuara basándose en suposiciones equivocadas. Para ella, era mejor preguntar y estar segura, a pesar de que, habitualmente, esas situaciones no se resolvieran precisamente de esa forma. Ahuyentó su ligera conmoción y continuó ayudándolo a llegar al refugio, colocando su hombro bajo el brazo izquierdo de él y rodeando su cintura con los brazos.

—¿Eso ha sido un intento de ligar conmigo? —preguntó con exigencia, mirándolo con el ceño fruncido.

Él se detuvo mientras bajaba la vista para mirarla con expresión afable.

—¿Por qué lo preguntas?

—Porque no sé qué pensar. Si ha sido un intento de ligue, quiero que sepas de una vez que el sexo no entra en mis planes. Pero si no lo ha sido, entonces no importa.

Él soltó una carcajada y estrechó su brazo en torno a los hombros de ella en un breve abrazo.

—Créeme, cuando intente ligar contigo, te enterarás. Ha sido solamente un gesto de agradecimiento.

—Con dar las gracias habría sido suficiente.

—También habría sido suficiente decir: «De nada» —replicó él con ironía.

Asomó un poco de color en su cara pálida.

—De nada. Lo siento. He sido muy susceptible, y no lo pretendía.

—No importa. —Habían recorrido los aproximadamente cuatro metros que los separaban del refugio. Él retiró el brazo de los hombros y se puso a un lado, indicándole que entrara primero. Ella obedeció, dándose cuenta por primera vez de lo fácil que era entrar y salir cuando no había nadie dentro.

—Espera, déjame… —empezó, pero él ya estaba deslizándose tras ella. Bailey levantó las piernas para dejarle el mayor espacio posible para maniobrar. Cam se dio media vuelta, pero sus largas piernas dificultaban la operación; después se tumbó boca abajo y tiró de la bolsa de basura para tapar la entrada.

Se organizaron, estirando y arreglando el montón de ropa para poder taparse mejor. Bailey suspiró mientras relajaba su cuerpo dolorido, acostada de lado frente a él. Después de estar acostada y dormitando la mayor parte del día, debería estar aburrida e inquieta, pero en cambio se encontraba todavía tan cansada que parecía como si tuviera pesas sujetas a las piernas y a los brazos. También se sentía increíblemente sucia; estar enferma y sucia era, en cierto modo, mucho peor que estar enferma y limpia.

El abatimiento cayó sobre ella como una losa.

—¿Por qué no han venido a buscarnos hoy? —preguntó, con tono desolado.

Cam apoyó la cabeza en el trozo de gomaespuma que le servía de almohada. Estaban acostados cara a cara, juntos bajo una luz que disminuía a medida que el sol bajaba, trayendo consigo otra noche helada. Su mirada vagó por la cara magullada de él. Aún podía ver cómo se curvaban sus pestañas y la barba de un día que cubría su barbilla, pero pronto sería solamente una sombra oscura en la penumbra del refugio, antes de que la oscuridad fuera completa.

—No lo sé —dijo finalmente él—. El ELT debería haber transmitido nuestra posición y nos tendrían que haber enviado ya un helicóptero.

—Quizá esté estropeado —sugirió ella, y su corazón sufrió un sobresalto cuando pensó en esa posibilidad. Si nadie sabía dónde estaban...

—Los ELT soportan lo indecible, especialmente con el avión relativamente intacto, como está.

—¿Intacto? —repitió ella incrédula—. ¿Le has echado un vistazo? ¡El ala izquierda ha desaparecido, al igual que la mitad de la cabina!

Esbozó una media sonrisa divertida.

—Pero los dos estamos vivos y de una pieza, y la mayor parte del fuselaje está todavía ahí. He visto impactos donde lo único que queda son unos cuantos trozos de metal calcinados.

—¿Como si nos hubiéramos estrellado contra una pared rocosa? —Por un momento retrocedió a aquellos momentos escalofriantes antes del impacto, cuando había visto las escarpadas rocas alzarse cada vez más cerca y había sabido que estaba a punto de morir.

—Así es. Por eso quería descender hacia la línea de árboles. Íbamos a caer, no había forma de evitarlo, pero los árboles suponían la diferencia entre vivir y morir.

—Amortiguaron el impacto. —Tembló un poco, recordando la increíble fuerza con la que se estrellaron, la sensación de ser golpeados por un gigante. No podía imaginar lo que habría sido el choque sin los árboles, pero sabía que no habrían sobrevivido.

—Exactamente. Los árboles del borde de la línea no son muy gruesos y no habrían servido de mucha ayuda, pero tampoco quería descender demasiado para encontrarme con los que fueran demasiado fuertes. Necesitaba árboles más o menos resistentes, supongo, lo suficientemente fuertes para amortiguar la velocidad de la caída, para absorber el impacto, pero también flexibles para ceder.

—Buena idea. Ha funcionado.

—Supongo que sí. Estamos vivos.

Quiso decirle lo impresionada que se había quedado con él entonces, viéndolo aprovechar cualquier pequeña elevación de las corrientes de aire, luchando contra la gravedad, utilizando su habilidad y su fuerza para mantenerlos en el aire todo el tiempo posible, pero aunque su garganta se movió no consiguió articular palabra. Horrorizada, notó cómo le ardían las lágrimas en los párpados y apretó los dientes, deseando con todas sus fuerzas no echarse a llorar. No era llorona por naturaleza, a pesar de esas molestas ocasiones en que se despertaba con lágrimas en las mejillas. No sabía por qué le sucedía, a pesar de que se negaba a convertirse en una mujer debilucha que en cuanto se siente enojada o aterrada se echa a llorar. Finalmente se las arregló para decir en un tono razonablemente neutro:

—Salvaste nuestras vidas.

Incluso en la penumbra, sus agudos ojos pudieron apreciar su rostro. Su expresión se suavizó mientras le tocaba el cabello, apartándole un mechón de la cara.

—Y después tú salvaste la mía. Habría entrado en shock y habría muerto si no hubieras detenido la hemorragia. Supongo que estamos en paz.

Ella sintió un extraño pero poderoso impulso de girar la cara hacia su mano y besarle la palma. ¿Qué demonios le sucedía? Quizá le estaba subiendo la fiebre. Tal vez sufría estrés postraumático. Un accidente de avión era bastante estresante; tenía derecho a tener los nervios alterados.

—¿Habías tenido antes alguna experiencia de supervivencia en la montaña, algún cursillo de primeros auxilios o algo similar? —preguntó él con curiosidad.

El cambio de tema le dio una oportunidad de salir silenciosamente del abismo emocional en el que parecía estar. Aun así, necesitó tragar saliva un par de veces antes de poder hablar de nuevo, y el corazón le latía como si acabara de recibir una llamada inesperada.

—No. ¿Por qué?

—Porque tomaste una serie de decisiones sensatas e hiciste todo lo correcto con los recursos limitados que teníamos a mano.

—Sensata, ésa soy yo —dijo, sorprendida de su risa irónica. Había sufrido las consecuencias producidas por decisiones tomadas en caliente porque a uno de sus progenitores o a los dos, sencillamente, les apetecía, sin detenerse a pensar en lo perjudicial que podría ser el resultado para sus hijos. Nunca había querido ser así—. Mi sentido común es la razón por la que Jim me escogió para supervisar… —Se detuvo, reticente a hablar de su vida personal.

—¿Todo ese dinero? —remató Cam, y sonrió cuando ella abrió los ojos sorprendida—. Todo el mundo lo sabe. Mi secretaria me habló de ello, pero es una mujer que da miedo, está aliada con el diablo y lo sabe todo.

Bailey lanzó una carcajada.

—¿Karen? ¡Espera a que le cuente que has dicho que está aliada con el diablo!

—¡Demonios! ¿Conoces a Karen? —La sorpresa hizo que se levantara sobre el codo para mirarla consternado.

—Por supuesto que conozco a Karen. El Grupo Wingate ha utilizado J&L, durante ¿cuántos años? Antes de casarme con Jim, yo era la que la llamaba para contratar los vuelos.

—Debí haberlo sabido —murmuró él—. Diablos. Mierda. Si le dices eso me amargará la vida hasta que me muera o me arrastre sobre brasas para disculparme. —Se acomodó sobre la espalda y miró hacia arriba—. Prométeme que no se lo dirás.

—No me digas que le tienes miedo a tu secretaria. —Se rió por lo bajo, encantada de descubrir esa faceta del Capitán Reprimido Justice. Podía ver la sonrisa que amenazaba con dibujarse y le encantaba que él reconociera y disfrutara en privado de los beneficios de una secretaria dominante.

—Es nuestra dueña —afirmó con un tono exageradamente sombrío—. Sabe dónde está todo, cómo funciona todo y todo lo que está pasando. Lo maneja todo. Todo lo que Bret y yo hacemos es aparecer por allí, firmar lo que nos manda y pilotar los aviones.

—Podríais despedirla —sugirió ella, sólo para provocarlo.

Él resopló.

—Sé realista. En Texas nos educan para comportarnos de forma más inteligente. Si ella no trabajara allí, es probable que yo tuviera que hacer algo más que firmar unos cuantos papeles.

—¿Eres de Texas?

—No me digas que he perdido el acento. —Se acomodó de lado otra vez y puso el brazo bajo la cabeza.

—No, pero he leído que los pilotos suelen adoptan con toda naturalidad un acento arrastrado, así que podías ser de cualquier sitio.

—El síndrome de Yeager —dijo él—. No tuve que adoptar ningún acento arrastrado. Nací con él, aunque Yeager era de Virginia Occidental y yo soy un chico de Texas de los pies a la cabeza, y los acentos son totalmente diferentes.

—Si tú lo dices... —Dejó que la duda se plasmara en cada palabra.

—Yanqui. Tienes que haber nacido con la música de la lengua para distinguir las variaciones.

Ella tuvo que reírse, especialmente cuando la nota ligeramente provocadora de su voz la invitaba a hacerlo. Quiso decirle que «música de la lengua» sonaba como algo sacado del *Kama Sutra,* pero se tragó el comentario justo a tiempo. Si pretendía no dejarle aventurarse en el territorio sexual, no debería ser ella la que lo condujera hasta allí.

—¿De dónde eres? —preguntó él.

—De Kansas originariamente, pero he vivido en Ohio, California, Oregón, Maryland e Iowa.

—¿De niña o de adulta?

—Sobre todo de niña. Cuando finalicé la universidad, elegí un lugar y allí me quedé. —Las raíces eran agradables. La estabilidad era agradable.

—Mi familia no se movía. Todavía viven en Killeen.

—¿Dónde queda eso?

—¿No aprendiste nada de geografía en esos colegios a los que fuiste? Está más o menos a mitad de camino entre Dallas y San Antonio.

—Lo siento —dijo ella, poniendo los ojos en blanco—. No se dedicaban demasiado a la geografía de Texas en los colegios a los que fui.

—El nivel de ignorancia hoy en día es impresionante. ¿Cómo puede un colegio no enseñar nada sobre Texas?

—No tengo ni idea. Entonces, ¿creciste en Killeen?

—Sí. Mis padres viven todavía en la misma casa donde crecí. Tengo un hermano y dos hermanas, y todos fuimos al mismo colegio, y durante mucho tiempo tuvimos los mismos profesores. Pero cambié mucho de residencia cuando estuve en las Fuerzas Aéreas. Fue divertido ver lugares nuevos, aunque cada mudanza era como un dolor de estómago. ¿Por qué cambiabas tú tanto de ciudad?

—El ping-pong del divorcio —dijo ella—. Se juega con niños, en vez de con pelotas.

—Es una mierda. ¿Tienes hermanos?

—De una variedad infinita.

—¿Los hay de otro tipo distinto a varones y hembras?

Ella se rió, disfrutando de la broma.

—Un hermano y una hermana, dos hermanastros a los que no veo nunca, tres hermanastras a las que no veo nunca y todo un catálogo de hermanastros y hermanastras cuyos nombres tengo que pensar y a muchos de los cuales no reconocería si me tropezara con ellos. —Pensó que reconocería al tipo pelirrojo y con la barbilla partida, pero nunca podía recordar su nombre. Era el hijo del segundo esposo de su madre, uno de ellos, con su segunda esposa; su madre había sido la tercera. Pensar en todo ello empeoró el dolor de cabeza de Bailey.

—¿Tienes una relación fluida con tus dos hermanos?

Ella se percató de que él no le preguntaba por sus padres, pero tenía que reconocer que era un tipo listo, así que probablemente se había dado cuenta de que era una pregunta sin sentido.

—Con mi hermano Logan. Iba a ir con él y su esposa, Peaches, a hacer rafting. A mi hermana no la veo mucho. Tiene sus propios asuntos.

En general, se dio cuenta de lo cómoda que se sentía en aquel momento, no físicamente sino mentalmente. La patrulla de rescate los encontraría al día siguiente, poniendo fin a aquella pesadilla. No recomendaría un accidente aéreo como experiencia, no era divertido desde ningún punto de vista, pero ella había conseguido un amigo. La embargó una ligera sensación de asombro por considerar amigo al Capitán Amargado Reprimido Justice, pero había descubierto que no era un amargado y lo único que tenía estrecho eran las nalgas, que no estaban nada mal.

—Te vas a quedar dormida —comentó él—. Puedo saberlo por la forma en que respiras.

Ella asintió con un ronroneo que subió de su garganta y se acurrucó en sus brazos, buscando su calor, como si siempre hubiera dormido allí.

Capítulo 19

La tercera mañana, el día amaneció soleado y brillante. Cuando Cam se arrastró fuera del refugio descubrió que se sentía considerablemente más fuerte que el día anterior, y además su dolor de cabeza había disminuido. No estaba precisamente para saltar obstáculos o correr una maratón, pero caminaba sin ayuda, aunque lentamente, y sin tener que agarrarse a nada.

Bailey también se sentía mejor; le había subido la fiebre durante la noche, empapándola en sudor. Eso no era bueno, al menos en un clima de varios grados bajo cero. Había obligado a Cam a darse la vuelta y a mirar para el otro lado para ella poder quitarse la ropa empapada y ponerse una seca. Considerando el espacio tan limitado del refugio, a él le habría gustado ver cómo se contorsionaba, pero no había hecho trampa y no había echado ni una ojeada. Desde que la había sorprendido, dejándola petrificada al besarla, no quería asustarla de nuevo. Por esa misma razón se había asegurado de no rozarla con una erección, aunque se había despertado varias veces con verdadera urgencia. Sin embargo, estaba llegando el momento...

Pero primero tenían que salir de aquella maldita montaña.

Con respecto a la comida, su situación se estaba volviendo crítica. Quedaban dos chocolatinas, y ellos estaban cada vez más débiles por falta de alimento. El hecho de haber dormido la mayor parte de las últimas treinta y seis horas les había ayudado, porque no habían quemado muchas calorías, pero si no los rescataban hoy...

No le había revelado a Bailey lo preocupado que estaba al ver que el día anterior no los habían rescatado. Un satélite debería haber detectado la señal de su ELT, y aunque la montaña había estado cubierta de nubes todo el día, podían haber dejado un equipo de rescate en un lugar más bajo y accesible para que llegara hasta ellos.

El problema era que el ELT funcionaba con baterías y transmitiría sólo entre veinticuatro y cuarenta y ocho horas. Habían pasado veinticuatro horas el día anterior por la mañana y estaban llegando a las cuarenta y ocho; si no detectaban la señal antes, ya no podrían hacerlo nunca. Al no ver llegar el día anterior al equipo de rescate, había empezado a temer que las baterías se hubiesen descargado antes incluso de que hubieran empezado la búsqueda.

Levantó la vista cuando Bailey volvió desde los árboles al refugio. Ella se detuvo delante y lo miró con decisión.

—Tienes que quedarte fuera un rato —dijo, con un tono que no admitía objeciones—. No puedo soportarlo más. Apesto. No me importa el frío que haga, tengo que lavarme y ponerme ropa limpia. Y cuando termine, tú también tienes que asearte.

—Tú te pusiste ropa limpia anoche —señaló él, sólo para irritarla—. Y yo no tengo ropa limpia.

—Eso es culpa tuya —soltó ella—. No sé cómo se te ocurrió pensar que sólo ibas a necesitar una muda para un viaje en el que ibas a pasar la noche.

—Quizá el hecho de que siempre llevo lo mismo.

—Sí, bueno, pero tienes que tener en cuenta las emergencias. ¿Y si se te hubiera caído café sobre tu camisa limpia en el desayuno? Estarías en un aprieto.

Él quiso reírse, pero no lo hizo. Tal vez fuera la forma en que se erguía con la espalda recta o la expresión testaruda en su rostro mientras levantaba la barbilla lo que le hizo pensárselo mejor. Pero le resultó divertido escuchar aquel sermón sobre la ropa. Si ella todavía llevara puestos los sofisticados pantalones y la chaqueta que vestía cuando se subió al avión, aquel rapapolvo no le habría parecido tan fuera de lugar, pero su aspecto en aquel momento hacía parecer elegantes a las pordioseras.

Llevaba tanta ropa que no se podía adivinar su silueta, y la camisa de franela anudada a la cabeza era el toque final. No. Tal vez lo eran los calcetines que llevaba puestos en las manos. Pero, por otra parte, él estaba arropado con las camisas y los pantalones de ella, pues evidentemente no podía ponérselos. Si ella tenía mejor aspecto que él, la cosa andaba realmente mal. Y si él hubiera podido ponerse unos calcetines en las manos, también lo habría hecho sin dudarlo.

—Tú ganas —dijo sonriendo—. Debería haber traído más ropa. Voy a hurgar en el avión mientras te aseas, así que tómate tu tiempo.

Inmediatamente sus ojos verdes se ensombrecieron con preocupación.

—¿Estás seguro de que estás lo bastante fuerte...?

—Estoy seguro —la interrumpió—. Hoy me siento mucho mejor. —Bueno, «mucho» era exagerar, pero ya no aguantaba más acostado y quería revisar algunas cosas.

Ella se mordió el labio inferior.

—Grita si te mareas o te sientes mal —dijo finalmente, y se dejó caer para deslizarse en el interior del refugio.

Cam se dio la vuelta y echó una mirada general a los restos del avión con ojo experto. Miró la trayectoria, señalada por los árboles destrozados. Vio el lugar en que el ala izquierda había bajado y tropezado con un saliente escarpado de roca; seguramente fue allí donde había perdido el ala. El avión se había torcido violentamente hacia la derecha y casi había salido de los árboles hacia la pendiente rocosa, lo cual habría sido un desastre.

Lo que les había salvado el pellejo era que el combustible no había ardido. Se podía sobrevivir al impacto del choque muy a menudo, pero no al incendio. Incluso con el motor apagado el cableado eléctrico podía haber producido un incendio. Quizá Bailey podría haber salido viva, pero él con seguridad no.

El fuselaje no descansaba sobre la tierra, sino que estaba medio apoyado en el ala derecha rota y empalado en un árbol. La rama se había clavado en el fuselaje, anclando el avión y evitando que diera la vuelta. Mientras la rama resistiera, el aparato no se movería. Esperaba con todas sus fuerzas que no se rompiera mientras él estaba en la cabina; ¿no sería eso un golpe de mala suerte?

Tomó impulso para subir a lo que había sido el asiento del copiloto, antes de que Bailey le quitara los cojines de gomaespuma y la tapicería de cuero, y que ahora era poco más que un armazón. Lo primero que revisó fue el ELT.

—Mierda —dijo suavemente, en cuanto accionó el interruptor.

El indicador estaba apagado, la batería estaba muerta. Se hizo la gran pregunta: ¿Habría recibido el satélite la señal antes de que la batería se agotara o había dejado de funcionar desde el principio? Los ELT eran inspeccionados una vez al año, mediante un código. La batería podía haber estado descargada durante meses, porque la verdad era que, además de la inspección anual, nadie revisaba aquel maldito aparato.

Si el satélite hubiera recibido la señal, estaba casi seguro de que el equipo de Búsqueda y Rescate los habría localizado el día anterior. Pero no había llegado, y ahora ya no creía que lo hiciera, al menos no a tiempo. Lo que más le preocupaba era que no había oído ningún avión de la Patrulla Aérea Civil volando en su búsqueda, ni helicópteros. Había transmitido por radio su posición, y aunque en realidad no habían caído exactamente en ese punto, estaban lo bastante cerca para haber oído un helicóptero de rescate en aquella zona.

Sabía que se había organizado una búsqueda. Un avión no desaparecía durante dos días sin que nadie se molestara en buscarlo. Entonces, ¿dónde demonios estaban?

Se preguntaba si su transmisión por radio habría llegado. ¿Y si la Patrulla Aérea no tenía ni idea de dónde buscarlos? El área podía ser localizada matemáticamente utilizando como variables la cantidad de combustible y la distancia de vuelo máxima, pero eso significaba un territorio enorme. Empezaba a pensar que Bailey y él tendrían que salir de la montaña por sus propios medios, algo que era más fácil de decir que de hacer.

La pantalla de la cabina estaba destrozada y la radio rota, lo que no le causó ninguna sorpresa. Rebuscó por allí, tratando de encontrar algo útil que Bailey hubiera pasado por alto, pero había sido concienzuda. Lo único que quedaba en la cabina que pudiera usarse eran los cinturones de seguridad. Estiró las cintas tanto como pudo antes de cortarlas. Las del regazo no eran tan largas, pero podían usarse. Eran fuertes, y podían convertirse en redes para llevar cosas. No era como hacer de nuevo las maletas de Bailey y echarlas a rodar por la montaña, pero quizá pudieran usar los cinturones de seguridad para convertir una de las maletas en una especie de mochila y transportar los objetos más esenciales. Si su maletín era suficientemente grande, sería del tamaño ideal.

La linterna que siempre tenía en la cabina había desaparecido. Estaba seguro de que tenía que estar en alguna parte, pero probablemente cubierta por la reciente nevada que había caído, y era imposible saber a qué distancia había salido disparada con el impacto. Si iban a salir caminando de allí, la necesitarían, pero las probabilidades de encontrarla no eran muchas.

También necesitaba la chaqueta de su traje y las barritas de cereales que tenía en el bolsillo, aunque eran más importantes las barritas. La chaqueta sería de agradecer, pero podría arreglárselas tal y como andaba ahora; sin embargo, necesitaban urgentemente las barritas.

Ahora que sabía la prueba a la que se enfrentaban, miró los restos del avión con ojos diferentes. Los afilados trozos de metal o de cristal podían convertirse en cuchillos rudimentarios, por si acaso se perdía la navaja de bolsillo o se le rompía la hoja. Nunca estaba de más tener un repuesto. Quizá pudiera hacer raquetas para andar por la nieve. En teoría era bastante fácil. El asunto era saber si el terreno era demasiado accidentado, porque las raquetas entorpecían la marcha.

Cuanto más descendieran, más abundancia de comida habría. Él era un chico de Texas; había crecido poniendo trampas para conejos y ardillas. Podría encontrar comida para ellos entonces, pero necesitaban alimento de forma inmediata.

Se dirigió al otro lado del avión. Allí la pendiente era mucho más pronunciada, con superficies de roca viva que le habrían hecho imposible moverse sin agarrarse a los árboles. Siguió el sendero ascendente que había dejado el avión al caer, utilizando la fuerza de la parte superior de su cuerpo para impulsarse hacia arriba donde no podía apoyar los pies.

La nieve se hundía bajo sus zapatos, sobresalía por los lados y se metía en su interior, mojándole los calcetines y helándole los pies. No podría alejarse de allí con aquel calzado, pero no sabía qué podía hacer. Podía ignorar el frío por ahora; demonios, quizá Bailey quisiera calentarle de nuevo los pies con sus senos. Eso hacía que mereciera la pena tener los pies fríos.

Había restos del avión diseminados por toda la pendiente: trozos de metal retorcido, cables rotos, ramas destrozadas. Si encontraba un trozo de cable lo suficientemente largo para ser útil, lo recogía, lo enrollaba y se lo metía en el bolsillo. Encontró un puntal de un ala combado, después la puerta torcida y doblada del lado del piloto. Considerando los daños, lo único que podía pensar era que había salido muy bien parado con una conmoción y una brecha en la cabeza. Más lejos, hacia un lado, pudo descubrir una forma redondeada que tenía que ser una de las llantas, cubierta de nieve.

Llegó a un árbol que parecía que hubiera sido partido por un rayo, con la corteza reventada y las ramas rotas, sólo que las brechas de la madera eran recientes. El daño estaba aproximadamente a seis u ocho metros de la base del árbol. Miró a su alrededor y vio pequeños trozos del avión, pero nada lo bastante grande para ser el ala.

Subió más, impulsado por la curiosidad, pero no encontró nada. Finalmente, sintió un frío intenso que le obligó a dar la vuelta. También le faltaba el aliento y notaba escalofríos, algo normal considerando la cantidad de sangre que había perdido. Lo único bueno de aquella inmovilidad forzosa que había tenido que soportar a causa de su herida era que el tiempo que había pasado le había permitido acostumbrarse a la altura.

Se detuvo un momento para orientarse. Estaba arriba y a la izquierda del lugar del impacto, su pequeño refugio se encontraba sólo un poco más arriba y a la derecha. Bailey no había salido todavía, así que estaría dentro con sus toallitas húmedas, quitándose el pegajoso sudor provocado por la fiebre. Sonrió, preguntándose si saldría corriendo desnuda si él gritaba pidiendo ayuda. Puede que sí, pero después lo mataría, así que se contuvo. La vería desnuda, pero a su tiempo.

Recorrió con la mirada el terreno por encima del refugio, hacia la parte alta de la montaña, buscando la cumbre… y vio el ala, a unos diez o quince metros.

—¡Maldición! —exclamó.

Había estado buscando en el lado izquierdo del accidente; supuso que, como se trataba del ala izquierda, habría caído allí, porque no recordaba haber pensado realmente en otro lugar que no fuera el sitio donde había golpeado el árbol. Pero en lugar de eso, cuando fue arrancada, el ala había dado muchas vueltas hasta caer hacia la parte derecha. Estaba, de hecho, casi detrás del refugio, pero más allá de donde había ido caminando.

Con precaución, se abrió camino hacia ella. Cuando llegó estaba muy cansado, pero respiraba con bastante facilidad.

En un accidente aéreo se desarrollan fuerzas inimaginables. El metal se veía retorcido y doblado como si fuera una tela ligera, los remaches habían reventado, y las tuercas y los tornillos estaban arrancados tan limpiamente como si los hubieran cortado. El ala había quedado doblada en dos por la fuerza con la que había golpeado el árbol, y el metal se había resquebrajado y abierto por la línea de tensión. Podía ver la estructura, los metros de cableado que colgaban de la parte donde el ala había estado sujeta al avión, el depósito de combustible roto.

Le llamó la atención algo que parecía un globo desinflado, y que colgaba del depósito roto.

Se quedó parado allí, mirándolo fijamente, con un cosquilleo en la nuca que le advertía de la presencia repentina del peligro. Le invadió la furia, una rabia tan fuerte que se le cegó la vista con una nube roja.

No había sido un fallo mecánico. El avión había sido saboteado.

Capítulo 20

Cuando Bailey salió del refugio, no vio a Cam. Se había limpiado tanto como había podido, y se notaba un poco temblorosa, pero inmensamente mejor. Todavía tenía dolor de cabeza, pero no era tan fuerte como lo había sido los dos últimos días. Con la fiebre superada finalmente, los únicos sitios que le dolían eran donde estaba magullada. El mareo y las náuseas no habían desaparecido por completo, y se sentía débil por la fiebre y la falta de comida. Sin embargo, en general, podía decir que su estado físico había mejorado notablemente.

—¿Cam? —llamó. No hubo respuesta. Un escalofrío de preocupación recorrió su espalda. Estaba demasiado débil para andar solo. ¿Y si se había caído? Asustada, siguió sus huellas hasta el avión, después vio por donde había pasado dando la vuelta al aparato. No lo veía por ningún lado.

—¡Cam! —gritó de nuevo, esta vez más alto—. ¡Cam!

—Estoy aquí arriba.

Su voz venía de la parte alta de la pendiente. Dio la vuelta y lo vislumbró entre los árboles, abriéndose camino hacia abajo.

—¿Qué estás haciendo ahí arriba?

—Buscando el ala.

¿Qué importaba el ala? No podía volver a sujetarla al avión para sacarlos de allí volando. A lo mejor se trataba de una manía de piloto, que quería saber adónde habían ido a parar todas las piezas de su avión. Lo que a ella le preocupaba era que se había alejado mucho del campamento, solo, con lo débil que estaba... y con aquellos zapatos. Tendría las piernas mojadas hasta las rodillas y los pies helados.

Molesta, empezó a subir por la empinada pendiente para encontrarse con él, en parte para ayudarlo si lo necesitaba, pero también para echarle una bronca por haber sido tan descuidado. Su mal humor crecía a cada paso que daba, porque le resultaba muy dificultoso caminar; tenía que agarrarse a los árboles y arrastrarse prácticamente sobre las piedras, y en una ocasión pisó un hoyo y se le hundió una pierna en la nieve hasta el muslo. Aulló por la impresión mientras exclamaba:

—¡Maldita sea!

—¿Qué ha pasado? —preguntó Cam con rudeza. Estaba abriéndose paso entre las rocas, y en ese momento estaba fuera de su campo de visión.

—He metido el pie en un agujero —respondió ella, frunciendo el ceño en dirección a él, aunque no podía ver su expresión. Salió del hoyo y se sacudió la nieve de los pantalones. Le había entrado algo en la bota; pudo sentir el frío intenso extendiéndose por su pierna. Se quitó el calcetín de la mano derecha y empezó a escarbar por el borde de la bota, quitando la nieve que quedaba para no mojarse más.

Cam dio unos pasos rodeando la roca, utilizando los árboles para agarrarse, como ella.

—¿Te has torcido el tobillo?

—No, sólo se me ha colado nieve en la bota —dijo ella, contrariada. Se enderezó y se puso otra vez el calcetín en la mano, mientras le echaba una ojeada. Lo que vio hizo que se pusiera rígida, como preparándose para un golpe.

Había visto su cara fría e inexpresiva, había visto la forma en que se le curvaba la boca cuando algo le divertía, lo había visto sonreír abiertamente, había visto la chispa pícara de sus ojos cuando hacía un comentario sarcástico. Sin embargo, la expresión que contemplaba ahora mostraba a otra persona completamente diferente. Su boca era una línea sombría, los ojos entrecerrados e iluminados con una furia fría que le hizo sentir un escalofrío en la espalda. Tenía el rostro blanco de ira, lo que hacía que sus ojos fueran más incisivos y echaran chispas. Estaba contemplando a alguien con una expresión asesina en el rostro.

—¿Cuál es el problema? ¿Qué ha sucedido? —Se quedó allí, inmóvil, abriendo los ojos cada vez más a medida que lo veía acercarse.

Al llegar hasta ella, la agarró por el codo, dándole la vuelta y arrastrándola con él.

—Alguien ha tratado de matarnos —dijo secamente—. Más bien, creo que alguien ha tratado de matarte a ti. Yo era un daño colateral.

Bailey dio un traspiés, muda por la impresión durante un instante.

—¿Qué? —preguntó con incredulidad y en un tono que ahora era un aullido. Su corazón latía acelerado.

La fuerte mano de él la sujetó mientras recuperaba el equilibrio, con los dedos apretados en su codo.

—Han saboteado el depósito del combustible para que marcara más del que tenía realmente.

Los pensamientos de ella se dividieron en dos direcciones. Parte de su mente se concentró en el depósito de combustible tratando de entender cómo, mientras el resto de su cerebro estaba preocupado por aquella simple afirmación que había hecho él de que alguien había tratado de matarla.

—¿A mí? ¿Cómo? ¿Por qué...? —Apretó los labios ante el balbuceo incoherente y tomó una profunda bocanada de aire—. Empieza otra vez. ¿Qué te hace pensar que sabotearon el depósito de combustible y por qué crees que yo era el objetivo?

—Cuando se desprendió el ala, se rompió el tanque de combustible. —Hizo una pausa—. Sabías que los tanques de combustible están en las alas, ¿verdad?

—Nunca he pensado en ello —dijo sinceramente—. No me importa dónde estén, siempre que sirvan para llevar combustible. —Llegaron al refugio y se detuvieron casi sin aliento por el esfuerzo.

Cam le hizo girar la cara hacia él y le sujetó los dos codos. Su boca sombría se curvó en una breve sonrisa fría, mientras la miraba.

—Había una bolsa de plástico transparente en el depósito. Tecnología muy casera. Llenas la bolsa de aire, la cierras, y ocupa volumen en el tanque. Así haces que el indicador marque que el tanque está lleno cuando en realidad la mayor parte del espacio lo ocupa la bolsa. Y como es transparente, no se puede ver cuando hay combustible en el depósito.

—Pero..., pero ¿por qué? —Su tono estaba lleno de una angustia contenida. Toda aquella experiencia había sido una pesadilla, pero se había sobrepuesto. Había soportado el terror de estrellarse; había asumido ser la única responsable de su supervivencia el primer día. Había aguantado el frío gélido, el viento implacable, la falta de comida, la enfermedad y la fiebre, incluso la suciedad; no sabía si podría sobreponerse a la idea de que alguien había tratado de matarlos deliberadamente—. ¿Por qué crees que yo soy la que...? —Las palabras se atascaron en su garganta.

—Porque Seth Wingate llamó a J&L el día antes de irnos preguntando por tu vuelo —dijo él sin rodeos—. Nunca lo había hecho antes.

Aquellas palabras la golpearon como una bofetada.

—Seth... —A pesar de toda la hostilidad que había entre los dos, nunca pensó que le haría daño físico. Nunca le había tenido miedo, aunque sabía que tenía muy mal carácter. Incluso entendía la hostilidad de él y de Tamzin contra ella, porque estaba segura de que si ella misma se hubiera encontrado en su lugar se habría sentido igual. Eso no quería decir que le gustara, ni que le gustaran ellos, pero los entendía. Saber que alguien la odiaba lo suficiente como para tratar de matarla le revolvía el estómago. No era un ángel, pero tampoco era una escoria de la sociedad que mereciera que la mataran—. No —dijo ella paralizada, negando con la cabeza. No era que no le creyera, es que aquella situación era más de lo que podía asumir—. Oh, no... —En su recuerdo oyó el eco de la voz de Seth gritándole: «Zorra, te mataré», la última vez que había hablado con él, cuando había permitido que la provocara, amenazándolo con una posible reducción del pago de su fideicomiso. Jamás había respondido a sus burlas y acusaciones, siempre actuaba como si no hubiera dicho nada. Si aquello había sido la gota que desbordó el vaso..., todo cra culpa suya.

Trató de encontrar cualquier inconsistencia en la teoría de Cam, cualquier resquicio en su lógica.

—Pero..., pero tienes más de un avión... ¿Cómo podía saber cuál ibas a utilizar?

—Si tienes una ligera idea de aviones, se puede deducir cuál usaríamos para tu vuelo a Denver. El Lear no, es el más grande y lo utilizamos para cruzar el país. El Skyhawk no alcanza la altura necesaria para atravesar las montañas, así que tenía que ser el Skylane o el Mirage. Yo habría usado el Mirage, pero estaban reparándolo..., y ahora eso me hace preguntarme si no fue dañado deliberadamente para forzarnos a usar el Skylane.

—Pero ¿por qué? ¿Qué diferencia habría?

—Quizá está más familiarizado con los Cessnas. Sé que le preguntó a Bret dónde daban clases de vuelo, y Bret le recomendó un instructor. Volar no es lo mismo que sabotear, pero confirma que estaba interesado. Y, demonios, no es difícil conseguir información. No sé cómo lo ha hecho, si él mismo averió el Mirage o habló con Dennis y averiguó que el Mirage estaba en reparación. La única forma de enterarse con seguridad es preguntándole a Dennis... o yendo directamente a la policía y dejando que ellos hagan las pesquisas, que es lo que prefiero.

—Cuando nos rescaten... —empezó ella, pero él negó con la cabeza interrumpiéndola.

—Bailey..., nadie va a venir a buscarnos. Nadie sabe dónde estamos.

—El ELT. Dijiste que el ELT...

—Está inactivo. La batería está descargada. Quizá también fue manipulado el ELT. En cualquier caso, no funciona. Tampoco estoy seguro de que mi radio funcionara cuando transmití la posición. Sé que estaba operativa al principio, pero pensándolo bien, no recuerdo exactamente cuándo fue la última vez que oí un informe por radio.

—Pero ¿cómo puede programarse eso? —preguntó ella con vehemencia—. ¿Cómo consigues que una radio se detenga en un momento dado? ¿Cómo alguien puede saber dónde estaríamos cuando se nos acabara el combustible?

—Nuestra posición sería una sencilla cuestión matemática. Un informe del tiempo indicaría los vientos. Yo estaría volando con un nivel de combustible normal, el Skylane tiene una autonomía conocida. Nuestra posición exacta no podría ser determinada, pero alguien listo podría calcular el tamaño de la bolsa de plástico para desplazar una cierta cantidad de litros de combustible, y asegurarse de que tuviéramos suficiente para llegar a las montañas. —Levantó la cabeza y miró a su alrededor, al paisaje silencioso, majestuoso, increíblemente escarpado—. Yo diría que llegar a las montañas era fundamental para el plan..., un lugar remoto donde probablemente no se encontrarían los restos del avión. El cañón del Infierno es bastante remoto. Los caminos para senderistas y montañeros ni siquiera se abren hasta dentro de un mes, así que no hay nadie en estas montañas que pudiera haber visto caer el avión y alertar a alguien, indicando dónde buscar.

—¿Cómo sabes que yo soy el objetivo? —preguntó apesadumbrada, porque por dentro la había invadido un frío glacial—. ¿Cómo sabes que no eres tú?

—Porque era Bret el encargado del vuelo —señaló él—. Quería pilotar pero estaba enfermo. Karen me llamó a casa en el último minuto para que lo sustituyera, porque era demasiado testarudo para admitir que no debía volar. Enfréntate a los hechos, Bailey —remató con un ligero tono de impaciencia.

—Entonces tú... —Su garganta se cerró, sintió náuseas. Tragó saliva, tratando de controlar la voz—. Así que tú eres el...

—Yo soy el infeliz hijo de puta que tenía que morir contigo, sí.

Ella retrocedió ante esas palabras, las lágrimas le quemaban los ojos. No iba a llorar, no iba a hacerlo.

—Demonios —dijo él con aspereza, tomándole la barbilla con la mano fría y levantándola—. Quería decir que él me consideraría así, no que yo lo piense.

Bailey logró esbozar una tensa sonrisa que no duró mucho, aunque el sentimiento herido se había congelado en ella como una bola gigante. Lo encajó como hacía siempre, rechazándolo.

—Tienes que verlo así, al menos yo lo haría: tuviste la mala suerte de reemplazar a un amigo y casi mueres por ello.

—Hay otro punto de vista.

—¿Ah, sí? No lo creo.

No estaba en absoluto preparada para el cambio que se produjo en su expresión, la ira fría y tensa de los últimos minutos se metamorfoseó en algo que le pareció casi más alarmante. Su mirada se hizo más intensa, la curva de su boca se convirtió en la de un depredador que acorrala a su presa. Corrigió la forma de agarrarle la barbilla de modo que el pulgar se apoyó en su labio inferior, abriéndolo un poco.

—Si no hubiera estado a punto de morir —dijo arrastrando las palabras—, puede que nunca hubiera descubierto que esa actitud de bruja fría que pretendes mostrar es sólo una actuación. Pero ahora estás desenmascarada, cariño, y no hay forma de retroceder.

Capítulo 21

Bailey resopló, contenta con la distracción momentánea, que sospechaba era la razón de su cambio de tema de conversación.

—Por mi parte, yo creía que eras un reprimido. —Sabía que el tema de que alguien hubiera tratado de matarla no se había terminado, pero necesitaba tiempo para asimilar los detalles, tiempo para que se asentaran las emociones.

—¿Ah, sí? —Le pellizcó el labio inferior; después la soltó—. Ya hablaremos de eso. Dios sabe que tendremos mucho tiempo, porque no saldremos de aquí en un día ni en dos.

Ella echó una mirada a su alrededor; era extraño lo familiar que se había vuelto aquel lugar, lo segura que se sentía allí comparado con el enorme esfuerzo que se imaginaba que iba a suponer salir por su cuenta. Y se debía a una cosa: al refugio. No se lo podía llevar, y pensar en construir otro todos los días era desalentador. Por otra parte, allí no tenían comida. Si nadie iba a buscarlos, tenían que rescatarse ellos mismos, y eso significaba salir de esa ladera helada antes de que su propia debilidad les impidiera intentarlo.

—Muy bien —dijo, encogiéndose de hombros—. Vamos a hacer las maletas.

Él curvó los labios en una ligera sonrisa, con aquella manera tan especial que tenía de hacerlo.

—No tan deprisa. No creo que pudiéramos llegar muy lejos hoy, y probablemente a los dos nos vendría bien otro día para aclimatarnos a la altura.

—Si esperamos un día más, nos quedaremos sin comida incluso antes de empezar —observó ella.

—Quizá no. Si pudiéramos encontrar mi chaqueta... Puse un par de barritas de cereales en el bolsillo. No lo he mencionado antes porque ninguno de los dos era capaz de buscarla además esperaba que nos rescataran y no las necesitáramos.

Un par de barritas energéticas duplicaría su reserva de comida, y podía significar la diferencia entre vivir o morir. Además, él necesitaba una chaqueta antes de empezar el viaje. Pensar en la ropa hizo que fijara su atención en otro problema.

—No puedes andar por ahí con esos zapatos.

Él se encogió de hombros.

—Tengo que hacerlo. Son todo lo que tengo.

—Quizá no. Tenemos el cuero que corté de los asientos, además de mucho cable que podemos usar como cordón. No creo que sea tan difícil hacer una especie de forro tipo mocasín para tus zapatos.

—Probablemente más difícil de lo que crees —dijo él secamente—. Pero es una idea estupenda. Nos tomaremos el día de hoy para prepararnos. Necesitamos beber todo lo que podamos, para hidratarnos antes de ponernos en marcha. Si fuéramos capaces de derretir la nieve más deprisa, podríamos beber más.

—Sería estupendo tener una hoguera —asintió ella con un ligero matiz de sarcasmo.

La única fuente de calor que tenían era su propio cuerpo, que derretía la nieve que metían en la botella de colutorio, pero no muy deprisa.

—Lástima que ninguno de los dos echara una caja de cerillas.

Él levantó la cabeza y aguzó la mirada. Se dio la vuelta y miró hacia el avión. A juzgar por su expresión, había recordado algo.

—¿Qué? —preguntó Bailey con impaciencia, al ver que Cam permanecía en silencio—. ¿Qué? No me digas que tienes una caja de cerillas escondida en alguna parte en ese avión o juro que te quito la ropa mía que tienes puesta.

Él hizo una pausa y dijo pensativo:

—Ésa es la amenaza más estrambótica que me han lanzado jamás —afirmó, dirigiéndose al avión.

Bailey salió corriendo tras él, y a cada paso se hundía en la nieve.

—¡Si no me dices...!

—No hay nada que decir todavía. No sé si esto funcionará.

—¿Qué? —gritó ella a su espalda.

—La batería. Tal vez pueda hacer fuego con la batería, si no se ha descargado del todo, y si el tiempo no es demasiado frío. Por lo que sé, la batería podría estar descargada. O estropeada. —Empezó a apartar las ramas que le impedían llegar a los restos del avión.

Bailey agarró una rama y empezó a tirar de ella también. Las hélices habían dejado de girar cuando se estrellaron, así que los árboles habían sufrido menos destrozos, pero eso significaba que había menos ramas rotas, lo que a su vez implicaba que no era fácil quitarlas del camino. ¿Dónde había un hacha cuando uno la necesitaba?

—¿Puedes hacer fuego con una batería? —preguntó ella jadeando, mientras la rama salía despedida otra vez a su posición original. Hizo rechinar los dientes y lo intentó de nuevo.

—Claro. Produce electricidad, y la electricidad es calor. Es sencillo, pero sólo si queda suficiente líquido en la batería. —Torció una rama hasta que se rompió, después la arrojó a un lado—. Puedo conectar un trozo de este cable a cada polo, y después a un trozo de cable pelado. Con suerte y bastante líquido, eso calentará el cable pelado lo suficiente para encender un trozo de papel, o algo que prenda, si podemos encontrar madera seca.

—Tenemos papel —dijo ella al instante—. Traje un cuaderno y unos cuantos libros de bolsillo y revistas.

Él hizo una pausa y la miró de reojo.

—¿Para qué? Puedo entender que trajeras un libro, pero ibas a hacer rafting. Yo lo he hecho, así que sé lo agotador que es. Estarías demasiado agotada para poder leer. ¿Y para qué era el cuaderno?

—A veces me cuesta mucho dormir.

—Podrías haberme contado otro cuento. —Gruñó mientras agarraba otra rama y tiraba de ella—. Te has quedado frita las dos noches.

—Como nos encontramos en unas circunstancias tan normales, ¿verdad? —dijo ella dulcemente—. He estado aburrida como una ostra y por eso me entraba sueño.

Él soltó una risita.

—Si tenemos en cuenta lo que dormimos los dos ayer, lo asombroso es que siguiéramos durmiendo por la nochc.

—Ventajas de estar enfermo y conmocionado, supongo.

Cuando se abrieron camino hasta la batería, él soltó un gran suspiro de alivio.

—Parece que está bien. Tenía miedo de que no fuera así, dado el destrozo que hay aquí atrás.

—¿Puedes sacarla?

Él negó brevemente con la cabeza mientras revisaba el metal torcido y combado que recubría parcialmente la batería.

—Ni de broma, es imposible sin una sierra para cortar metal. Pero si consigo meter la mano aquí sin rebanarme los dedos…

—Déjame hacerlo a mí —dijo ella rápidamente, poniéndose a su lado—. Mis manos son más pequeñas que las tuyas.

—Y no tan fuertes —señaló él, mientras apoyaba el hombro contra un árbol y se estiraba todo lo que podía con la mano derecha. Mientras lo observaba ella se dio cuenta de que tenía los dedos azules de frío e hizo una mueca de dolor. Sabía por experiencia lo doloroso que era tener las manos al aire con ese frío y ese viento.

—Tienes que calentarte las manos antes de que sufras una congelación —dijo.

Él soltó otro de esos gruñidos de macho que podía significar desde «Estoy de acuerdo» hasta «Deja de dar la lata», y aparte de eso no le prestó la menor atención. No podía obligarlo a calentarse las manos, así que se cruzó de brazos y se calló. No tenía objeto malgastar energía en hablarle. Cuanto antes fracasara o triunfase, antes pasaría a preocuparse de sí mismo.

Ella lo soportó durante unos tres segundos.

—Un caso claro de envenenamiento por testosterona, por lo que veo —comentó.

Su cabeza estaba parcialmente girada hacia otro lado, pero vio arrugarse su mejilla en una sonrisa.

—¿Hablas conmigo?

—No, hablo con este árbol, más o menos con el mismo resultado.

—Estoy bien. Si puedo encender fuego me calentaré entonces.

Algún diablillo satánico la incitó a decir:

—Bien, si estás seguro.

—Estoy seguro.

—Porque creía que podría calentarte las manos de la misma forma que te calenté los pies, pero ya que estás bien... no importa.

Sus palabras flotaron en el aire helado. Una parte de ella se preguntaba si se había vuelto loca, pero ya no podía retirarlas, así que hizo lo posible por parecer despreocupada.

Él se quedó muy quieto, después retrocedió lentamente, se enderezó y volvió el rostro hacia ella.

—Quizá me he apresurado al hablar. Es cierto que me duelen los dedos.

—Entonces es mejor que te apresures para hacer ese fuego —dijo ella alegremente, haciendo un gesto con las manos—. ¡Ale, ale!

Cam la miró con cara de querer decir: «Ya te pillaré», y después volvió a meterse en los entresijos del avión. El ángulo en el que había caído hacía incómoda cualquier actividad, y los árboles estorbaban.

—Bien, ahora vamos a cortar cable —dijo finalmente—. Necesitamos tenerlo todo preparado antes de intentar esto, porque si hay líquido ahí puede que no sea mucho, y a lo mejor sólo tenemos una oportunidad.

—¿Qué tenemos que hacer?

—Primero, buscar un lugar tan protegido del viento como podamos y hacer un círculo con piedras. Después, buscar madera seca para usarla como combustible. Probablemente algunos de los trozos más pequeños que utilizaste en el refugio para tapar los huecos se habrán secado un poco. Dudo que encontremos algo más seco. Si tú haces eso, yo empezaré a sacar la parte interior de la corteza de estos árboles.

El viento era un problema; se arremolinaba entre las montañas, lo que significaba que en realidad no había ninguna zona abrigada. Al cabo de un rato, frustrada, abrió sus maletas y las puso de pie, alineándolas y formando un parapeto levemente curvado frente al refugio. Era una solución chapucera, porque las maletas no podían estar demasiado cerca del fuego, ya que se quemarían; así que sólo proporcionaban una protección parcial contra el viento.

Sacó la nieve de la zona cercada, después Cam utilizó el destornillador del equipo de herramientas para cavar repetidamente en la tierra helada, hasta que consiguió horadarla. Usó la punta del martillo para sacar la tierra suelta. El hueco para el fuego sólo tenía unos centímetros de profundidad cuando encontró piedra, pero tendría que servir así.

Había un montón de piedras sueltas para hacer un círculo alrededor de la hoguera. Cam las recogió mientras Bailey buscaba leña seca. Como él había predicho, la más seca que encontró estaba en el refugio. Cada vez que sacaba un palo de su sitio, llenaba el espacio que quedaba con una rama nueva que arrancaba de un árbol. Todavía tenían que dormir en ese refugio una noche más, así que quería que fuera lo más cómodo posible.

Utilizando su navaja, Cam peló una parte de la corteza exterior de un árbol y después hizo lo mismo con la parte interior, hasta que tuvo un puñado de algo que se parecía a un nido de pájaro. Dispuso cuidadosamente la corteza raspada y unas cuartillas de papel enrollado arrancadas del cuaderno de Bailey encima, y después unos trozos más grandes de madera sobre todo ello.

—Es madera verde, así que no va a dar mucho calor, pero la ventaja es que tampoco se quemará rápidamente —anunció.

Siempre y cuando consiguieran encenderla, pensó ella, pero no dijo nada.

Si funcionaba la batería, tendrían que ingeniárselas para llevar la llama desde el avión hasta el pequeño hoyo. El viento continuaba soplando, lo que significaba que no podían simplemente enrollar una hoja de papel, encenderla y trasladarla hasta allí. Bailey vació el contenido del botiquín de metal color aceituna y se lo dio a él. Usando de nuevo él útil destornillador, le hizo agujeros en una de las caras, cubrió el fondo con un poco de tierra de la que había sacado cavando el hoyo para la hoguera, después arrancó unas agujas de un pino y las puso sobre la tierra. Enrolló otra hoja de papel, cortó una tira de gasa y la metió suelta dentro del rollo de papel.

Bailey lo miraba sin hacer ningún comentario. Había guardado silencio durante la última media hora, porque los preparativos eran muy importantes. Tener una hoguera era imprescindible. Se sentía casi mareada al pensar en ello.

Todo lo que faltaba era el cable. Le quitó el aislante a un pedazo corto, peló los dos extremos de dos pedazos mucho más largos, y conectó rápidamente un extremo de cada uno de los trozos más largos al trozo corto, retorciendo los brillantes hilos de cobre para unirlos.

Se acercaron al avión uno al lado del otro. Ella sostenía la caja y él el cable.

—Si funciona, cuando se encienda el papel tú cierra la tapa y lleva la caja a la hoguera —le ordenó—. Yo tendré que soltar los cables de la batería para que no se desperdicie nada de energía; podríamos tener que volver a intentarlo. El papel enrollado se quemará más lentamente, así tendrás suficiente tiempo para llevar la llama a la hoguera. En cuanto llegues, no me esperes, ve encendiendo el fuego.

Ella asintió. El corazón le latía tan fuerte que se sentía casi enferma. «Por favor, funciona», rogaba en silencio. Necesitaban aquello.

Se quedó de pie junto a él, sosteniendo uno de los cables aislados en posición, de modo que el que no estaba aislado tocara la punta del rollo de papel. Cam tuvo que meterse literalmente a presión entre uno de los árboles y los restos del avión, a unos treinta centímetros del suelo, para poder alcanzar la batería con las dos manos y conectar los cables largos, uno al polo positivo y otro al negativo. Cuando terminó se quedó en la misma postura, con sus agudos ojos clavados en la caja que sostenía Bailey.

Ella trataba de no temblar mientras sujetaba el cable pelado contra el papel.

—¿Cuánto tardará?

—Dale unos cuantos minutos.

Parecía que había pasado una hora. El tiempo se arrastraba mientras ellos miraban angustiados al papel con expectación, deseando ver una espiral de humo, una señal de quemadura, rogando que pasara algo.

—Por favor, por favor, por favor —recitaba ella en voz baja. No sucedía nada. Cerró los ojos porque no podía soportar seguir mirando. A lo mejor si dejaba de mirar, el papel empezaría a echar humo. Era una esperanza infantil, un pensamiento estúpido, como si con su mirada, ella impidiera que se encendiera.

—¡Bailey! —La voz de él sonó cortante.

Sobresaltada, abrió los ojos. Lo primero que vio fue la espiral de humo, delgada y delicada, tan transparente como un espejismo. Se retorcía hacia arriba casi titubeante, para ser arrebatada por el viento. Con cautela cambió un poco de postura, acercando la caja a la protección de su cuerpo.

En el papel empezó a crecer una mancha marrón de quemadura, se extendió a la gasa y se introdujo en ella. Una llama brillante y minúscula empezó a lamer la gasa. Los extremos del papel empezaron a curvarse.

—Vete —dijo Cam, y ella cerró con cuidado la tapa, casi de inmediato se dio la vuelta y se apresuró a ir al punto preparado para encender la hoguera. Arrodillada junto a la pirámide de combustible, papel y madera, abrió con cautela la caja, tratando de proteger lo mejor posible la frágil llama. El papel enrollado estaba a medio consumir.

Sacó cuidadosamente el rollo de la caja e insertó el extremo encendido en el nido de corteza raspada y papel que había en el centro del montón.

Con un destello, la encantadora llamita se volvió más brillante y más alta, saltó para agarrar el papel y después la corteza. Mientras miraba, los pequeños palos apilados empezaron a echar humo y después a brillar cuando la llama cogió fuerza.

Ella se echó a reír con tanta tensión que creyó que también se le iban a saltar las lágrimas. Se dio la vuelta y vio que Cam venía hacia ella con una amplia sonrisa en la cara. Con un grito de alegría saltó, corrió hacia él arrojándose en sus brazos. Él la agarró, la levantó del suelo y la hizo girar.

—¡Ha funcionado! —gritó ella, agarrándose a sus anchos hombros y colocando las piernas en torno a sus caderas para sujetarse.

Él no dijo nada. Sus manos le agarraron el trasero y presionaron para acercar su cuerpo. Una erección dura como la piedra empujó con urgencia la suavidad y el calor que sentía entre las piernas. Sobresaltada, alzó la vista y su carcajada se interrumpió bruscamente. Vio sus ojos de un gris vívido, brillando con calor y deseo, y entonces la besó.

Capítulo 22

Sus labios estaban fríos, pero en el beso había calidez, un deseo avasallador y una habilidad que produjo respuesta inmediata en ella. La alarma habitual sonó en lo más profundo de su cerebro, pero de alguna forma era menos urgente, y por primera vez en mucho, mucho tiempo, la ignoró. Enredó sus brazos en el cuello de Cam y le devolvió el beso, abriendo los labios ante la insistencia de los suyos y permitiendo la pequeña penetración de su lengua que la incitaba a jugar.

La embargaba una mezcla confusa de culpabilidad y placer. No había querido precipitar esto, no se había propuesto recorrer aquel camino; sin embargo, ahora que estaba en él quería seguir.

Debería quitar las piernas que tenía enroscadas a sus caderas, lo sabía, y retirarse a una posición menos abiertamente sexual, pero no lo hizo. Sentir la fuerza de su respuesta era excitante, y el placer atrayente que la esperaba, si se relajaba y se soltaba, era un canto de sirena tentador. Y más allá de eso, estaba el sencillo placer de ser abrazada, la necesidad humana de contacto físico. Había estado privada de él durante tanto tiempo que, de repente, no podía negarse más a sí misma.

Habían dormido abrazados el uno al otro durante dos noches hasta ese momento, y aunque su cercanía física había sido una necesidad de compartir su calor corporal y de mantenerse vivos, ser consciente de eso no disminuía la confianza y el vínculo que se había establecido entre ellos durante las largas horas de oscuridad. Nunca había tenido eso antes, nunca lo había deseado. La mejor manera de salvaguardar sus emociones era mantener a la gente a distancia, confiar sólo en sí misma; lo había aprendido pronto y gracias a duras lecciones.

Sin embargo, allí estaba él, cercano, fuerte y cálido, y ella no quería dejarlo escapar.

Fue él quien interrumpió el beso, levantando la boca y mirándola con los párpados entrecerrados. Los moratones que tenía bajo los ojos y los arañazos de su cara deberían disminuir la fuerza de su mirada, pero no era así. En ella ardía un abrasador objetivo que prometía más. Sus manos aún sujetaban el trasero, acompañando un leve movimiento contra su pene hinchado con un ritmo lento que le hacía latir con fuerza el corazón, obligándola a jadear. Entonces las comisuras de sus labios se curvaron con una sonrisa triste.

—Odio interrumpir esto —dijo, arrastrando la voz—, pero estoy a punto de caerme.

Ella lo miró sorprendida un momento, después comprendió.

—¡Ah, maldita sea! ¡Lo había olvidado! ¡Lo siento...!

Mientras hablaba desenredó apresuradamente las piernas de su cintura y se deslizó hasta el suelo, con la cara roja de vergüenza. ¿Cómo podía haber olvidado lo débil que estaba? Si el día anterior ni siquiera podía andar por sí mismo...

Se tambaleó un poco y ella metió rápidamente el hombro bajo su brazo, agarrándolo por la cintura para estabilizarlo.

—No puedo creer que lo haya olvidado —farfulló mientras lo ayudaba a llegar a la hoguera.

—Me alegro de que lo hayas olvidado. He disfrutado como un demonio, pero la poca sangre que me quedaba desapareció y por un minuto se me ha ido la cabeza.

Le hizo un guiño mientras ella lo ayudaba a colocarse frente a la hoguera. Lo único que había para sentarse era la bolsa de basura llena de ropa que usaban para cerrar la entrada del refugio, pero ya estaban utilizando la ropa para todo lo demás, así que, ¿por qué no como asiento?

—Dios, esto es estupendo —gruñó él, extendiendo las manos hacia la llama, al tiempo que, con un sobresalto, Bailey miraba a su alrededor.

Se había olvidado también de la hoguera. ¿Cómo era posible? La emoción de haber conseguido fuego la había impulsado hacia él en un principio. Pero en cuanto la había besado, ¡zas!, todo en su mente se evaporó. ¿Y si la llama hubiera empezado a parpadear y a apagarse? ¿Y si hubiera necesitado corregir la posición de las maletas para frenar el viento? Aquel fuego era precioso; debería haber estado mirándolo, cuidándolo, no saltando a los brazos de Cam Justice y cabalgando como un potro en un rodeo.

—¡Tengo una cabeza de chorlito! —murmuró, mirando cómo subía la espiral de humo antes de que el viento la disipara. Las ramas más verdes habían empezado a arder con dificultad y se había formado un humo pesado, mucho más pesado que el que habría salido en una buena hoguera de acampada, pero igualmente milagroso—. Debería haber estado vigilando el fuego.

—Pero no nos habríamos divertido tanto —observó él—. Deja de castigarte. No eres responsable del mundo entero.

—Quizá no, pero si esta hoguera se hubiera apagado, ninguno de los dos se habría sentido precisamente feliz. —Acercándose todo lo que pudo, extendió sus manos con cautela. Podía sentir el calor del fuego en la cara y esa sensación era tan placentera que casi le hizo soltar un gemido. La gente daba por sentado que dispondría de cosas como el calor, la comida y el agua. Creía que nunca más volvería a viajar sin una caja de cerillas impermeables en el equipaje, así como algunos objetos necesarios que se le ocurrían, como un teléfono por satélite. Y ropa interior térmica. Y unas cuantas docenas de paquetes de comida.

—Habríamos sobrevivido sin fuego. Así ha sido durante dos días. Esto sólo nos proporciona algo más de confortabilidad.

Físicamente, tal vez, pero era un subidón enorme para su moral, que ya había sufrido varios golpes fuertes aquel día, y sólo había transcurrido la mitad de la mañana.

—Aunque —continuó él reflexivamente— ojalá me hubiera acordado de la batería antes.

—¿Para qué? Ninguno de los dos era capaz de hacer nada al respecto —señaló ella—. Tú estabas demasiado conmocionado para moverte y yo demasiado enferma.

—Si hubiera sabido cuál era la recompensa por hacer fuego, habría arrastrado mi cuerpo desnudo por la nieve para conseguir esa batería.

Bailey estalló en carcajadas. No pudo aguantarse al imaginar semejante estampa, y no por lo que al desnudo se refería, aunque pensó que sería estupendo verlo así, a juzgar por las partes que ya había vislumbrado, sino porque alguien estuviese dispuesto a arrastrarse sin ropa por la nieve a cambio de un beso.

Él estiró la mano y enredó los dedos en su cinturilla, empujándola hacia atrás.

—Siéntate —le ordenó—. Tenemos que hablar.

Había un tono autoritario en su voz. Bailey enarcó las cejas hacia él.

—¿Ese tono de voz es para que dé un taconazo y haga un saludo militar?

—Funcionaba con los hombres que tenía bajo mi mando.

—Yo no soy uno de ellos —observó ella.

—Gracias a Dios. Hay una serie de normas con respecto a algunos planes que tengo, en los que estás involucrada. ¿Te los cuento o no? Si quieres, siéntate.

Tiró de su cinturilla de nuevo. Algo asombrada, se encontró sentada a su lado en la bolsa de basura llena de ropa. La superficie era algo desigual, lo que provocó que se ladeara un poco; él le rodeó los hombros con un brazo para mantenerla derecha.

—Quiero ser honrado —dijo, lanzándole una mirada centelleante—, y hacerte una advertencia justa. Pero ésta será probablemente la única vez que lo haga, así que no te acostumbres.

Ella quiso preguntar: «¿Advertencia justa respecto a qué?». Pero temía que ya conocía la respuesta. Quizá «temer» no era la palabra adecuada. Estaba asustada, sí. Molesta. Aterrorizada. Y, sobre todo, excitada.

—Cuando creía que iban a rescatarnos, me esforcé todo lo posible en no hacer nada que te asustara —dijo con tanta naturalidad como si estuvieran hablando de la bolsa de valores—. Sabía que volverías a tu territorio, que tendrías la última palabra y me evitarías si movía pieza demasiado pronto. Pero ahora sé que no van a venir a rescatarnos y te tengo para mí solito durante días, quizá un par de semanas. Es justo que te diga que planeo desnudarte dentro de un día más o menos, en cuanto consigamos descender a una cota de altura más cálida y nos sintamos más fuertes y sanos.

Bailey abrió la boca para decir algo, cualquier cosa, después la cerró porque no se le ocurrió nada. Su mente estaba extrañamente en blanco. Debería estar... ¿qué? Todas sus respuestas habituales en intentos de flirteo parecían haberse ido de paseo, porque no pudo pensar en ninguna. De nuevo intentó decir algo, pero cerró la boca una vez más. Debería pararle los pies, como hacía habitualmente cuando la gente intentaba traspasar sus defensas, y le desconcertaba ser capaz de ello.

—¿Hay alguna razón para que estés imitando a un pececillo? —preguntó él con una sonrisita, ladeando la cabeza. Temerosa de no poder decir algo coherente, negó con la cabeza—. ¿Alguna pregunta? —Su cabeza estaba inundada con un millón de ellas, la mayoría sin palabras, un montón de cosas que no podía decir. De nuevo negó con la cabeza—. En ese caso, hay que ponerse a trabajar. Tenemos que hacer muchos preparativos.

Empezó a levantarse, pero esta vez fue Bailey la que lo agarró por la cintura.

—He dejado el paquete de toallitas de aloe y tu muda de ropa interior limpia ahí dentro —dijo, señalando el refugio. Se alegró de que su voz funcionara de nuevo, aunque lo que estaba diciendo parecía completamente intrascendente—. Tienes que asearte o esta noche dormirás fuera.

Cinco minutos después, aún podía oír cómo él se reía en el refugio.

Volver a ocupar su mente con asuntos prácticos supuso un esfuerzo, pero se quedó paralizada al darse cuenta de todo lo que había que hacer antes de tratar de salir de la montaña.

Una de las primeras cosas, como Cam había dicho, era hidratarse, y eso suponía derretir tanta nieve como fuera posible y cuanto más rápido mejor. Las piedras que había puesto alrededor del fuego absorbían calor, pero no parecían estar tan calientes como para que la botella de plástico se derritiera, así que la llenó de nieve y la colocó en el borde exterior del círculo, apoyada en las piedras.

Lo segundo, al menos eso creía ella, se refería al propio Cam. Estaba poco preparado para esas temperaturas. Ella tenía mucha ropa, pero nada que le sirviera a él. Por otra parte, como tenía mucha, si una no le entraba, probablemente dos juntas sí. El gran problema eran sus zapatos, pero contaba con el cuero de los asientos. Necesitaba hacer una especie de chanclos que le proporcionaran aislamiento, que no dejaran pasar la nieve y que no entorpecieran su marcha. Una tarea complicada, porque ella no era zapatera. No podía cortar y coser el cuero para darle la forma adecuada. Tampoco podía desperdiciar el material cortándolo de una forma que no sirviera.

Cogió el cuaderno y un bolígrafo e intentó dibujar cómo tenía que doblar el cuero para poder calcular los cortes de antemano. Abrió el bolígrafo y pasó la punta por el papel, pero éste seguía en blanco. La tinta estaba congelada. Frustrada, lo puso también contra las piedras tibias. Vio que ya se había derretido algo de la nieve de la botella. Sin duda alguna, el fuego era algo maravilloso.

El avión había sido saboteado y la lógica de Cam acerca de quién estaba detrás de ello era difícil de refutar. Seth había tratado de matarla y no le había importado en absoluto que Cam la acompañara en aquel último viaje. Le resultaba difícil de aceptar, difícil de comprender. Los últimos dos días habían sido una pesadilla de dolor, frío intenso y enfermedad, de exigirse esfuerzos a sí misma en el límite de su capacidad de resistencia. Pero sentada allí, mirando el fuego, sintió que se le levantaba el ánimo. Con razón los hombres primitivos bailaban en torno a la hoguera; probablemente se ponían locos de alegría por tener calor y luz. Se inclinó hacia delante, estiró las manos y sintió el calor en las palmas. Nunca, nunca, olvidaría que el calor hay que conseguirlo, que no viene dado de por sí.

Se sentía mejor. La hinchazón y el enrojecimiento de su brazo habían disminuido. Cam también estaba mejor. Nadie venía a rescatarlos, así que se rescatarían ellos mismos. Por primera vez, confió en que sobrevivirían, porque ahora tenían fuego.

Y cuando volvieran a Seattle, iba a haber mucho que solucionar.

Capítulo 23

La oficina de J&L parecía una morgue. La pura necesidad física había forzado a Bret y a Karen a ir a casa a dormir la segunda noche.

—Siento que estamos abandonándolo —dijo Karen cuando se iba.

Las redes de búsqueda de la Patrulla Aérea Civil no habían encontrado nada. Bret había solicitado todos los archivos del servicio del Skylane, y él y Dennis, el mecánico-jefe, los habían revisado una y otra vez, buscando algún problema no resuelto que pudiera haber producido la catástrofe. No había nada; el Skylane era seguro, había entrado en el taller para el mantenimiento normal y cosas sin importancia, como arreglar el sistema antivaho de la ventana del piloto.

El encargado de la búsqueda, un hombre achaparrado de pelo gris llamado Charles MaGuire, era diligente pero pesimista. Veterano en estas búsquedas, era consciente de que casi nunca salían bien. Si había supervivientes, se sabía casi inmediatamente. De lo contrario, si el choque se había producido en un lugar remoto, los cuerpos, o lo que quedara de ellos, serían recuperados... la mayoría de las veces.

—La señal del transpondedor se perdió... aquí —dijo, señalando un punto al este de Walla Walla—. En la zona del parque nacional de Umatilla. Hemos concentrado la red de búsqueda ahí. Pero la FSS recogió una transmisión de socorro confusa aproximadamente quince minutos después. Había muchas interferencias, así que sólo se entendían unas cuantas palabras. No sabemos si es el mismo avión, pero no tenemos ningún otro relacionado con un mensaje de socorro. Evidentemente, no conocemos los datos de velocidad o altura, pero tenemos que suponer que el avión tenía problemas desde el momento en que se perdió la señal del transpondedor.

—Cam habría enviado el mensaje por radio entonces, no habría esperado quince minutos —señaló Bret.

—Quizá lo intentó. Por lo que parece, también tenía problemas con la radio. No conozco ningún problema eléctrico que inutilice la radio y el transpondedor, pero un accidente de algún tipo..., quizá algo chocó contra el aparato.

—Si el avión se hubiese mantenido en el aire todo ese tiempo, Cam habría intentado un aterrizaje —dijo Bret optimista—. Estamos hablando de un tipo con nervios de acero que prácticamente nació con alas.

—Si algo golpeó al aparato, pudo resultar herido —dijo MaGuire—. La pasajera, la señora Wingate..., ¿era una persona histérica, totalmente inútil, o podría haber empuñado los mandos y evitado que el avión cayera en picado?

—Habría cogido el timón —dijo Karen inmediatamente. Como de costumbre, estaba ahí, escuchando cada palabra—. Y la radio. No se necesita ser un genio para manejar la radio. Pero estaba en el asiento de atrás; tendría que inclinarse sobre los asientos y estirarse por encima de Cam para agarrar el timón.

—Pudo haber ocurrido cualquier cosa allí arriba. Si, por ejemplo, perdieron el parabrisas, la fuerza del viento sería tremenda, pero no se puede disminuir la velocidad lo suficiente para contrarrestarlo, o uno se estrella. De todos modos probablemente no habría sabido cómo reducir la potencia. —MaGuire se encogió de hombros—. El caso es que algo fue mal en el avión. Podemos imaginarnos todas las situaciones posibles, pero, en realidad, no sabemos lo que pasó, sólo que ocurrió algo. Si tomamos el punto en el que se perdió la señal del transpondedor y estimamos la distancia que pudieron volar antes de que se recibiera la llamada de socorro, entonces se amplía el área de búsqueda a todo el Cañón del Infierno. Ésa es una zona inmensa, y tiene el terreno más abrupto del país. Mis chicos están en el aire todo el día de sol a sol, pero esto va a llevar tiempo.

Bret había sido miembro de la Patrulla Aérea Civil, pero fue excluido de la búsqueda por varias razones, la más convincente de ellas era que J&L Executive Air Limo no había cerrado sus puertas cuando desapareció el avión de Cam. Todavía había un negocio que dirigir, y personas que dependían de ese negocio para vivir. No había volado el día anterior porque no había dormido nada, pero hoy tenía que hacerse cargo de un chárter. Karen se opuso a que el negocio se detuviera, aunque tenía los ojos hinchados de llorar y de vez en cuando salía disparada al baño para entregarse de nuevo al llanto. Bret se encargaría del vuelo que ella había programado o respondería ante ella.

—Existe también la posibilidad de que el avión fuera manipulado —dijó Karen a MaGuire, lanzando una mirada desafiante a Bret. Se aferraba a esa teoría, independientemente de lo que él dijera. Él se pellizcó el puente de la nariz, agotado.

MaGuire pareció sobresaltarse.

—¿Qué la impulsa a decir eso?

—El hijastro de la señora Wingate llamó el día antes, interesándose por ese vuelo. Nunca lo ha hecho antes. No se llevan bien, por decirlo de alguna forma. Ella controla todo el dinero y él no lo acepta.

Rascándose la mejilla, MaGuire miró a Bret.

—Eso es interesante, pero por sí solo no significa nada. ¿Pudo tener el hijastro acceso al avión y habría sabido cómo sabotear un aparato para que no pudiera ser detectado?

—Tiene algunos conocimientos sobre aviones —dijo Bret—. Ha recibido algunas clases de vuelo, creo. Pero si podría saber lo suficiente o no... —Se encogió de hombros.

—Pudo haber contratado a alguien —interrumpió Karen con irritación—. No he dicho que tuviera que hacerlo él mismo.

—Cierto —admitió MaGuire—. ¿Y con respecto al acceso al aparato?

Bret se frotó la cara con la mano.

—Éste es un campo de aviación pequeño. Fundamentalmente presta servicios de vuelos privados y a nuestra compañía chárter. Hay una cerca alrededor y cámaras de vigilancia, pero nada parecido a lo que puede haber en un aeropuerto comercial.

MaGuire se dirigió a la ventana y miró hacia fuera con las manos en los bolsillos.

—No quiero pensar que alguien haya jugado sucio, y he de decir que en todos los años que llevo haciendo esto jamás he visto nada que me haya hecho pensar que un avión hubiera sido saboteado deliberadamente. Mientras que nadie presente alguna prueba de que ha habido manipulación, no veo la necesidad de preocuparnos por ello. Por otra parte, siempre es bueno pensar en la seguridad. ¿Hay alguien aquí las veinticuatro horas del día?

Bret le lanzó una mirada a Karen. Había entrecerrado los ojos y tenía un aspecto beligerante, pero no dijo nada. Imaginó que si MaGuire trabajara allí, su correo personal desaparecería durante el próximo milenio.

—A veces, pero depende. Los mecánicos en ocasiones trabajan hasta tarde, y nosotros podemos tener programado algún vuelo de madrugada. Puede aterrizar o despegar un avión privado. Pero no hay nada establecido que siga un patrón fijo.

—Si puede aparecer alguien en cualquier momento, resultaría difícil planear algo semejante. En ausencia de, digamos, un agujero en la cerca o un allanamiento aquí, en la terminal, no creo que debamos continuar con esta línea de investigación. Será mejor que nos concentremos en los recursos de que disponemos para localizar el lugar del accidente.

Ésa era la respuesta correcta de un hombre que había tenido que tomar decisiones difíciles antes, pero a Karen no le gustaba que tiraran por tierra su teoría. Había aceptado que Cam estaba muerto, pero todavía no estaba dispuesta a admitir que no había nadie a quien culpar por ello.

—Bien, escondan la cabeza en la arena, como el avestruz —dijo de forma cortante, y salió airadamente de la oficina de Bret.

Bret suspiró y se dejó caer pesadamente en su silla.

—Discúlpela —murmuró—. Le cuesta trabajo aceptar esta situación. A los dos nos cuesta, supongo. He sacado todos los archivos de servicios e informes de reparación del Skylane, y el mecánico y yo los hemos revisado buscando algo, cualquier cosa que pudiera indicar qué pudo haber salido mal. Resulta duro no saber lo que ocurrió.

—Lo siento —dijo MaGuire—. Ojalá pudiera hacer más. Estos casos en que sabemos que se han ido, pero no podemos encontrarlos, son los más difíciles de controlar. La gente necesita saber. En un sentido o en otro, necesitan saber.

—Sí —dijo Bret con pesadumbre.

Como impulsado por algo, cogió el archivo del Skylane y lo abrió de nuevo, hojeando cada copia de los informes de mantenimiento, los recibos de combustible, los mil papeles que se requerían para cada aparato. Karen lo tenía todo en el ordenador, con copia de seguridad en una base de datos en línea, pero hacía ya tiempo habían perdido todos sus archivos por culpa de un lamentable problema informático y rellenar los formularios de Hacienda había sido una pesadilla. Desde entonces mantenían también un archivo en papel, independientemente de lo anticuado que resultara. Bret y Dennis habían comparado incluso cada informe con el archivo del ordenador para ver si habían pasado algo por alto o se había introducido algún dato incorrectamente. Pero sobre eso no habían dicho ni una palabra a Karen, porque les habría arrancado la cabeza por sugerir que podía haber cometido un error.

MaGuire lo miraba con gesto condescendiente, sabiendo lo difícil que era aceptar que a veces las tragedias sencillamente ocurrían, sin razón aparente.

De repente, Bret se puso tenso y volvió al principio del archivo. MaGuire frunció el entrecejo, interpretando su lenguaje corporal, y se acercó a él.

—No me diga que ha encontrado algo.

—No lo sé —dijo Bret—. Quizá he leído mal. —Era la factura de combustible de esa mañana. Hojeó el archivo de nuevo, sacó el papel que ocupaba el tercer lugar y se quedó mirándolo—. ¡Esto está mal! —exclamó de forma impetuosa—. ¡Esto está rematadamente mal!

—¿Qué?

—¡Esto! Mire la cantidad de litros introducidos. No es posible.

MaGuire miró la factura de combustible.

—Ciento cincuenta litros.

—Sí. La capacidad del Skylane es de trescientos treinta litros. Esto no tiene sentido. La orden era llenar los tanques de combustible. Con el depósito lleno, tendría que volver a repostar en Salt Lake City, así que es absurdo que despegara con menos de la mitad de lo que necesitaba para llegar allí. Aunque lo hubiera hecho, cuando hubiera visto el indicador de combustible habría enviado un mensaje de radio y habría repostado en Walla Walla, no habría pasado de largo.

—Sí. —MaGuire frunció el entrecejo ante estos datos, intentando concentrarse mientras pensaba. Karen se había acercado a la puerta y estaba allí de pie, mirando y escuchando, con cada célula de su cuerpo en estado de alerta—. Necesitamos ponernos en contacto con la empresa de combustible, comprobar lo que muestran sus archivos. Tal vez esto sea un error.

La operación de repostar combustible se la encargaban a un contratista con licencia. Con una llamada telefónica les informaron de que sus archivos indicaban que se habían introducido ciento cincuenta litros en el Skylane a las 6.02 la mañana del vuelo, y los informes de ese día aseguraban que se había llenado el depósito de combustible. Con otra llamada se pusieron en contacto con el operario del camión, que dijo simplemente:

—Yo llené el depósito, exactamente como decía la orden. Revisé la válvula y la verifiqué visualmente. Incluso pensé que no era muy frecuente que hubiera en los tanques tanto combustible, pero supuse que podría haberse cancelado un vuelo después de haber repostado el avión.

Un avión, especialmente un chárter o uno comercial, no llevaba combustible innecesario. El combustible pesa y cuanto más se lleve, más energía se necesitaba para impulsarlo. Habitualmente, se ordenaba repostar la cantidad necesaria para que el avión llegara a su destino, con un poco más por si había algún cambio de ruta o las circunstancias requirieran un retraso al aterrizar. «Un poco» era un término relativo, por supuesto, pero Mike, que había pilotado el Skylane hasta Eugene el día anterior, nunca hubiera repostado el doble de lo necesario. Para asegurarse, Bret sacó las facturas de combustible del día en que Mike había pilotado el avión. Era imposible que después de haber volado a Eugene y vuelto le sobrara tanto combustible.

—Entonces, ¿qué significa esto? —preguntó Karen con fiereza—. ¿Cam pensó que tenía suficiente combustible para llegar a Salt Lake City, pero no fue así? ¿Alguien manipuló su indicador de gasolina? —Tenía los puños apretados, los nudillos blancos.

A MaGuire parecía que le hubieran salido más arrugas en la cara.

—Significa que hay una posibilidad de que los tanques de combustible parecieran llenos cuando no lo estaban.

Bret cerró los ojos. Parecía enfermo.

—La forma más sencilla es meter una bolsa de plástico transparente en el depósito —le dijo a Karen—. Llénala con aire, así nadie puede verla y el tanque no llevará tanto combustible como debiera. No es complicado.

—¡Te lo dije! —exclamó ella, temblando con furia contenida—. ¡Tenía que estar tramando algo o no habría llamado ese día!

—Creo que deberíamos ver si las cámaras de videovigilancia han grabado algo sospechoso —dijo MaGuire con tono enérgico.

Capítulo 24

Seth rellenó los formularios requeridos para convertirse en empleado del Grupo Wingate, había conocido a su supervisor, le habían dicho dónde debía presentarse y le entregaron una credencial. Grant Siebold le había facilitado el proceso, según supo; no tuvo que orinar en un frasco para realizar un análisis de drogas, como hacían el resto de los empleados nuevos. Suponía que la «omisión» sería descubierta más tarde, una vez que los restos de droga que hubiera fumado o tragado tuvieran tiempo de desaparecer de su organismo. Captó claramente el mensaje: si ignoraba aquella advertencia obvia y continuaba como en sus viejos tiempos, cuando su orina diera positivo en drogas le darían una patada en el culo.

Había tenido que indagar un poco por Internet para saber durante cuánto tiempo se podía detectar la marihuana en el cuerpo. Afortunadamente, fumar un poco de hierba era lo único que se había permitido jugando con las drogas; su anestesia favorita era el alcohol. Pero ahora incluso eso tenía que descartarlo.

Después fue de compras. Había visto la forma de vestir en la oficina, incluso en el departamento de correspondencia: pantalones oscuros, camisa blanca, corbata. Los zapatos podían ser con cordones o unos mocasines, pero nada parecido a un zapato deportivo. Los calcetines, negros.

Siempre había despreciado a los zánganos corporativos y su aburrida forma de vestir, pero ahora se concentraba con saña en parecerse a ellos. Con un viaje a Nordstrom's, donde tuvo que rechazar las opciones más elegantes, lo consiguió. De camino a casa escuchó sus mensajes en el contestador del móvil. La mayoría eran de gente con la que había salido de juerga, que querían saber dónde había estado la noche anterior. No devolvió ninguna llamada. Los mensajes de Tamzin los borró sin molestarse en escucharlos.

Recordó que no tenía comida en casa, así que se desvió para ir a una tienda de comestibles. De nuevo, lo que compró estaba fuera de lo habitual, porque ni siquiera se acercó a los expositores del vino o la cerveza. Cereales de todo tipo, fruta, zumo de naranja, leche, café. Se le revolvía el estómago ante la idea de meterse cualquiera de estas cosas en la boca, pero sabía que tendría que comer. Las galletas saladas y la sopa de lata completaron el menú.

La vida tal y como la había conocido hasta aquel momento había llegado a su fin. Si quería sobrevivir, no podía permitirse más elecciones erróneas ni conductas irresponsables. La desolación lo invadía como un día lluvioso, extendiéndose en un desfile interminable de semanas, meses, años, que tenían todos la misma apariencia y no prometían ni un minuto de sol. Así sea. Se había ganado esa vida gris.

Después de llegar a casa y colocar buena parte de las cosas en la nevera, se quitó la ropa y se echó en la cama, esperando poder dormir un poco. La noche en vela que había pasado lo había dejado agotado, pero no era capaz de conciliar el sueño. Los recuerdos se deslizaban por su cabeza como ejércitos de hormigas.

Debió de quedarse dormido al fin, porque el timbre del teléfono hizo que se sentara sobresaltado. Agarró el teléfono y se concentró con ojos legañosos en el identificador de llamadas. Se le aceleró el pulso cuando reconoció el número. Apretó el botón.

—¿Bailey? —dijo con tono cauteloso e incrédulo.

—¡Bailey! —Tamzin soltó una carcajada nerviosa—. ¡Santo Dios, lávate la boca con jabón!

«Mierda». Seth se incorporó y giró las piernas hacia un lado de la cama.

—Tamzin, ¿qué estás haciendo en casa de Bailey?

—Ésta no es la casa de Bailey —dijo ella con fiereza—. Era la casa de nuestra madre y ahora es mía. Tú no necesitas un sitio tan grande; yo tengo una familia y tú no.

—¿Cómo has entrado?

—No creerás que ella había cambiado la clave de la alarma, ¿verdad? Es todavía la misma de cuando papá vivía. Y, por supuesto, tengo llave.

No había lugar para un «por supuesto» allí; Seth dedujo que habría robado la llave un día de visita, probablemente incluso antes de que su padre muriera.

—Lárgate de ahí —le ordenó él rotundamente—. Legalmente Bailey está viva todavía y no puedes tocar nada.

—¿Qué quieres decir con que legalmente todavía está viva? ¿Aún no se ha expedido un certificado de defunción?

—¿No ves nunca las noticias? —le dijo él con brusquedad—. Todavía no han encontrado el lugar del accidente. No hay cadáver. Si no hay cadáver, no hay evidencia de accidente, así que no hay certificado de defunción.

—¿Qué lo está retrasando tanto, entonces? ¿Cuánto tiempo puede llevar encontrar un avión? No creo que se haya estrellado en un sembrado de trigo de cualquier campesino y él no se haya dado cuenta.

La ola de desagrado que lo invadió fue tan fuerte que tuvo que morderse la lengua para no soltar lo que quería decirle. No podía dejarse dominar por el mal humor. No podía decir nunca más lo primero que se le venía a la cabeza, sin pensar en las consecuencias.

—Si no está muerta y descubre que te has instalado en la que ella cree que es su casa, te rebajará la asignación mensual a veinte dólares, créeme.

Hubo un silencio. Luego Tamzin preguntó con tono alterado:

—¿Quieres decir que hay verdaderamente una posibilidad de que pueda volver?

—Quiero decir que es mejor no correr riesgos. La casa no se va a ir a ninguna parte. Si nos lleva seis meses hacer que la declaren muerta, la casa seguirá ahí.

—Pero ya le he dicho a la gente... Bueno, sencillamente lo entendieron mal. Ah, te vas a divertir mucho con esto. Ha llamado su estúpido hermano... Ya sabes, el que vino al funeral de papá. Se supone que se iba a reunir con él en Denver. Le he hecho saber la clase de zorra que era y lo contentos que estamos de que haya muerto.

—Ah, mierda. ¿Qué le has dicho exactamente?

—Me he despachado a gusto. No soporté la forma en que quiso ser cordial cuando nuestro padre acababa de morir. Le he dicho que solamente un loco te haría enfadar y que había tenido exactamente lo que se merecía.

La satisfacción en su tono de voz le crispaba los nervios y, como un relámpago, Seth se dio cuenta de que su hermana lo odiaba. A lo mejor pensaba que si él estuviera en la cárcel ella sería la única que tendría el control de todo el dinero. O que podía preparar su asesinato, y después todo el dinero sería suyo, con toda libertad. Quizá había estado resentida con él toda la vida, porque su padre había mostrado claramente que quería que Seth lo sucediera en el Grupo Wingate. Fuese cual fuese su razonamiento, supo repentinamente, sin duda alguna, que nadie lo odiaba tanto como su hermana.

—Sólo para que lo sepas —dijo él lentamente—, he hecho testamento.

—¿Y qué? Como si tuvieras más hermanos. —Se refería a que esperaba recibir su dinero tuviera un testamento o no.

—Si me pasa algo, lo he dejado todo a obras de caridad. No recibirás un jodido céntimo. —Cortó la comunicación y se quedó sentado allí un momento, temblando. Después llamó a su abogado y convirtió en un hecho su afirmación.

Llegó con media hora de antelación a su primer día de trabajo. No había podido dormir mucho y tenía miedo de que hubiera un atasco que lo retrasara. Estaba inexplicablemente nervioso. ¿Qué dificultad podría tener clasificar y entregar el correo? La parte más dura sería soportar las miradas curiosas, porque doblaba la edad al empleado más joven del departamento de correspondencia. Por lo menos nadie lo conocería de vista, excepto unos cuantos ejecutivos de alto rango, y dudaba que se cruzara con alguno de ellos. Si llevaba correo y paquetes a sus oficinas, los recibirían sus asistentes, no los ejecutivos en persona. Le alegró ese grado de separación.

Los otros empleados del departamento de correspondencia empezaron a llegar, la mayoría llevando los vasos del Starbucks de rigor. Seth iba a contracorriente en ese aspecto, porque no era su cafetería preferida. El café no estaba mal, pero le gustaba normal y sin sabores, aunque tampoco le volvía loco. Quizá debiera aficionarse a él, pensó, para encajar en el grupo. O comprar un vaso, tirar el café a la basura, conservar el recipiente y echar en él la bebida que más le gustara. Se preguntaba cuánto tiempo duraría uno de aquellos vasos antes de desintegrarse.

Los oficinistas lo miraron sin saber qué pensar de él. Tal vez creían que trabajaba arriba. Qué demonios; eran jóvenes y él no, así que dio el primer paso.

—Me llamo Seth —dijo—. Empiezo a trabajar aquí hoy.

Ellos se miraron. Una de las jóvenes, una chica alta y flaca con ojos fríos de mangosta, dijo:

—¿Aquí? ¿Con el correo?

—Eso es.

Más miradas.

—¿Acabas de salir de la cárcel o algo así?

«Sólo intento mantenerme fuera de ella».

—No —contestó despreocupadamente—. He pasado en coma los últimos quince años y al fin he despertado.

—¿En serio? —preguntó uno de los tipos, asombrado—. ¿Qué te sucedió?

—Inhalé un bote de spray.

—Todo mentira —dijo la mangosta—. Tendrías que tener algún daño cerebral grave después de estar en coma tanto tiempo.

«Cruel, pero más lista que el resto de los chicos».

—¿Quién dice que no lo tengo? —dijo finalmente, y se alejó.

La supervisora del departamento de correspondencia era una mujer baja, rechoncha y de pelo gris, con el insólito nombre de Candy Zurchin y el estilo de vestir de una anciana. Su guardarropa parecía limitarse a americanas azul marino, faldas grises y zapatos negros de cordones, y dirigía la oficina con una eficiencia tan formal que avergonzaría al personal de los colegios católicos. Ciertamente tenía a todos los jóvenes bajo su mando, incluyendo a la mangosta, que decía: «Sí, señora» siempre que Candy le mandaba hacer algo, y lo decía sin sarcasmo, algo que resultaba asombroso.

Seth refrenó su ego, su orgullo y su mal genio, e hizo lo que ella le ordenó, silenciosamente y sin quejarse. El trabajo no requería mucho desgaste de neuronas, pero cuando analizaba el empleo objetivamente podía ver por qué era un buen entrenamiento, ya que, aunque era enormemente aburrido, también precisaba minuciosidad y disciplina. La inclinación a vaguear era casi abrumadora; algunos de los empleados no se esforzaban demasiado. Sin embargo, sabía que si él fuera un alto ejecutivo prestaría mucha atención a las recomendaciones y los comentarios de Candy Zurchin.

Dos días antes no le hubiera prestado ninguna atención.

El trabajo era sencillo: clasificar y entregar toda la correspondencia y paquetes recibidos, recoger lo que tenía que ser enviado, poner el franqueo adecuado o las etiquetas de envío, empaquetar lo que tenía que ser empaquetado y sacarlo todo en el mismo día. Así continuamente. Rara vez variaba, y parecía no tener fin. Estaba asombrado del volumen del correo convencional. ¿Es que allí no habían oído hablar del correo electrónico? Pero éste parecía limitarse a las comunicaciones entre departamentos y de empleado a empleado; las cartas para relaciones exteriores y las cuestiones importantes, como los contratos, todavía iban en papel.

Era probable que Siebold le hubiera dado instrucciones a Candy para que no le dejara esconderse en el sótano, porque el primer día lo envió fuera con un carrito lleno de cartas, sobres acolchados y paquetes.

—La forma de aprender es trabajando —dijo enérgicamente—. Todas las oficinas están señaladas claramente. Si no puedes encontrar a alguien, pregunta.

Los pisos en los que tenía que hacer las entregas eran, por supuesto, los superiores. Si ser reconocido lo humillaba tanto como para renunciar, Grant Siebold quería saberlo cuanto antes.

Seth aprendió muchas cosas, como que los empleados de su departamento eran básicamente invisibles y que alguna secretaria tenía una manicura perfecta porque le dedicaba mucho tiempo. También supo quién utilizaba el ordenador para jugar. Se dio cuenta de quién era apreciado y quién no, algo que se podía saber fácilmente por la actitud de sus secretarias. Uno de los vicepresidentes bebía alcohol en el trabajo; Seth olfateó el débil pero inconfundible olor tan pronto entró en la oficina empujando su carrito. También pudo percibir el ambientador que había echado para disimular el olor. La secretaria lo pilló olisqueando el aire y le lanzó una fría mirada que significaba: «Tú no sabes nada, no ves nada, no hueles nada». Él asintió con la cabeza y siguió su camino.

Se dio cuenta de que tenía delirios de grandeza, porque nadie lo reconoció.

Capítulo 25

A última hora de esa tarde, Cam se puso su nuevo calzado de cuero para dar un paseo de prueba. Era primitivo, atado en parte con los cordones de sus propios zapatos y el resto con cables eléctricos, y los agujeros habían sido perforados en el cuero con su navaja. Pero resultaba flexible, cubriendo sus zapatos, y le llegaba casi a la pantorrilla. Además, Bailey había hecho aquella especie de chanclos lo suficientemente grandes para que se pudieran meter trozos de tela —había sacrificado una camisa— alrededor de sus pies como aislante. Y había podido enrollar parte de la tela en los pies antes de ponerse sus propios zapatos sin atar. Ahora sus pies estaban mucho más protegidos y, gracias a la hoguera, habían entrado realmente en calor.

Habían estado muy ocupados todo el día, pero, curiosamente, no les había resultado demasiado arduo. Se habían sentado uno junto al otro en la bolsa de basura llena de ropa delante del fuego, ella trabajando en su calzado, él haciendo un trineo rudimentario para transportar las escasas pertenencias valiosas que tenían, así como unas toscas raquetas de nieve para ambos. A medida que se derretía la nieve en la botella, se la bebían. Como ahora, que tenían la hoguera, se derretía mucho más rápidamente, por primera vez desde el accidente podían beber lo suficiente para que la sed no fuera un problema constante.

Ella estaba contenta y, sentada a su lado, guardaba un extraño silencio mientras trabajaban. Eso no significaba que no estuviera preocupada, ¿cómo podía no estarlo? Se enfrentaban a una prueba larga y peligrosa, a la cual podrían no sobrevivir. Las montañas eran traicioneras e increíblemente accidentadas, y no perdonaban errores. Y aunque consiguieran salir, aún quedaba por resolver el hecho de que alguien hubiera tratado deliberadamente de matarlos, y todos los indicios señalaban a Seth.

Probar que él estaba detrás de todo aquello podría ser difícil. Por una parte, todas las evidencias estaban allí, diseminadas por la ladera de la montaña. Y si, por casualidad, pudieran recuperarse los restos, había muchas posibilidades de que cualquier prueba forense hubiera sido destruida por los elementos. Aunque, por otra parte, el frío podría conservar esas mismas pruebas; sencillamente no lo sabía. Tenía que enfrentarse a la posibilidad, muy real, de que, a pesar de que Cam y ella sabían que alguien había intentado matarlos, seguramente nunca podrían probar quién lo hizo. Sabiendo eso, ¿cómo podía actuar igual que antes? ¿Cómo iba a comportarse con Seth? No podía. Tendría que faltar a su palabra dada a Jim, e incluso en estas circunstancias no le gustaba hacer eso.

Pero todo eso sucedería en el futuro, suponiendo que lo tuviera. Se dio cuenta de que todo lo que tenía seguro era el momento presente. Esa idea era liberadora y reconfortante al mismo tiempo. Ya no estaba en vilo, esperando un rescate que ahora sabía que no llegaría. Tenían un plan, y estaban poniéndolo en práctica, confiando en sí mismos y en su creatividad, su determinación y su fuerza personal. Y, en eso, ella era buena.

Cuando finalizó el calzado de Cam, empezó a trabajar para solucionar el problema de su ropa. Tomando dos de sus camisas de franela —y afortunadamente había traído muchas, preparada para dos semanas de rafting—, las abrochó juntas y quedó una prenda grande y desgarbada. Era un arreglo extraño, pero de otra manera no había forma de que algo suyo le sirviera. Las mangas eran demasiado cortas y las dos que no se usaban le colgaban a la espalda, pero era una prenda que le daría calor y que no tendría que ser retocada y arreglada constantemente. Se la puso de inmediato. Las dos camisas no hacían juego, así que su aspecto era raro, pero a ninguno de los dos le importaba. Lo único que buscaban era el calor.

Decidieron que ella se pondría el chaleco de plumas. Por una razón: le quedaba bien. Él se pondría su poncho nuevo para la lluvia, que no era muy aislante, pero por lo menos lo protegería del viento. Tenía otras ideas para añadir un par de capas adicionales, si podía solucionar los detalles.

Mantener calientes las piernas de él era un problema. Mientras ella podía ponerse dos pares de pantalones de chándal, todo lo que él tenía eran los que llevaba puestos. Aunque los pantalones de chándal tenían cintura elástica, no había forma de que le sirvieran. Era demasiado alto y ella estaba delgada por todo el ejercicio que practicaba.

Finalmente tuvo una idea.

—Creo que puedo hacer una especie de zahones —le dijo.

Él levantó la vista de las raquetas de nieve que estaba haciendo con ramas y cable, con las cejas enarcadas y mostrando asombro fingido.

—No me digas que también metiste en tu maleta la piel de una vaca.

—Listillo. Sólo por ese comentario, bien puedes helarte.

Él se inclinó sobre ella y le golpeó suavemente el hombro con el suyo.

—Me disculpo. ¿Qué ha salido de la fábrica de ideas esta vez?

—Tengo cuatro toallas de microfibra.

Él pensó un instante y asintió con la cabeza.

—Bien, puedo considerar normal llevar toallas durante una acampada de dos semanas. Tiene sentido.

—Gracias, Señor Escéptico —dijo ella con ironía, y después explicó—: Si corto pequeñas hendiduras a lo largo del borde, no en el mismo borde, sino a unos centímetros, después podría pasar una tira de tela por las hendiduras para hacer una especie de cinturón y atar ese extremo en torno a tu cintura, luego atamos el otro extremo de la misma forma en la parte baja de tus piernas, y listo, ahí tienes los zahones.

—Para no saber coser, eres de mucha utilidad.

Ella tuvo que reírse.

—Qué ironía. Siempre he odiado todo lo relacionado con agujas e hilo y ahora no sólo tengo que confeccionar prendas, sino que tuve que coserte la cabeza, literalmente. Todo al revés.

Él miró la raqueta que tenía en las manos y se rió.

—Dímelo a mí. Siempre he odiado la nieve y el frío, y mírame ahora.

—Si odias la nieve, ¿cómo sabes hacer raquetas para caminar por ella?

—El principio es simple: debes distribuir el peso sobre una superficie amplia, así que todo lo que tienes que hacer es un diseño sencillo de rejilla que te puedas atar a los pies.

Ella lo miraba mientras se afanaba en la raqueta doblegando las ramas más pequeñas y flexibles de pino, con sus grandes manos ágiles y seguras, como si lo hubiera hecho mil veces. Fue consciente de nuevo de una fuerte sensación de felicidad, el sentimiento de que estaba justamente donde le correspondía, no atrapada en esa montaña, sino allí, en aquel preciso instante.

La lucha por sobrevivir, tan agotadora y terrible, había sido externa. En su interior se había sentido extrañamente liberada de estrés, porque sus alternativas eran simples: hacer lo que había que hacer o morir. Hacer un refugio. Mantenerse tan caliente como fuera posible. Derretir nieve para beber. Eso era todo. No había nada complicado en la supervivencia, mientras que la vida no suponía más que complicaciones.

Pero, al mismo tiempo, estaba impaciente porque terminara todo aquello. Quería una ducha caliente. Quería un inodoro. Quería un supermercado.

—¿Sabes lo que me encantaría comerme ahora mismo? —dijo con tono melancólico.

Él soltó un sonido ahogado, después estalló en carcajadas. La mente de Bailey vagaba por el pasillo del supermercado, tan lejos del sexo que lo miró sin comprender por un momento antes de darse cuenta de lo que había dicho. Su rostro empezó a encenderse.

—Eso no. —Le dio un manotazo—. Cállate. Estaba pensando en un gran bote de sopa de maíz y patatas, humeante, con cortezas de beicon y queso rallado encima. —La boca empezó a hacérsele agua como si estuviera saboreando el plato.

Él se limpió las lágrimas de los ojos con el pulgar.

—Yo soy más aficionado a la carne —afirmó. La mirada centelleante que le dirigió le decía que no estaba pensando en costillas y su cara se puso más colorada.

Le dio un empujón, tratando de echarlo de la bolsa.

—¡Lárgate! Apártate de mí, mente obscena.

—Soy culpable de los cargos —admitió arrastrando la voz, sin ceder un centímetro—. De todos los cargos.

—¡Lo digo en serio! Lárgate a probarte los patucos.

Todavía se estaba riendo por lo bajo cuando se levantó. Bailey lo vio caminar a grandes zancadas hacia el avión. Inconscientemente detuvo la mirada en su culo y en sus largas piernas antes de darse cuenta de lo que estaba haciendo y desviar la vista de inmediato. Aunque en realidad la hoguera no lo necesitaba, para ocuparse en algo le echó otro trozo de madera.

Se percató de que estaba seduciéndola verdaderamente, usando las palabras, la risa y la obligada confianza mutua. No podía alejarse de él, porque su supervivencia dependía de su cercanía, de su cooperación.

«Quizá debería permitirle hacerlo —susurró su sentido de la precaución—, permitirle tener sexo». Entonces el proceso de seducción se detendría; ya no tendría objeto. Si le daba sexo, dejaría de intentar asaltar su corazón, porque creería que ya lo había ganado. Sus emociones estarían a salvo.

Nunca se había enamorado, ni lo había pretendido. Ahora, por primera vez en su vida, tenía miedo de que existiera el peligro de que eso ocurriera, miedo de que Cam Justice pudiera llegar tan cerca que le hiciera daño cuando se fuera. Estaba atrapada por las circunstancias y esa percepción era aterradora. No podía alejarse de él y tampoco podía dejarlo fuera, condenado a congelarse. Si se tratara de otro hombre podría hacerlo, pero él veía en su interior. No sabía cómo, pero así era. De alguna forma había revelado demasiado y no había forma de echarse atrás.

Odiaba ser vulnerable. Odiaba tener la sospecha de que en un par de días él había llegado a importarle más de lo que nunca se había permitido que le importara otro ser humano, excepto quizá su hermano, y eso era totalmente diferente.

El impulso de seguir a Cam con la mirada era enloquecedor, como un escozor. A regañadientes, se dio por vencida y lo vio agacharse a inspeccionar el ala derecha. No le quedaba visible mucho pelo a causa de la venda que todavía llevaba enrollada en su cabeza, pero por lo menos ésta estaba protegida contra el frío. Parecía un vagabundo, con su montón de ropa, la mayoría atada o enrollada en torno a él más que realmente puesta; pero, aun así, se comportaba como si llevara un uniforme militar, porque no le importaba parecer un vagabundo. No le importaba tener que usar ropa de mujer, aunque había que admitir que su selección de chándales y camisas de franela no era exactamente femenina. Sospechaba que tampoco le habría importado si la ropa que ella hubiera traído estuviera repleta de volantes. ¿Qué importaban unos volantes si tenía tal confianza en sí mismo?

De repente se tumbó debajo del avión, después se puso de rodillas y empezó a meterse debajo del ala. Asustada, se levantó. ¿Estaba loco? El avión no se había deslizado ni un centímetro en todo ese tiempo, pero eso no significaba que no pudiera ocurrir especialmente cuando él se estaba moviendo allí debajo, golpeándolo, tirando de él.

—¿Qué estás haciendo? —gritó mientras corría hacia él, con intención de arrastrarlo físicamente fuera si no salía por las buenas.

Él salió de espaldas, arrastrando algo negro con él, con una amplia sonrisa en la cara magullada.

—Acabo de encontrar mi chaqueta —dijo triunfante.

El avión era negro, al igual que la chaqueta. Arrugada contra la nieve, confundiéndose con el fondo de metal negro abollado y sombras oscuras, la tela había pasado desapercibida. Era estupendo que ahora al menos tuviera una chaqueta, pero todo lo que a ella le importaba era...

—¿Aún están las barritas de cereales en el bolsillo? —preguntó de inmediato.

Él golpeó el bolsillo, todavía sonriendo.

—Sí.

—¿Nos las comemos ahora o por la mañana? —Tenía tanta hambre que creía que podía devorar media vaca.

—Por la mañana. Necesitaremos energía. Podemos repartirnos otra chocolatina esta noche. El azúcar consume energía, pero todo lo que vamos a hacer esta noche es dormir, en todo caso.

Ella suspiró. Él tenía razón y ella lo sabía; lo odiaba, pero asintió. En cualquier caso las barritas estarían probablemente heladas; era mejor dejar que se descongelasen durante la noche.

Él sacudió la nieve de la chaqueta y Bailey la agarró. Tendría que secarse antes de que pudiera ponérsela, pero por lo menos tenían una hoguera, así que podían colocarla al lado. Él debía estar pensando lo mismo, porque miró al cielo.

—Voy a recoger más leña mientras tengamos luz. ¿Hay algo más que necesites hacer?

—Trabajar en esos zahones de toalla para ti, supongo. No me llevarán mucho tiempo, quizá media hora. A propósito, ¿qué tal los zapatos nuevos?

—Son estupendos. No me ha entrado nieve y en realidad ahora me resbalo menos. —Le puso la mano en la nuca y la atrajo hacia él para darle un beso rápido, un beso que se alargó un poco. Después se apartó y apoyó cautelosamente su frente en la de ella—. Vamos a terminar todo para poder irnos a la cama.

Capítulo 26

A Bailey le preocupada que cuando Cam dijo «cama» tuviera algo más en mente que «dormir», pero no sólo era un estratega mejor que eso, sino que también era lo suficientemente realista sobre su estado físico. Se comieron cada uno la mitad del Snickers, bebieron agua, se cepillaron los dientes y se acomodaron en el refugio. La hoguera parpadeaba en el hoyo, enviando pequeños destellos de luz a través de las paredes de ramas del refugio, así que por primera vez no estaban en una completa oscuridad. La cantidad de calor que entraba no era mucha, pero o bien era suficiente para suponer alguna diferencia o la subida de ánimo que proporcionaba el fuego les hacía pensar que estaban más cómodos.

El ligero calor no bastaba, sin embargo, para hacer innecesario compartir su calor corporal. Aunque se acurrucó en sus brazos, ella era dolorosamente consciente de que cada vez que lo hacía estaba estrechando los lazos que se habían establecido entre ellos. No podía hacer otra cosa, no encontraba salida a ese camino, ni había forma de evitar el abismo emocional que se abría ante ella. Aun así, sabía que el viaje acabaría en conflicto y todo lo que podía hacer era disfrutarlo mientras tanto.

A pesar de estar físicamente más cómoda, el sueño se negaba a aparecer. Se adormecía, pero se despertaba cada vez que él salía del refugio para alimentar el fuego. Una vez se despertó sobresaltada cuando él la sacudió diciendo:

—Bailey, Bailey. Despierta. Tranquila, cariño. Despierta.

—¿Qué...? —preguntó adormilada, forcejeando para apoyarse sobre el codo y mirándolo a través de la débil luz—. ¿Qué pasa?

—Dímelo tú. Estabas llorando.

—¿Sí? —Se pasó la mano por las mejillas húmedas, dijo: «Maldita sea» y volvió a dejarse caer a su lado—. No ocurre nada —murmuró, avergonzada—. A veces me pasa.

—¿Lloras dormida? ¿Con qué estabas soñando?

—Con nada, porque no lo recuerdo. —Levantó los hombros con un gesto que esperaba que fuera de indiferencia—. Simplemente ocurre. —Y era estúpido. Odiaba llorar por cualquier motivo, pero cuando no había razón, las lágrimas eran particularmente molestas. La hacían parecer débil, algo que no podía soportar. Se puso de lado, de espaldas a él, y apoyó la cabeza en el brazo—. Vuelve a dormirte, todo va bien.

La mano cálida de él se deslizó sobre su cadera y se acomodó en su estómago.

—¿Cuánto hace que te pasa esto?

Ella quería decirle que toda la vida, para que pensara que no era nada inusual y lo olvidara, pero su boca soltó la verdad antes de que el cerebro pudiera impedirlo:

—Desde hace un año.

—Desde que murió tu marido. —La mano que tenía apoyada en su estómago de repente se puso tensa.

Ella suspiró.

—Un mes después, más o menos.

—Entonces lo amabas.

Ella oyó el tono repentinamente neutro de su voz, la ligera incredulidad, y de pronto se sintió harta de vivir rodeada de falsas suposiciones.

—No. Respetaba a Jim, lo estimaba, pero no lo amaba, al igual que él no me amaba a mí. Fue un asunto de negocios, simple y llanamente, y fue idea suya, no mía. —Si parecía a la defensiva, pues, bueno, lo estaba, y también harta de aquel asunto. Al mismo tiempo, sentía alivio por hablar por fin de ello con alguien. Además de ella, sólo Grant Siebold conocía toda la historia, y ahora que Jim estaba muerto, no lo veía casi nunca.

—¿Qué clase de asunto de negocios?

Bailey no pudo deducir nada de su tono, pero no le importaba. Si pensaba lo peor de ella por aceptar el plan de Jim y sacar provecho de él, era mejor averiguarlo ahora.

—Jim tenía... una vena maquiavélica. Era muy bueno para calar a la gente y tomar decisiones de negocios inteligentes, así que me imagino que cogió la costumbre de manipular a la gente. No me malinterpretes, no era una persona sin escrúpulos. Tenía unos sólidos principios éticos.

—Siempre me gustó. Era amable, de verdad.

Notó todavía ese tono evasivo.

—A mí me gustaba trabajar para él. No engañaba a Lena, ni consideraba a sus empleadas como su campo de juego privado, así que con él no tenía que estar en guardia. Era simpático, curioso, me daba consejos para invertir que a veces yo tenía en cuenta y otras no. Decía que yo era demasiado cautelosa. Yo le contestaba que no me arriesgaba con mi jubilación. Él se reía de mí, pero estaba interesado en algunas de las inversiones que yo hacía. —Respiró profundamente y soltó luego el aire—. Entonces murió Lena.

—Y se sintió solo.

—No fue eso lo que pasó —dijo ella con irritación—. Jim y Lena habían hecho sus testamentos hacía tiempo, cuando Seth y Tamzin eran pequeños. Como la mayoría de las parejas, se dejaban mutuamente todo, otorgando al esposo superviviente la decisión sobre el legado que debían recibir los hijos. Aunque Jim llegó a hacer una fortuna enorme, tenía su punto flaco en lo referente a su testamento y nunca lo actualizaron. Al morir Lena, se dio cuenta de que tenía que cambiarlo, pero cuando miraba a sus hijos no le gustaba lo que veía.

—Ni a todos los demás —dijo Cam con sequedad—. Y sigue sin gustarnos todavía.

—En eso estamos totalmente de acuerdo. —Sobre todo porque Seth era la única persona en su lista de sospechosos—. De todas formas, estaba en el proceso de establecer las cláusulas de sus fideicomisos cuando descubrió que tenía cáncer. Siempre había confiado en que Seth despertaría, sentaría cabeza y empezaría a interesarse por la empresa, pero al enterarse de que se estaba muriendo supo que no podía permitirse darle más tiempo. Así que tramó este plan.

—Déjame adivinar.

—Por favor, hazlo.

Él emitió un ruidito divertido con la garganta en respuesta a su tono sarcástico.

—Tú eres una tía dura de pelar, ¿sabes? Por eso te eligió a ti, probablemente. Bueno, allá va: quería contratarte para supervisar sus fideicomisos, pero, sabiendo que tenías que tratar con Seth y Tamzin el resto de tu vida, pusiste un precio tan alto que la única forma de pagarte fue casándose contigo.

Bailey pasó de estar molesta a reírse, porque, vaya, ¡si ella hubiera sabido!

—Ojalá hubiera sido así de lista. Pero, en cierto modo, estás en lo cierto. Recuerda que Jim era un manipulador. Siempre andaba arreglando esto y colocando lo otro, tirando de una cuerda aquí, echando un hueso allá. No podía remediarlo; formaba parte de su personalidad. No tenía esperanzas con respecto a Tamzin, pero nunca se dio por vencido con Seth. Pensó que si se casaba conmigo y me daba el control de sus fideicomisos, Seth se sentiría tan humillado y enfurecido que vería la luz y daría un giro a su vida.

—Sí, ésa era una solución estupenda. Si Seth ha visto una luz, es la que hay encima de la barra de su club favorito.

—Sí —asintió ella, suspirando—. Si Seth empezaba a actuar como una persona adulta y madura, entonces se suponía que yo le debía entregar el control de los fideicomisos; pero Seth no podía conocer esta parte del acuerdo. Jim decía que su hijo era lo bastante listo para simular un cambio de actitud si lo creía necesario durante el tiempo suficiente para tener el control y después volver a actuar como de costumbre. Jim estaba seguro de que eso funcionaría. Hasta ahora no ha sido así.

—No tenía por qué haberse casado contigo —señaló Cam—. Sencillamente, podía haber modificado las cláusulas del fideicomiso.

—Sin embargo, casarse conmigo era parte del palo que usaba para golpear a Seth con el fin de corregirle. Si yo sólo era la fideicomisaria, Seth podría estar cabreado por ello, pero en el fondo no se sentiría humillado. Todo giraba en torno a mí: soy más joven que Seth; supuestamente me aproveché de un hombre viejo y moribundo; me trasladé a la casa de su madre. Hacer saber a la gente que Jim me daba el control de su dinero se suponía que era el golpe definitivo.

—Bueno, eso contesta una pregunta —repuso él.

—Y esa pregunta es…

—Por qué se casó contigo.

—¿No era de eso de lo que trataba toda esta conversación? ¿Qué más hay? ¿Cuál es la otra pregunta?

—¿Por qué te casaste tú con él?

Bailey creía que había contestado a eso. Frunció el entrecejo por encima del hombro en dirección a Cam, aunque probablemente él no pudo darse cuenta con la tenue luz que llegaba de la hoguera.

—Ya te lo he dicho: era parte del trato.

—Pero ¿por qué lo aceptaste? El matrimonio es un paso decisivo.

No en su familia. Sus padres habían considerado el matrimonio como una conveniencia legal, que podía disolverse en cualquier momento que tuvieran el capricho de querer cambiar. Pero no quiso explicar todo eso. En vez de ello, dijo cansinamente:

—Nunca he estado enamorada. Así que pensé: «¿Por qué no?». Él se estaba muriendo. Yo haría eso por Jim y a cambio él se ocuparía de que yo estuviera económicamente segura.

—Entonces sí te dejó dinero.

—No. —El alivio se había desvanecido y se estaba empezando a hartar de esta conversación—. Tengo privilegios, como vivir en la casa; mis gastos están cubiertos y me pagan un sueldo muy bueno por administrar los fondos, pero no heredé nada. Todos esos privilegios terminarán si me vuelvo a casar, pero el sueldo continúa mientras haga el trabajo.

—Ya entiendo. Ni siquiera voy a preguntar lo que consideras un sueldo «muy bueno».

—Eso está bien, porque no es asunto tuyo —replicó ella severamente.

La atrajo más hacia él y apoyó la mejilla de ella en su hombro.

—Pero siento curiosidad: ¿verdaderamente nunca has estado enamorada? ¿Nunca?

El cambio de tema le causó incomodidad, provocando que se moviera inquieta.

—¿Tú sí?

—Claro. Varias veces.

Hizo una mueca ante la palabra «varias». Si fuera amor verdadero, ¿no sería sólo una vez? El amor verdadero no debería desaparecer. El amor verdadero se expandía, dejaba sitio para hijos y mascotas y una legión de amigos y parientes. No llegaba con fecha de vencimiento para que después de esa fecha pasaras a otro.

—Cuando tenía seis años, me enamoré locamente de mi profesora de primer curso. Se llamaba señorita Samms —dijo él con tono evocador, y ella pudo percibir en su voz que estaba sonriendo—. Ella acababa de salir de la universidad, tenía unos ojos grandes y azules y olía mejor que nada de lo que había olido en toda mi vida. Estaba comprometida también con un bastardo que no le llegaba ni a la suela de los zapatos, y yo estaba tan celoso que quería darle una paliza.

—Supongo que fuiste lo suficientemente listo para no intentarlo —dijo Bailey, relajándose. No podía tomar en serio un enamoramiento de un niño de seis años por su profesora.

—Casi. No quería hacer sufrir a la señorita Samms matando a su novio.

Ella se rió por lo bajo y él la castigó con un pellizco.

—No te rías. Era tan serio como un ataque al corazón. Cuando creciera iba a pedirle a la señorita Samms que se casara conmigo.

—¿Y qué pasó con ese gran amor?

—Empecé segundo curso. Era mayor, más maduro.

—Ah, ejem, maduro.

—La siguiente vez el objeto de mi interés amoroso fue más apropiado. Se llamaba Heather, estaba en mi clase y un día se levantó la falda y me enseñó las bragas.

Ella casi no logró contener otra risita.

—Dios mío, Heather era muy precoz.

—No puedes ni imaginártelo. Me rompió el corazón cuando la encontré enseñándole las bragas a otro chico.

—Eso debió de suponer un gran desengaño. Me pregunto cómo tuviste fuerza para seguir adelante.

—Después, cuando tenía once años..., Katie. Podía golpear una pelota más fuerte que nadie. Se mudó antes de que yo pudiera armarme de valor para intentar ligar con ella, pero volvió cuando tenía catorce años. Cuando tenía dieciséis, Katie me tumbó y se aprovechó de mí.

—¡No puede ser! Perdona, pero ¡qué valor tienen algunas chicas!

—Era fuerte —dijo él en serio—. Le tenía tanto miedo que la dejé hacer lo que quiso conmigo durante un par de años.

Ella se echó hacia atrás y le devolvió el pellizco.

—¡Ay! ¿Qué forma es ésa de tratar a un hombre? Te estoy contando cómo fui utilizado, y en lugar de sentir pena abusas de mí otro poco.

—Pobrecito. Puedo decir que estabas traumatizado. Por eso llamaste a cierta parte del cuerpo Charlie Diversión.

—Pensé en la posibilidad de llamarla Vete Despacio, Joe, pero tenía que hacer caso a mi corazón.

Bailey ya no pudo aguantar más la risa, que había ido en aumento.

—Justice, estás tan lleno de ti mismo que hay que hacer más sitio en el refugio.

—¿Estás riéndote de todas mis experiencias y tribulaciones en el campo del amor? No sé si debería contarte el resto.

—¿Cuántas más hay?

—Sólo una, y ésta es seria. Me casé con ella.

Aquello sí era serio, y Bailey dejó de reírse. Por el cambio en su tono de voz podía saber que ya no estaba bromeando.

—¿Qué pasó?

—Para ser sincero, no lo sé. No la engañé y no creo que ella me engañara. Nos casamos cuando yo todavía estaba en la Academia; su padre era oficial, había crecido con el estilo de vida militar, así que sabía a qué atenerse. Se llamaba... bueno *se llama* Laura. Todas las mudanzas de una base militar a otra, las separaciones, las soportó. Lo que no pudo controlar, supongo, fue la vida civil. Cuando me salí del ejército, todo se fue al garete. Si hubiéramos tenido hijos supongo que habríamos aguantado, pero sin ellos lo cierto es que no nos amábamos lo suficiente para continuar juntos.

—¡Gracias a Dios, no teníais hijos! —dijo ella impetuosamente, sin poder contenerse—. Perdón. Es que..., bueno...

—Has pasado por ello.

—Demasiadas veces.

—Supongo que por eso tienes miedo de querer a alguien —dijo él, y el corazón de Bailey saltó con violencia en su pecho. Ella sabía por qué mantenía a la gente a distancia, pero nunca había revelado tanto de sí misma a nadie. Demasiado tarde, se dio cuenta de que el humor relajado de Cameron había hecho que bajara sus defensas y le había dado una enorme ventaja, que no dudaría en utilizar.

Como para corroborar aquel pensamiento, él emitió un sonido grave de satisfacción, el sonido de un depredador con la presa entre las garras, y exclamó:

—Ahora ya te tengo.

Capítulo 27

—¡Hombres! —murmuró Bailey mientras caminaban con dificultad por la nieve—. No se puede razonar con ellos, y tampoco matarlos.

—Te he oído —dijo Cam por encima del hombro—. Además no tienes un arma.

—Quizá lo pueda asfixiar mientras esté dormido —musitó para sí. Su voz se amortiguó bajo la tela que le tapaba la mitad inferior de la cara, pero evidentemente no lo suficiente.

—También he oído eso.

—Entonces supongo que puedes oír esto: eres un idiota machista, testarudo y terco como una mula, y si te mareas y te caes, probablemente te romperás unos cuantos huesos aunque la caída no te mate de inmediato; ¡y juro que te dejaré sangrando en la nieve! —Su voz fue aumentando de volumen hasta que se encontró gritándole.

—Yo también te amo. —Estaba riéndose. A ella le entraron ganas de darle una patada.

Pocas veces había estado tan furiosa con alguien como lo estaba con él; claro, que casi nunca se enfadaba. Tenía que importarle mucho para enfadarse de verdad, un hecho que la puso aún más furiosa. No quería preocuparse por Cam. Había tomado lo que ella consideraba una decisión estúpida y deseaba desentenderse por completo, pero no sin soltarle que era un hombre adulto y podía cargar con las consecuencias de sus propias decisiones. En cambio, estaba inquieta. Y angustiada por él. Dejando que su imaginación se desbocara, pensaba en todo tipo de cosas horribles que podrían pasarle sin que ella fuera capaz de evitarlas porque, era un idiota machista, testarudo y terco como una mula.

Iba tirando del trineo que había hecho, cargado con las cosas imprescindibles para el camino, además de un artefacto que él había añadido esa mañana: la batería. Sacarla de los restos del avión había supuesto un esfuerzo hercúleo que lo había dejado pálido y sudoroso; una gran parte del problema era que la batería era muy pesada, casi cuarenta kilos. Pero la había probado y todavía tenía líquido. Había decidido llevarla para que si a él le pasaba algo ella pudiera encender un fuego.

Ella le había gritado que se las arreglarían sin fuego de todos modos. Justice había dicho que no, y que tan pronto salieran de la nieve y encontraran leña seca, él podría hacer fuego por fricción, porque había sido boy-scout y sabía cómo hacerlo.

—Bien —dijo ella—. Entonces puedes enseñarme, ¡y no necesitaremos arrastrar una batería de cuarenta y cinco kilos por ahí! Tú tienes una conmoción. Has perdido un montón de sangre. ¡No deberías hacer semejante esfuerzo!

—No pesa cuarenta y cinco kilos —había replicado él, ignorando por completo el resto de su comentario, aparte del hecho de que el peso de la batería no andaba muy lejos de lo que ella había señalado.

Así que había conseguido ponerla en el trineo y el peso había provocado que los esquíes de madera sobre los que se deslizaba se hundieran en la nieve. Viendo que no podía disuadirlo de llevar la batería, ella había agarrado las riendas y empezado a tirar del trineo, pero Cam la había quitado de en medio y se había hecho cargo de aquel trabajo.

—Tú puedes llevar la mochila —había dicho exasperado, refiriéndose a su maletín, al que le había colocado unas correas.

Estaba tan furiosa que le habían entrado ganas de arrojarle una bola de nieve, pero temía el daño que pudiera hacerle cualquier golpe en la cabeza, aunque fuera débil.

Tampoco quería mojarle la ropa, después de haberse tomado tantas molestias para mantenerlo tan caliente como le había sido posible. Sin embargo, asfixiarlo mientras dormía... era una posibilidad.

El terreno era condenadamente escarpado y bajo la nieve había peligros ocultos. A veces la pendiente era tan pronunciada que tenía que sujetar el trineo desde atrás para evitar que se deslizara delante de él y lo arrastrara montaña abajo. En otras ocasiones no había forma de bajar sin cuerdas y equipo de escalada, así que tenían que dirigirse trabajosamente hacia arriba y rodear hasta que descubrían una vía de descenso menos peligrosa. Después de caminar durante tres horas, según él, ella dudaba que hubieran descendido más de treinta metros, pero habían zigzagueado durante kilómetros. Y Bailey todavía estaba enfadada.

Las raquetas de nieve entorpecían el avance y requerían que tuviera que levantar las rodillas a cada paso, como si estuviera desfilando en una banda de música. Le dolían los músculos por el esfuerzo. Hubo un momento en que quizá no levantó el pie lo suficiente, y la punta de su raqueta derecha de repente se enredó en algo enterrado en la nieve y la catapultó hacia delante.

Se las arregló para poner las manos y aminorar el golpe, así que cayó sobre la rodilla derecha y después giró hasta quedarse sentada. Le escocían las manos y la rodilla, pero además sintió un dolor agudo en el tobillo derecho. Maldiciendo por lo bajo, se sujetó la espinilla y giró suavemente el tobillo para ver si había sufrido alguna lesión.

—¿Te has hecho daño? —Cam se apoyó sobre una rodilla a su lado. Pudo vislumbrar un brillo de preocupación en sus ojos grises en medio de la franja de franela roja que le cubría la nariz y la boca.

—Un esguince, pero creo que puede mejorar caminando —dijo ella. Al doblar el tobillo le dolió, pero después de la punzada inicial el dolor pareció disminuir. Trató de levantarse, pero se lo impedían las raquetas de nieve, que continuaban firmemente atadas a sus pies. Si la derecha se hubiera soltado al caer, su tobillo probablemente no habría sufrido en absoluto—. Ayúdame a levantarme.

Agarrándole las manos, tiró de ella hasta ponerla de pie y la sostuvo mientras apoyaba cautelosamente todo su peso sobre el pie. El primer paso resultó bastante doloroso, pero el segundo no tanto.

—Estoy bien —aseguró ella, soltando las manos de Cam—. No hay ningún daño grave.

—Puedes ir en el trineo si te duele —dijo él, frunciendo el ceño mientras observaba su manera de andar tan atentamente como si fuera un pura sangre.

Bailey se detuvo bruscamente, pasmada por lo que acababa de oír. ¿Aquel hombre no tenía sentido común?

—¿Estás loco? —aulló—. No puedes arrastrarme a través de toda la montaña.

Él miró hacia arriba con una expresión fría y decidida en los ojos.

—No sólo podría, sino que haré todo lo necesario para llevarte a casa.

Por alguna razón, aquella sencilla afirmación la desconcertó. Negó con la cabeza.

—No debes cargar con esa responsabilidad. No es culpa tuya que nos hayamos estrellado. Si hay que buscar un culpable, soy yo.

—¿Por qué sacas esa conclusión?

—Seth —contestó ella— me hizo enfadar, y yo lo amenacé con disminuir la suma que recibe cada mes; por eso él tomó represalias. Todo esto es culpa mía. No debería haberme enfadado.

Él sacudió la cabeza.

—No me importa lo que dijeras, eso no justifica que haya intentado matar a dos personas.

—No estoy justificando sus actos. Estoy diciendo que fui el desencadenante. Así que tú no tienes razones para sentirte responsable…

Él se bajó la tela que le tapaba la cara.

—No me siento responsable del accidente.

—... De mí —terminó ella tenazmente la frase.

—Las cosas no son tan sencillas. A veces la culpa no tiene nada que ver con la responsabilidad. Cuando aprecias algo como a un tesoro, quieres cuidar de ello.

«Como a un tesoro». Las palabras salieron disparadas hacia ella y la dejaron totalmente anonadada. No debería decir cosas así. Los hombres no decían cosas así, iba en contra de su naturaleza.

—No puedes apreciarme como a un tesoro —dijo, apartándose de él de modo automático, aunque no física al menos mentalmente—. No me conoces.

—Bueno, en eso no estamos de acuerdo. Echa la cuenta.

Esa última frase la dejó completamente desorientada.

—¿Qué cuenta? ¿Estamos hablando de matemáticas?

—Ahora sí. Vamos a descansar un poco y te lo explico.

Ató el arnés del trineo a un árbol para que no empezara a deslizarse por la ladera, después se sentaron uno junto al otro sobre una piedra, que había absorbido un poco de calor del brillante sol. Bailey tenía tanta ropa encima que en realidad no podía notar el calor, pero por lo menos no se colaba el frío helado a través de sus prendas. Se bajó también la bufanda improvisada y cerró los ojos durante un minuto, aparentando que el sol le calentaba la cara.

Bebieron un poco de agua y luego le dieron un mordisco a la barrita de cereales que quedaba. Habían compartido la otra esa mañana y habían acordado comer la última lentamente a lo largo del día, porque suponían que necesitarían más energía el primer día. A medida que descendieran y hubiera más oxígeno, teóricamente tendrían más energía... Teóricamente. Esperaba que estuvieran en lo cierto, porque hasta ese momento habían realizado un enorme esfuerzo.

—Éste es el cuarto día, ¿correcto? —dijo él.

—Correcto.

—Contando desde las ocho del primer día, que fue cuando despegamos, han pasado setenta y seis horas.

Ella asintió. El primer día, el día del accidente, no computaba como un día completo de veinticuatro horas. Contando desde el momento en que habían despegado, las primeras veinticuatro horas habían terminado a las ocho de la mañana del segundo día.

—Hasta ahora estoy de acuerdo contigo.

—¿Cuánto dura una cita por término medio? ¿Cuatro horas quizá?

—Cuatro o cinco.

—Bueno, digamos que cinco horas. Setenta y seis dividido entre cinco es el equivalente de... quince citas. Si lo divides entre cuatro, estamos en nuestra cita número diecinueve. Pero si nos quedamos en el término medio, estamos en nuestra decimoséptima cita.

—Muy bien —dijo ella, divertida con la creatividad de su teoría, fuera la que fuera—. Diecisiete citas, ¿eh? Prácticamente ya estamos saliendo en serio.

—¿Saliendo en serio? ¡Y una mierda! Estamos a punto de irnos a vivir juntos.

Ella le lanzó una mirada rápida para ver si estaba bromeando, pero la estaba mirando con una determinación tan firme que la abrumó. Hablaba en serio: quería más de lo que ella nunca había dado a nadie. Quería algo más que sexo. Quería un compromiso... y no había nada en el mundo que la aterrorizara más.

Pero él..., él había dicho que la apreciaba «como a un tesoro». Bailey no podía recordar que nadie, jamás en toda su vida, hubiera puesto su bienestar por encima del suyo propio, pero eso era lo que Cam le estaba diciendo.

—No puedo... —empezó, intentando darle alguna excusa, cualquiera que se le ocurriera, como razón para no involucrarse.

—Puedes —la interrumpió él—. Lo vamos a hacer. Nos tomaremos las cosas con calma, te acostumbrarás a la idea. Entiendo que estás cargando con el lastre de la infancia, y es difícil deshacerse de él. Pero tarde o temprano confiarás en mí y aceptarás que alguien te quiera.

Ella quiso decirle que ése no era el problema. Había gente que la había querido antes. Logan la quería. Jim la había estimado. Tenía amigos... Bueno, había tenido algunas amistades antes de casarse con Jim, pero se habían distanciado de ella, así que suponía que no eran verdaderos amigos. Incluso sus padres habían querido a todos sus hijos, aunque, en última instancia, no tanto como a sí mismos.

Quería decirle todo eso. Las palabras se formaban en su mente, pero se negaban a llegar a su boca. Era capaz de defenderse frente a la gente que no se preocupaba por ella, la gente a la que ella no le importaba lo más mínimo.

Pero estaba él. No podía alejarse de él. No podía olvidarse de él, no podía dejar de preocuparse por él.

Y… él decía que la apreciaba como a un tesoro.

Observó sus penetrantes ojos grises y sintió que el suelo se abría a sus pies. Estaba perdida, absolutamente indefensa frente a él. Rompió a llorar.

—Oh, no —sollozó—. No puedo llorar.

—Podrías haberme engañado. —La abrazó con fuerza, acunándola un poco para consolarla—. Creo que lo estás haciendo muy bien.

Cam estaba pasando por alto lo evidente. Ella se apartó y trató por todos los medios de sorber las lágrimas, antes de que fueran un verdadero problema.

—No, de verdad. Se me congelaría la cara.

—Apuesto a que yo podría derretir ese hielo —dijo él, esbozando una lenta sonrisa.

«Maldición». Estaba metida en un gran lío.

Capítulo
28

Para contar con tiempo suficiente para construir un refugio sólido, dieron por finalizada la caminata a las tres de la tarde. Todavía estaban muy arriba en las montañas, a merced de los vientos helados, de temperaturas bajo cero y posiblemente de más nieve, aunque el cielo por el momento estaba despejado. Las borrascas podían llegar de improviso y ellos no tenían la información meteorológica necesaria para poder preverlas. Otra razón para detenerse fue que se habían encontrado un árbol grande que había caído atravesado sobre unas rocas y les podía proporcionar un apoyo central a su medida, ahorrándoles mucho trabajo. Si continuaban caminando una hora, quizá no encontraran algo tan adecuado.

Bailey estaba agotada, pero para su consuelo no había vuelto a notar el mal de altura. Pensaba que al día siguiente podrían caminar un poco más de tiempo, un poco más lejos tal vez. Casi no tenían comida, y cuando se acabara la última chocolatina sus energías también bajarían en picado. Tenían que descender lo suficiente para empezar a encontrar bayas, nueces, hojas comestibles —cualquier cosa—, o su situación empeoraría rápidamente.

—Supongo que lo primero que haremos será una hoguera —dijo ella, deseando ardientemente el calor y la reanimación psicológica.

—Sólo esta noche —dijo él distraídamente, mirando hacia la ladera escarpada—, porque después sería mejor no hacer fuego. Preferiría ahorrar el líquido para cuando estemos más abajo, lejos de todo este viento.

Ella cerró un ojo, mirándolo con desconfianza. Eso le parecía totalmente ilógico.

—¿No necesitamos más una hoguera ahora?

—Para el calor, sí, pero hemos sobrevivido sin hoguera durante dos noches, así que sabemos que no es estrictamente necesaria. Estaba pensando en usar el fuego para señalar nuestra posición. No podemos hacerlo ahora porque el aire dispersa el humo y no hemos encontrado una ubicación completamente resguardada, si tenemos en cuenta esas ráfagas de viento.

Bailey se dio la vuelta y miró en la misma dirección en que él lo hacía. El día era claro, y el aire tan frío y seco que todo parecía más claro. Las enormes montañas se recortaban contra el cielo, picos blancos delineados por un azul puro. Podía ver la cota de nieve, y bajo ella la fértil tierra verde, que prometía temperaturas más cálidas y al menos la posibilidad de encontrar comida.

—¿Cuánto tendremos que bajar?

Él se encogió de hombros.

—No lo sé. Me temo que la cota de nieve llega bastante abajo. Éste es un parque natural federal, así que el servicio forestal vigila para prevenir incendios. Cualquier cosa que parezca obra del hombre se investiga.

Así que podían ser rescatados en un día o dos, dependiendo del tiempo que les llevara salir de la zona con vientos más fuertes. Hacía dos días, incluso uno, ella hubiera entrado en éxtasis ante esa posibilidad, pero ahora...

Ahora era demasiado tarde. Hacía dos días ella tenía el corazón henchido. Bueno, estar caliente y bien alimentada sería agradable, pero ¿y si al desaparecer el vínculo de unión que había establecido la necesidad el interés de Cam por ella se desvanecía? De todos modos, no confiaba en las emociones, y sobre todo no confiaba en ellas en situaciones de emergencia.

Estaba dividida, y lo odiaba. Por una parte, cuanto antes pudiera separarse un poco de él, mejor. Por otra, quería que esto durara. Quería creer en un final feliz para siempre, un amor para toda la vida. Conocía gente que parecía amarse todo ese tiempo, de la manera en que Jim había amado a Lena, pero ¿y si Lena no había amado a Jim? Jim era sumamente rico; quizá Lena había buscado pero no había encontrado nada mejor. A Bailey no le gustaba ser tan cínica, pero había visto demasiado para creer en una versión más justa del amor.

Bailey pensaba que el amor era un golpe de suerte, y ella nunca había sido jugadora. No tenía ni idea de qué hacer, cómo manejar esta situación. Una parte de ella quería abandonarse y disfrutar con él mientras durara; después de todo, no era realista esperar toda una vida de felicidad, y probablemente era imposible. Sólo un idiota era feliz siempre.

¿El periodo de felicidad merecía la pena a cambio de la infelicidad que seguía a la ruptura? La mayoría de la gente parecía creer que sí, porque se subían al tren del amor una y otra vez. Cuando todo acababa, andaban como alma en pena durante algún tiempo, quizá montaban algún numerito y hacían algo estúpido, pero finalmente volvían a la misma estación, billete en mano, listos para subir. Ella nunca había creído que la ganancia momentánea mereciera el dolor, así que había visto al tren dar vueltas a su alrededor sin ella. Ahora había caído en una emboscada y la habían montado en el vagón del equipaje, y ya no parecía tener derecho a elegir.

Cam le pasó un dedo por el cuello.

—Te has quedado ensimismada. Llevas cinco minutos mirando al vacío.

Arrastrada de nuevo a la realidad, su mente se quedó momentáneamente en blanco.

—Eh..., estaba pensando en lo que va a pasar cuando volvamos a casa. —Se aplaudió mentalmente. ¡Buena forma de librarse! Ésa era una respuesta muy razonable, dadas las circunstancias.

Él parecía sombrío.

—No puedo decírtelo. Sin pruebas de lo que hizo, probablemente nada, y no podemos ponernos a presentar cargos sin algo que los sustente, o puede acusarnos de calumnias.

—Eso le encantaría. Le daría audiencia para airear todas las cosas que ha dicho sobre mí, y puedes apostar que Tamzin lo respaldaría. —Se sintió enferma ante la idea de un pleito que sacara a la luz cada gramo de basura que Seth pudiera encontrar o inventar. No tenía miedo a la basura real, porque la gente que no corría riesgos rara vez se ensuciaba. No había asuntos sombríos en su pasado, ninguna aventura con amantes casados, nada de drogas, ningún expediente policial de ningún tipo.

Pero nada de esto detendría a Seth. Probablemente colocaría en el estrado a cincuenta personas que jurarían que se habían acostado con ella, que tomaba drogas, o que les había contado un plan sórdido para casarse con un moribundo y engatusarlo con el fin de conseguir el control de su fortuna. De hecho, probablemente la única razón por la que no lo había hecho ya era porque el control de los fideicomisos no estaba en el testamento de Jim, donde podía ser impugnado. Jim había constituido los fondos antes de morir —antes de que se casaran, de hecho— y la había puesto a cargo de ellos, y su actuación había sido excelente. Seth aparecería como un tonto si cuestionaba eso. Más aún, el desembolso mensual era considerable. Nada comparado con todo el fideicomiso, pero muy considerable.

—Creo que tenemos que demostrarle que lo sabemos —dijo Cam—. Y que hemos hablado de nuestras sospechas con una tercera persona, de modo que si nos sucediera cualquier cosa extraña el dedo de la justicia señalaría directamente hacia él. A menos que se haya vuelto loco con el alcohol o algo similar, comprenderá perfectamente que no puede hacer nada. —Se inclinó y la besó, después mordisqueó suavemente su labio inferior, dándole un delicado tirón—. También sugiero que te vengas a vivir conmigo, para que no sepa exactamente dónde encontrarte.

Tendrías que estar chiflada para quedarte en esa casa completamente sola.

Los latidos de su corazón se aceleraron de emoción y el estómago se le contrajo de miedo. Divertida tanto por la proposición de él como por sus reacciones contradictorias ante ella, replicó:

—Hay un gran abismo entre besarse unas cuantas veces e irse a vivir juntos, Justice. Trasladarme tiene sentido. Trasladarme a tu casa, no tanto.

—Yo creo que tiene mucho sentido —dijo él suavemente—. Pero hablaremos de ello más tarde. Ahora mismo necesitamos ponernos a trabajar o tendremos que dormir al aire libre.

Cavó un hoyo para la hoguera mientras ella recogía piedras y madera para el fuego y para construir el refugio. El árbol caído proporcionó la mayor parte de la madera, porque llevaba en el suelo el tiempo suficiente para que estuviera seca por dentro y las ramas se partían fácilmente. Siguieron el mismo procedimiento que el día anterior con la batería, y en media hora había pequeñas llamas lamiendo alegremente la leña.

Como eran dos trabajando y Cam tenía más idea de lo que estaba haciendo que Bailey el primer día, el refugio estuvo montado rápidamente. El ángulo del árbol donde estaba apoyado sobre la gran roca formaba en el punto más alto un espacio lo suficientemente amplio para que pudieran estar sentados. Cam había situado la hoguera de forma que parte del calor irradiara contra la roca, y de esa manera en el refugio. Proteger el fuego del viento seguía siendo un problema, así que amontonó ramas para formar un parapeto al otro lado de la hoguera, levantándolo más hasta que las llamas dejaron de bailar tan salvajemente.

Al final estaban un poco sudorosos y muy sucios. El asunto de la suciedad hizo arrugar la nariz a Bailey, pero lo peligroso era el sudor. Cam se sentó junto al fuego mientras ella se arrastraba al interior de su nuevo «hogar», rematado con los trozos de gomaespuma que Bailey había insistido en traer —por lo menos no pesaban casi nada—. Dentro del refugio, se aseó y se secó lo mejor que pudo.

Cuando salió, una vez más envuelta en capas de ropa, Cam estaba poniendo unas piñas cuidadosamente en torno a los bordes de la hoguera.

—Qué bien —dijo ella—. Ahora el campamento olerá muy navideño. Ése es un toque en el que no había pensado.

—Listilla, cuando las piñas estén tostadas podemos comer los piñones. Ojalá me hubiera acordado de esto ayer.

—¿De verdad? ¿Piñones? ¿De verdad salen de las piñas?

Siempre había pensado que los piñones se llamaban así por alguna razón desconocida. Le resultó divertido averiguar la verdad. Agachada junto al fuego, tocó con un dedo las piñas. ¿Quién lo hubiera creído? Entró en éxtasis ante la idea de tener comida, comida caliente. Unos frutos secos, cualquier tipo de fruto seco, ayudarían mucho a aliviar su hambre.

—Sí, de ahí salen. Vigílalas y no dejes que se quemen —le dijo Cam mientras se deslizaba dentro del refugio—. Voy a secarme antes de que este sudor se congele sobre mi cuerpo.

Ella se sentó y estiró las manos hacia el fuego. Transcurrido un instante, se dio cuenta de que estaba escuchando atentamente los sonidos que hacía Cam mientras se quitaba la ropa y se secaba enérgicamente, imaginándoselo desnudo, aunque sabía que no lo estaba, como tampoco ella se había desnudado. ¿La había oído él moverse mientras se quitaba capas de ropa y se la había imaginado desnuda? ¿O había estado demasiado ocupado recogiendo las piñas?

Bruscamente se dio cuenta de que su limpieza podía casi interpretarse como un preludio para el sexo, como si se hubieran estado preparando el uno para el otro. No se había sentido incómoda con él en absoluto durante las tres noches que habían pasado juntos, pero entonces el sexo no estaba sobre el tapete. Ahora sí. Y aunque el sexo en sí no la hacía sentirse incómoda, la perspectiva de sexo con él era suficiente para que se sintiera nerviosa y cohibida.

Quizá estaba viendo en la situación más de lo que realmente había. Después de todo, él todavía estaba recuperándose de una herida grave en la cabeza. Era un hombre inteligente; sabía que no debía hacer demasiados esfuerzos ahora.

«Sí, sí —pensó irónicamente—. Por eso ha estado arrastrando un trineo por la nieve todo el día».

Por otra parte, había estado arrastrando un trineo todo el día. Probablemente estaba agotado. El sexo era casi con certeza lo último que tendría en mente.

Claro. Era el mismo hombre que había tenido una erección el primer día, cuando estaba medio muerto, y esa situación se había repetido varias veces. Por lo que había visto, el sexo era la última cosa en su mente... antes de quedarse dormido, y la primera cuando despertaba.

Se percató de que había sido muy discreto. No la había presionado en absoluto, a pesar de no ser precisamente moderado. Era tranquilo pero decidido y de fuerte determinación. Tomaba la decisión de hacer algo y lo hacía contra viento y marea. Eso no era ser discreto.

Pero, en el fondo, la cuestión era si ella quería tener sexo con él. ¡Sí! Y no. Estaba aterrorizada de que las cosas hubieran llegado tan lejos entre los dos, pero su objeción era a un nivel mental y emocional. En el plano puramente físico, quería sentir su peso sobre ella y sus caderas apretadas entre las piernas. Quería sentirlo en su interior.

Tenía que decidir: ¿sí o no? Si decía no, Cam se detendría. Confiaba en él absolutamente en ese aspecto.

Una mujer inteligente diría no. Una mujer cauta se negaría. Bailey siempre había sido inteligente y cauta.

Hasta ese momento. Miró hacia la entrada del refugio y todos sus instintos susurraron: «Sí».

Capítulo 29

A Cam se le ocurrió una nueva idea. Vació el botiquín de metal otra vez y lo llenó de nieve, después lo colocó sobre las brasas calientes que había al borde de la hoguera y echó un puñado de agujas de pino. Dijo que se suponía que el té era nutritivo, y que algo caliente para beber les reconfortaría.

Bailey estaba tan alterada que casi no podía quedarse quieta. Hacía media hora, la idea de una bebida caliente la habría entusiasmado, pero ahora no podía dejar de pensar en la noche que se aproximaba. Automáticamente abrió una piña como él le había enseñado, y buscó las pequeñas semillas negras; no había ni una. En la primera piña había encontrado diez o doce, pero eran demasiado pequeñas para llenar el estómago. Al menos, lo bueno era que había muchas piñas. Tardaron bastante tiempo en tostarlas y recoger los piñones, pero tampoco tenían compromisos urgentes como para andar con prisas.

Finalmente recogieron suficientes piñones para sentirse como si hubieran comido en realidad algo consistente.

Para su sorpresa, a pesar de haber ingerido sólo un puñado, estaba asombrosamente harta. Debían estar más tostados, así que el sabor no era muy agradable, pero no le importó; por lo menos habían metido algo en el estómago. No habían llegado todavía a la etapa de comer larvas, pero por primera vez sabía lo que era tener tanta hambre como para que los gusanos no estuvieran totalmente descartados. Cuando la nieve que había en la caja del botiquín se derritió, Cam echó más hasta obtener el líquido equivalente a una taza para cada uno. Ella observó cómo el agua adquiría un tono verde pálido a medida que las agujas de pino se maceraban.

—¿Enseñan estas cosas en los boy-scouts? —preguntó ella al fin, sólo para romper el silencio—. ¿Cuánto tiempo estuviste con ellos?

—Todo el tiempo, desde cachorro hasta águila. Era divertido, y esa experiencia me resultó útil cuando tuve que estudiar técnicas de huida y evasión en caso de que mi avión fuera derribado.

—¿Derribado? Creía que pilotabas un avión cisterna.

—Sí. Eso no significa que un caza enemigo no pudiera mandarme un misil si se le presentaba la oportunidad. Piensa en ello. Si liquidas un avión cisterna habrá muchos cazas que no podrán repostar en el aire. Por eso un supertanque nunca vuela solo.

Sintió náuseas sólo de imaginar un misil haciendo impacto en un avión cisterna. ¿Qué posibilidades había de que sobreviviera alguien a una explosión y un incendio de esa magnitud?

También se había imaginado que pilotar un supertanque era uno de los oficios más seguros para un piloto. Ahora lo veía como estar sentado sobre una enorme lata de gasolina, con idiotas tirándole cerillas. ¿Cómo soportaban las esposas de los militares el estrés? ¿Y qué clase de cabeza de chorlito era exactamente la ex esposa de Cam que no pudo soportar que abandonara la vida militar?

Ignorando adónde la habían conducido sus pensamientos, él metió el dedo en aquel improvisado té y lo retiró rápidamente.

—Creo que esto ya está bien caliente —dijo. Ella le pasó la tapa del bote de desodorante y él la sumergió con rapidez en el líquido que humeaba ligeramente, la llenó hasta la mitad y se la volvió a entregar con cuidado.

Bailey tomó un sorbo con mucha cautela. Esperaba que la infusión supiera a algo verde con aroma de pino, ligeramente amargo. No le importó. Un calor estupendo, maravilloso, se extendió por sus entrañas a medida que tragaba y cerró los ojos llena de felicidad.

—Ah, Dios mío, esto sienta bien —gimió. Tomó otro sorbo y después le tendió la taza a él—. Pruébalo.

—Ya me doy cuenta de que has dicho «sienta bien», no que sabe bien —dijo él mientras cogía la taza y bebía. La misma expresión de placer que ella se imaginaba que había mostrado apareció en el rostro de Cam. Colocó los dedos en torno al plástico caliente y suspiró—. Has acertado.

Volvió a llenarla y compartieron de nuevo la taza.

—Por los boy-scouts —dijo ella, levantando un poco la taza en un pequeño brindis antes de pasársela a él.

Entraron en calor más rápido que en los últimos cuatro días, manteniendo también a raya momentáneamente el hambre, y se quedaron sentados mirando el sol del ocaso. Bailey se dio cuenta de que nada de esto le resultaba sorprendente. Se había aclimatado, no sólo a la altura sino a él. La televisión, las compras, analizar las tendencias del mercado de valores en su ordenador..., todo aquello parecía pertenecer a otro mundo, a otra vida. La vida se había reducido rápidamente a las necesidades básicas: comida y refugio.

—Me atrevería a decir que puedo acostumbrarme a esto —comentó—, pero estaría mintiendo.

Una sonrisa apareció en los labios de Cam.

—¿No crees que puedas convertirte en alguien que disfruta con la naturaleza?

—Está bien en pequeñas dosis, como hacer rafting durante las vacaciones. Pero quiero comida en abundancia, una tienda, un saco de dormir. Quiero un medio de transporte para salir cuando me canso de ello. Este asunto de la supervivencia es para los pájaros.

—Resultaba divertido cuando era niño, pero no estaba helándome de frío, no tenía una conmoción y nadie hacía prácticas de costura en mi cabeza... sin anestesia.

Ella le lanzó una mirada rápida.

—No te quejaste —señaló.

—Eso no significa que sea algo que yo recomiende a nadie.

La venda que tenía enrollada en la cabeza estaba sucia, pero con suerte eso significaba que había evitado que la suciedad llegara a la herida. No había tenido fiebre, lo que parecía ser un síntoma de que no había infección. En conjunto, se sentía orgullosa del trabajo que había hecho cuidándolo.

Él levantó la mano y se tocó la venda.

—¿Crees que podría prescindir de esto ahora?

Ella se encogió de hombros.

—Te mantiene caliente la cabeza.

—También me está molestando enormemente. Puedo atar otra cosa en torno a mi cabeza. De momento serviría una venda más pequeña.

Ella aceptó, y le quitó la venda y las gasas que cubrían la herida. Ya había desaparecido la inflamación, y aunque lucía un cardenal enorme en la frente y la herida suturada recordaba al monstruo de Frankenstein, parecía estar cicatrizando bastante bien. Sacó una de las toallitas de aloe del paquete y fue limpiando cuidadosamente la herida, tratando de quitar algo de la sangre seca. Él soportó su ayuda un minuto más o menos.

—Dame eso —dijo por fin con un gruñido de impaciencia, quitándole la toallita y frotándola vigorosamente a través del pelo.

—Pica, ¿eh?

—Como un demonio.

La toallita salió manchada de color óxido por la sangre que se había secado en su pelo: la mayor parte la había limpiado con el colutorio bucal que le había echado en la cabeza, pero, obviamente, no toda. Usó otra toallita para quitar el resto, lo que significaba que cuando terminó tenía la cabeza húmeda, por lo que tuvo que usar una camisa de franela para secarse el pelo antes de que se congelara. Bailey le alcanzó los productos de primeros auxilios, pero él negó con la cabeza.

—Deja eso hasta mañana. Estará bien esta noche.

Cuando terminaron la infusión de agujas de pino, él usó un palo para sacar la caja de las brasas. A ella la asaltó otra idea. Cogió otra camisa y envolvió con ella rápidamente la caja.

—La gente solía calentar ladrillos y envolverlos en tela que luego ponía entre las sábanas para calentar la cama —dijo mientras se arrastraba dentro del refugio con su calentador de cama rudimentario. Habían tirado toda la ropa que usaban como manta en el refugio y ella arregló rápidamente todo en capas, que funcionaban mejor para mantenerlos calientes; después puso el calentador improvisado en medio.

Había estado durmiendo con las botas puestas, pero ahora se las quitó, y suspiró con alivio mientras flexionaba los pies y los tobillos; después deslizó los pies bajo la caja. El calor empezó a filtrarse inmediatamente a través de los dos pares de calcetines que llevaba puestos.

Cam entró detrás de ella. Viendo lo que había hecho se rió y empezó a desabrocharse los chanclos de cuero, quitándoselos al mismo tiempo que los zapatos. Su hombro tropezó con el de ella al sentarse; se apoyó en la roca que tenían a la espalda, con los pies juntos.

A ella se le aceleró el corazón. Su conversación había sido banal, pero bajo la tranquila apariencia era consciente del constante chisporroteo del deseo. Cuando sus dedos se rozaban al pasarse la taza, o cuando ella tocó su cara al quitarle la venda, se había estremecido por la necesidad de tener más. Había querido que entrelazaran sus dedos, apoyar la mano en su mejilla rasposa por la incipiente barba y sentir la fuerza del hueso bajo la piel. Quería sentir sus brazos rodeándola, estrechándola fuertemente contra él, como lo había hecho durante las últimas noches.

Había pasado la vida sin sentirse nunca completamente segura y no se había dado cuenta hasta que durmió en sus brazos. No tenía lógica semejante atracción por él, porque jamás se había encontrado en una situación tan peligrosa, pero allí estaba. Encajaba con él, como dos piezas de un puzle unidas.

—Deberíamos dormir un poco —dijo Cam, observando fijamente cada expresión de ella—. Hemos tenido un día agotador.

El sol se había puesto y la oscuridad total estaba persiguiendo rápidamente al crepúsculo. «Pronto», pensó ella mientras se tumbaba y se acurrucaba bajo su manta. Él se puso los zapatos para salir a echar leña al fuego, después volvió a acostarse junto a ella. Enrolló su pesado brazo en torno a su cintura y la atrajo hacia él, dándole la vuelta de forma que la cabeza de ella quedara apoyada contra su garganta. Olía a aloe, a madera, a humo… y a hombre.

Puso la mano bajo todas las camisas que llevaba puestas y le acarició los pechos frotando con la parte áspera del pulgar su pezón, lo que provocó en él una erección hormigueante. Ella inhaló bruscamente. Había planeado permanecer tranquila, pero la tranquilidad estaba más allá de su capacidad. Su corazón latía tan fuerte que casi no podía respirar. Aquello no debería importarle tanto. Él no debería importarle tanto. Desgraciadamente, lo que debería o no debería ser no coincidía con la realidad.

La besó, apoyando suavemente su boca sobre la de ella. Estaba tan tensa que por un momento no pudo relajarse, no pudo responder. Justo cuando estaba empezando a abandonarse a él, a devolver la presión de su boca, él deslizó los labios hacia su sien.

—Buenas noches.

¿Buenas noches?

¡Buenas noches! Se quedó rígida de incredulidad. Había llegado a un frenesí de preocupación y expectación, ¿y él quería dormir?

—¡No! —protestó, con furia en la voz.

—Sí. —La besó de nuevo, con la mano aún apoyada sobre su seno—. Tú estás cansada y yo también. Duérmete.

—¿Quién demonios te has creído que eres? —preguntó ella furiosa. Ah, estupendo; se rebajaba a hacer sarcasmos de adolescente. Aquélla era la segunda vez en un día que había perdido la compostura, algo significativo en ella, que nunca dejaba que la confusión alterara la lisa superficie de su vida. Siempre había tenido mucho cuidado de no permitir que nadie le importara tanto; por esa misma razón...

Se quedó muy quieta hasta que renunció a seguir eludiendo la situación, porque, de todas formas, tampoco estaba funcionando. Podía racionalizar y dar todos los rodeos que quisiera, pero estaba perdiendo tiempo y esfuerzos. ¿Podía haberse enamorado de él en sólo cuatro días? Como él había señalado, el tiempo que habían estado juntos era el equivalente a diecinueve o veinte citas. Desde el punto de vista de la lógica, tenía razón.

Eso era amor. Así que esta dolorosa, vertiginosa, triste, gozosa, confusa explosión de emoción que no respondía a la razón era de lo que la gente hablaba. Era como estar borracha sin los efectos depresivos que hacían más lento el pensamiento y las funciones vitales. Era sentirse impotente y acelerada al mismo tiempo, como si su piel le quedara demasiado ajustada a su cuerpo.

Él no respondió a su sarcasmo. Se limitó a besarla en la frente, como si comprendiera la confusión que la embargaba. Bueno, ¿por qué no iba a entenderla? Él había estado enamorado antes. Tenía experiencia. Tal vez con suficiente experiencia no se encontraría actuando como una tonta, pero esperaba con toda su alma no sentirse así de nuevo. Una vez era suficiente. Si esto no funcionaba, se metería en un convento o quizá se trasladaría a Florida, donde estaría rodeada de gente lo suficientemente vieja para ser sus padres y no se vería tentada de nuevo.

Le quitó la mano del pecho de un manotazo y la apartó a un lado.

—Si no vamos a tener sexo, entonces quítame las manos de encima. —Darse cuenta de que probablemente estaba enamorada de él sólo servía para enfurecerla más. Y también darse cuenta de que estaba al borde de una rabieta era humillante. No iba a suplicar sexo. Y por todos los demonios que no lo iba a dejar, aunque le suplicara sexo. Quería darle una patada, agarrarle el pene y retorcérselo. Así aprendería. En vez de Charlie Diversión, tendría que cambiarle el nombre y llamarlo Charlie Sacacorchos.

Pudo sentir que él se agitaba, pudo sentir su respiración desigual. El muy maldito estaba riéndose, aunque tenía el buen sentido de tratar de ocultarlo.

Bailey se apartó de él con furia renovada, porque no podía ni siquiera moverse para no tocarlo. Tenían que tocarse; tenían que estar pegados, tenían que compartir su calor.

Sólo para demostrarle lo poco que él le importaba, iba a quedarse dormida. Y esperaba roncar.

La tentación la corroía. Quería matarlo. Quería destrozarlo. Ah, demonios, tenía que ser amor.

Prefería tener la peste. Al menos tendría posibilidades de curarse.

Tardó más de media hora en tranquilizarse, media hora durante la cual pudo notar que él estaba despierto y atento, compenetrado con cada respiración suya. ¿Cómo se atrevía a estar preocupado por ella? Si verdaderamente estuviera tan preocupado, le habría dado lo que quería.

Fue una prueba para su fuerza de voluntad lograr dormirse.

Capítulo 30

Bailey despertó suavemente con el placer de su mano dura y cálida moviéndose de un pecho a otro, masajeando y acariciando. No tuvo sensación de desorientación; se dio cuenta inmediatamente; sabía quién la sostenía tan firmemente. Estiraba y pellizcaba delicadamente sus pezones con mano lenta y segura, mientras los endurecía y se ponían tensos. El placer se arremolinaba desde sus senos en ondas perezosas y se derramaba por todo su ser, empezando a evocar el calor y la plenitud del deseo.

Flotaba adormecida entre el placer y el sueño. Si quería más, todo lo que tenía que hacer era apretarse contra la erección que notaba a su espalda. Todo lo que necesitaba era una simple invitación…

Abrió los ojos de repente cuando el recuerdo la inundó.

—¡Aparta esa maldita cosa de mí! —le dijo con dureza, y se alejó bruscamente tratando de liberarse tanto de las pesadas capas de ropa como de su brazo. Si creía que podía cambiar constantemente de opinión y que ella iba a bailar a su son, entonces su percepción era completamente errónea.

Él se dejó caer de espaldas riéndose tanto que ella creyó que iba a ahogarse. Pensó en ayudarlo a ahogarse. Finalmente se las arregló para darse la vuelta y quedar acostada sobre el vientre y levantarse apoyándose sobre los codos. Lo miró ferozmente a través del cabello que caía por su cara. Debía de venir de alimentar el fuego, aunque ella no se había despertado cuando había salido del refugio. La luz de la hoguera estaba destellando con fuerza, reflejándose en la roca que había detrás de él y arrojando suficiente luz al interior del refugio como para que ella pudiera verlo bastante bien mientras se agarraba el estómago y estallaba en carcajadas. Fulminándolo con la mirada, esperó a que se diera cuenta de que aquello no le hacía ninguna gracia.

—No puedo quitármelo y meterlo en el bolsillo cuando no lo uso —pudo decir por fin, secándose las lágrimas de los ojos.

—No me importa donde lo pongas —dijo ella rotundamente—. Sólo deja de empujarme con él.

—Te preguntaría si estás de mejor humor que cuando te quedaste dormida, pero a primera vista diría que no. —Todavía estaba sonriendo cuando se acostó de nuevo a su lado, colocando uno de sus musculosos brazos bajo la cabeza y estirando el otro para agarrarla por la cintura y arrastrarla otra vez a su sitio. Ella se puso tensa, malhumorada con la situación, pero consciente que tenían que dormir en esa postura. La otra opción era acostarse cara a cara, abrazados, lo que no estaba dispuesta a hacer, o tenerlo ella en su regazo, cosa que tampoco quería. Cam pegó sus muslos a los de ella, que apoyó los hombros en su pecho, y su calor la rodeó una vez más... Y el bulto de debajo de sus pantalones se apretó contra su trasero, justo como antes.

Le apartó un mechón de pelo de la cara y ella trató de alejar la cabeza con irritación ante aquel roce.

—He estado tratando de despertarte durante media hora —murmuró él.

—No sé para qué. Querías que durmiera, y estaba durmiendo. Déjame en paz.

Apretó su brazo en torno a ella.

—Estaba tratando de ser considerado. Estabas tan nerviosa que no lo hubieras disfrutado —explicó.

Ella apretó los labios.

—¿Y cómo lo sabes? No me diste la oportunidad.

—No tenía sentido aprovechar la oportunidad. A medida que ha transcurrido la tarde te has ido poniendo cada vez más tensa. No sé qué ha sido lo que te ha molestado, pero podía esperar hasta que estuvieras preparada para hablar de ello o hasta que lo solucionaras tú sola.

—Deja de intentar ser tan comprensivo —replicó Bailey malhumorada—. No te pega. —Pero no lo apartó cuando él la arrimó más.

—¿Entonces estás lista para hablar del asunto?

—No.

—¿Te has reconciliado con ello, sea lo que sea?

—¡No! Déjame en paz, ya te lo he dicho. Quiero dormir. —No tenía nada de sueño ahora, pero él no tenía por qué saberlo.

Le apartó el pelo y le frotó su cara contra la nuca; sus labios y su aliento le quemaban la piel.

—Sé que esto de confiar en alguien no es fácil para ti —murmuró; el movimiento de sus labios era la caricia más suave y ligera—. Te gusta estar sola.

No, no le gustaba estaba más cómoda sola. Había una diferencia.

—Es arriesgado querer a alguien —continuó con ese tono suave, poco más que un susurro. Su voz la tranquilizaba como si fuera whisky añejo—. Y a ti no te gusta arriesgarte. Has mantenido a la gente a distancia porque sabes que eres una buenaza, y la mejor forma de protegerte es no permitiendo que nadie se te acerque.

Sintió un pequeño escalofrío, que dejó detrás una estela de pánico.

—Yo no soy una buenaza. —Actuaba de forma tranquila y distante porque era una persona tranquila y distante. No lloraba porque no era llorona. Definitivamente no era una buenaza.

—Eres una buenaza —repitió él—. ¿Crees que no me acuerdo de que me hablabas, después del accidente, cuando todavía pensabas que yo era un amargado envarado? Tu voz era tan delicada como si estuvieras hablando a un bebé. Me diste palmaditas.

—No lo hice.

¿Lo había hecho?

—Sí lo hiciste.

Quizá sí.

—No me acuerdo —gruñó ella—. Pero si lo hice fue porque estaba agradecida.

—Y una mierda. Por agradecimiento me habrías sacado del avión. No hubieras arriesgado tu vida tratando de cuidarme. No me habrías dado tu prenda de vestir más abrigada cuando te estabas congelando y obviamente la necesitabas.

Ella resopló.

—Me tomo en serio la gratitud.

—Ja, ja. Creo que eres un auténtico merengue. —Volvió a la carga deslizando la mano por el brazo de ella y en torno a su cintura para meterla bajo las camisas y apoyarla en su vientre. La ligera aspereza de las yemas de sus dedos raspó su suave piel cuando empezó a hacer círculos con ellos—. Pero a mí me gustan los merengues. Me gusta cómo saben, su tacto. —Los labios de él pasaron de su nuca al punto donde empieza la curva del hombro, y cerró delicadamente los dientes sobre ese músculo, mordiendo con extrema suavidad.

Todo el cuerpo de Bailey se puso tenso. La oleada de deseo fue tan repentina e intensa que su cabeza cayó hacia atrás y su columna se arqueó.

—Me gusta saborear un merengue. —Su lengua le produjo un ligero cosquilleo, después mordisqueó el músculo de nuevo con los dientes mientras su mano subía a sus senos y repetía la acción con sus pezones.

De repente, su corazón empezó a latir alocadamente y su respiración se volvió entrecortada y jadeante mientras entre las piernas comenzó un profundo latido. Nunca antes se había excitado tan rápida e intensamente, pero su cuerpo estaba acostumbrado ya a su contacto. Ésta era la cuarta noche que dormía en sus brazos. La había besado, la había tocado. Su cuerpo estaba preparado mucho tiempo antes de que su mente se diera cuenta.

En una larga caricia, él deslizó la mano hasta su vientre de nuevo y metió los dedos bajo la cinturilla elástica de su chándal. El calor de su piel quemó el frío de su nalga cuando su mano se movió hacia abajo y después hacia arriba. Cuando volvió a hacer el movimiento, sintió el tirón en sus pantalones, y se dió cuenta de que tiraba de ellos para desnudarla.

Se encontraba tan tensa que temblaba, pero era una tensión muy diferente a la que había sufrido antes. Aunque estaba todavía completamente vestida excepto las nalgas, y aún cubierta con sus capas protectoras, aquella parte de ella se sentía angustiosamente desnuda, con los pliegues húmedos entre sus piernas, expuestos y vulnerables.

Él fue directo allí, a su corazón. Sus dedos delgados y duros cavaron en los pliegues, la encontraron, la abrieron.

—También me gustan los melocotones —susurró mientras metía dos dedos profundamente en ella—. Jugosos y tibios por el sol. Levanta un poco las piernas, cariño. ¡Qué rico!

Jugaba con ella, el suave movimiento de su mano pasaba sobre terminaciones nerviosas exquisitamente sensibles, haciéndolas dolorosamente vivas. Ella ahogó un gemido mientras la mano seguía y seguía, enloqueciéndola y complaciéndola a la vez. Entonces sus dedos abandonaron su cuerpo, dejándola jadeando, temblando, anhelante. Se quedó quieta, paralizada por el deseo. Cerró los ojos con fuerza mientras oía que se bajaba la cremallera, un ligero ruido cuando abrió un condón y se lo puso, después corrigió un poco su posición y se apretó contra ella.

Su respiración se agitó, atrapada en un sufrimiento de suspenso mientras esperaba. Levantó la mano para tocar su cara y, deslizársela por la nuca.

Lentamente, muy lentamente, él empujó... sólo un poco, después retrocedió. La carne de ella sólo había empezado a ceder, a abrirse a él. Esperó y él volvió, con un placentero movimiento balanceante que aplicaba sólo la presión suficiente para empezar a entrar antes de retirarse de nuevo.

—Cam... —Susurró su nombre, el sonido flotó en la oscuridad. El aire era frío, pero en el refugio estaban cómodos, abrazados, el calor ardía entre ellos en los lugares donde su carne desnuda se tocaba. Ella decía su nombre, sólo su nombre, y no necesitaban nada más.

Él vino a ella de nuevo. Con la palma de la mano plana sobre su vientre, la sujetaba, la sostenía mientras aplicaba presión y la agarraba firmemente. Ella sintió que su carne empezaba a humedecerse, a abrirse. El impulso de empujar hacia atrás, de acelerar el proceso, era casi irresistible, pero lo que él estaba haciendo era demasiado delicioso para privarse de ello. Oyó un quejido. Supo que era de él, que, sin embargo, se mantenía firme.

Nunca había sido tan agudamente consciente de su propio cuerpo, ni de la ardiente realidad del acto sexual. La gruesa cabeza bulbosa de su pene apretaba sencillamente, exigiendo entrar, y su cuerpo cedía con lentitud a la exigencia hasta que repentinamente la entrega fue completa y se estiró en torno a él cuando la punta se hundió en ella.

No penetró más, sino que se mantuvo ahí mientras ella temblaba, acostumbrándose al volumen caliente del intruso. Quedó sorprendida por la intensidad de la sensación, que casi le resultó dolorosa. Había pasado mucho tiempo desde la última vez y esperaba sentirse algo incómoda, pero no aquella conmoción, aquella sensación arrolladora.

Con el mismo movimiento lento y angustiosamente gradual, salió de ella. Su carne soltó la de él con tanta reticencia como la había aceptado; sus músculos internos se contrajeron, tratando de sujetarlo. La respiración de él silbó, mientras se arrastraba hacia fuera.

—¿Qué haces? —protestó ella.

—Jugar —dijo él; la palabra salió áspera, casi gutural. Una vez más sus caderas empujaron, la carne de ella se abrió y él alojó su glande en su interior antes de retirarse. Una y otra vez ella aceptó esa penetración superficial hasta que él se deslizó fácilmente dentro y fuera de ella, hasta que su cuerpo estuvo ardiendo, y su mente tan nublada que no era consciente de nada más que de él, no quería nada más que a él. Confusamente se dio cuenta de que él también estaba temblando por el esfuerzo que estaba haciendo para controlarse, de que su respiración era entrecortada y de su garganta salían desgarrados sonidos, bajos y ásperos, cada vez que hundía el pene en su cuerpo. Se alegró de que él también estuviera sufriendo. Ella quería alcanzar el orgasmo, lo necesitaba desesperadamente, pero la postura en la que estaban se lo impedía. Deseaba poner las piernas alrededor de él. Si ella no podía tener lo que quería, era justo que él tampoco lo tuviera.

No supo cuánto tiempo pasó antes de que, de repente, su «juego» alcanzara una intensidad mayor de la que los dos podían soportar. Él salió de ella de un tirón y la hizo girar para que se quedara frente a él, tirando violentamente de sus pantalones en un esfuerzo por quitárselos. Ella trató de ayudar pateando y retorciéndose, intentando bajárselos, y se las arregló para sacar una pierna antes de que él estuviera encima, empujando sus piernas entre las de ella y abriéndolas completamente antes de avanzar a fondo hacia su interior.

Bailey enganchó sus piernas en torno a las de él, le aferró el trasero con las manos lo atrajo hacia ella tan fuerte como pudo, y alcanzó el éxtasis en ese primer golpe, con la espalda arqueada y profiriendo gritos animales. Cam la embistió durante todo el orgasmo y su cuerpo estaba empezando a relajarse cuando él comenzó a sacudirse con su clímax.

Ella sintió casi como si se hubieran estrellado de nuevo.

Quedó a la deriva, despertando a la consciencia antes de hundirse de nuevo. Su corazón martilleaba con un eco extraño que gradualmente reconoció como el galope del latido de él. El pecho de Cam subía y bajaba como un fuelle cuando tragaba aire. El calor subía en oleadas de sus cuerpos, y aunque estaba medio desnuda y destapada en gran parte, no tenía frío. Pensó que tal vez no volviera a tener frío nunca.

—Santo cielo —dijo él finalmente, con voz agotada.

Bailey aleteó con la mano flácida durante un momento antes de palmearle el hombro.

Con esfuerzo, él consiguió separarse de ella y se dejó caer a su lado, tiró de algunas de las prendas que habían apartado hasta que pudo arrastrar una o dos sobre sus cuerpos.

—No te duermas —advirtió él, aunque su voz sonaba como si estuviera medio dormido—. Tenemos que arreglar esto... Tienes que vestirte..., tengo que revisar el fuego... —Su voz se apagó. Transcurrido un minuto soltó una palabrota y se sentó—. Y si no lo hago ahora mismo, me quedaré dormido yo.

Se quitó el condón y se limpió, después empleó unos segundos en ponerse la ropa, arreglarse y subirse la cremallera antes de salir a ver el fuego.

Lo bueno de los condones, pensó Bailey medio dormida, es que ella no tenía que limpiarse. Lo único que tenía que hacer era dormir.

Le pasó por encima una oleada de aire helado y refunfuñó. Adiós a aquello de no volver a sentir frío nunca más. Se sentó y logró desenredar los pantalones de la pierna, ponérselos y subírselos, y empezó a poner orden en el completo caos de sus prendas. Cam volvió a entrar en el refugio, bloqueando momentáneamente con sus anchos hombros el resplandor de la hoguera. La ayudó a colocarse, después se acostó junto a ella y arregló la última capa de ropa sobre ellos antes de caer de espaldas y acercarla a su costado.

Bailey apoyó la cabeza en su hombro de una forma tan natural como si hubieran dormido juntos durante años.

Se sentía un poco aturdida… No, bastante aturdida. Y relajada. Y saciada. Quizá un poco dolorida. Pero, sobre todo, sentía que encajaban de una forma aterradoramente perfecta.

Capítulo 31

Logan Tillman, el hermano de Bailey, apareció en las oficinas de J&L la mañana del quinto día. Bret supo quién era inmediatamente, antes incluso de que se presentara. Bailey y él no se parecían mucho. Logan era más alto, tenía el pelo más oscuro, los ojos más azules. Pero había algo en su expresión, cierta reserva, que hacía ver en ellos una semejanza. Además de eso, su rostro estaba demacrado por el dolor, al igual que el de la mujer alta y pecosa que estaba a su lado.

—Soy el hermano de Bailey, Logan Tillman —dijo cuando se presentó ante Karen—. Ésta es mi esposa, Peaches. Yo..., nosotros no podíamos quedarnos en Denver sin contacto, sin noticias. Es mejor estar aquí. ¿Sabemos algo nuevo?

Bret salió de su oficina para estrecharles la mano.

—No, nada. Lo siento. —Estaba tan demacrado como ellos; desde que Cam había desaparecido, sólo había dormido de forma intermitente. A pesar de eso, había empezado a volar de nuevo, porque el negocio tenía que continuar.

Financieramente estaba cayendo en picado, algo con lo que nunca había contado cuando él y Cam formaron su sociedad. Habían actuado con inteligencia, habían contratado seguros que cubrieran los aviones y a ellos dos, de forma que el negocio continuara si les ocurría cualquier cosa; pero no habían pensado en la inclinación natural de las compañías de seguros a retrasar el pago del dinero.

Aunque el avión de Cam había desaparecido del radar sobre un terreno extremadamente accidentado —lo que significaba que se había estrellado—, como no se habían encontrado los restos del aparato ni se había recuperado el cadáver del piloto, por lo que respecta a la compañía de seguros todavía estaba vivo hasta que se encontraran sus restos o un tribunal lo declarara muerto. La dura realidad era que a Bret le faltaban un avión y un piloto, y por lo tanto tenía menos ingresos. Por la noche no hacía más que dar vueltas preocupado por las deudas que no podía pagar. No podía creer que hubieran sido..., que él hubiera sido tan miope. Tendría que contratar a otro piloto, por supuesto, pero encontrar uno que reuniera las cualidades de Cam llevaría tiempo.

Se dio cuenta de que Karen estaba lanzándole una de sus miradas de soslayo, que prometía una penitencia si no hacía lo que ella quería. Respiró cansinamente. Ella estaba esperando que le contara al hermano de Bailey lo que habían averiguado sobre el combustible.

Tenía razón: Logan debía saberlo. Bret no quería ser el encargado de decírselo, pero no tenía elección.

—Vamos a mi oficina —dijo resoplando—. ¿Quieren un café?

Peaches lanzó una mirada a su marido, como sopesando si necesitaba o no una dosis de cafeína.

—Sí, por favor —dijo, y cogió de la mano a Logan. Él le apretó la mano como respuesta y logró un esbozo de sonrisa.

Bret los llevó a su oficina, y les ofreció dos sillas para que se sentaran.

—¿Cómo quieren el café?

—Uno con leche y el otro solo —contestó Peaches. Su voz era como la de Campanilla, suave y rápida. Bret había hablado mucho con Bailey cuando la llevaba de viaje y recordaba cuánto le gustaba su cuñada. Logan parecía ser el único miembro de su familia con el que mantenía contacto; era el único que ella había mencionado alguna vez.

Su dolor era tan intenso que un velo de sufrimiento parecía cubrirlos. Tenía que salir de allí.

—Voy a buscar el café —dijo y salió rápidamente de su oficina. Fuera se encontró con que Karen ya estaba preparando el café, porque, por supuesto, había estado escuchando. Ella le lanzó una mirada rápida y penetrante, leyendo su expresión.

—Aguántate, jefe —dijo, lanzándole una mirada irónica. Nada de compasión, pero cualquiera que esperara compasión de Karen Kaminski estaba muy equivocado. Se fijó en que se había vuelto a teñir el pelo; antes habían sido unas cuantas llamativas mechas negras en el pelo rojo, pero ahora su cabello era más negro que pelirrojo. Se preguntó si ésa era su manera de llevar luto.

Había encontrado una bandeja en alguna parte y colocado tres tazas en ella, unas tarrinas individuales de leche condensada y cucharillas, y después había echado el café. Bret cogió la bandeja en silencio y la llevó a su oficina, donde la puso sobre el escritorio.

Logan se inclinó hacia delante, cogió una taza de café solo y se la dio a su mujer. Bret miraba mientras echaba la leche condensada en su café y recordó que Bailey también lo tomaba así. El recuerdo le resultó inesperadamente vívido y doloroso.

Cien veces al día dudaba que el accidente había tenido lugar y sentía el impulso de levantarse e ir a decir algo a Cam, pero eso no era sorprendente, puesto que habían sido amigos y después socios durante mucho tiempo. Aunque sus encuentros con Bailey habían sido casuales y esporádicos, ella le gustaba. Cuando estaba relajada era divertida y sarcástica, y no parecía tan seria.

A Cam ella no le gustaba nada, y el sentimiento era mutuo. Pensándolo bien, era irónico que hubieran muerto juntos.

Bret agarró su taza y se quedó de pie dándoles la espalda, mirando por la ventana mientras luchaba por controlar su expresión.

—Hay una discrepancia en los registros del combustible —dijo finalmente, con un tono bajo e inexpresivo.

Detrás de él hubo un silencio.

—¿Qué quiere usted decir? —preguntó Logan con cautela—. ¿Qué clase de discrepancia?

—El avión no tenía suficiente combustible. Repostó menos de la mitad de lo que se necesitaba para llegar a Salt Lake City, donde tenían programado repostar de nuevo.

—¿Qué clase de piloto despegaría sin suficiente combustible? ¿Y por qué no aterrizó en algún lugar para repostar?

Logan parecía enfadado y Bret sabía cómo se sentía. Dio la vuelta y se enfrentó al hermano de Bailey.

—Contestando a su primera pregunta —dijo lentamente—, un piloto que creyera que tenía suficiente porque el indicador de combustible así lo señalaba. Y eso responde también a su segunda cuestión.

—¿Y por qué no lo sabía? ¿Está diciendo que el indicador de su avión estaba mal? ¿Cómo puede saberlo si no se han encontrado los restos del aparato?

Logan era agudo, Bret tenía que concederle eso. Había captado rápidamente de qué estaba hablando, haciendo todas las preguntas correctas.

—Los depósitos del avión estaban casi vacíos cuando aterrizó el día anterior. Pero cuando repostó esa mañana sólo se cargaron ciento cincuenta litros, que es menos de la mitad de lo que cabe en una sola ala del avión.

—Entonces el tipo que puso el combustible cometió un error, pero eso no explica por qué piensa usted que el indicador de combustible estaba averiado. —Logan empezaba a enfurecerse; estaba claro por la impaciencia creciente de su voz.

—Yo no he dicho que el indicador estuviera averiado —señaló Bret con tanta cautela como Logan un momento antes—. No creo que lo estuviera.

—¿Entonces?

Continuó escogiendo todavía cautelosamente las palabras:

—Hay formas de hacer que el indicador de la gasolina marque que está lleno cuando en realidad no lo está.

Un nuevo silencio se extendió entre ellos. Logan y Peaches se miraron; después fruncieron el entrecejo.

—Cuando hablamos por teléfono le conté lo que Tamzin había dicho y usted lo echó por tierra. ¿Está diciendo ahora que es probable que haya habido sabotaje? —preguntó Logan.

—No lo sé. Hasta que se encuentre el lugar del accidente todo son conjeturas. —Se frotó con aire cansado las sienes—. Pero no hay otra explicación. Cam era el piloto más meticuloso que he conocido. Revisaba mil veces los aparatos; no daba nada por supuesto cuando se trataba de volar. No es posible que no se haya dado cuenta si el indicador de combustible señalaba que los depósitos estaban casi vacíos.

—¿Sería muy difícil manipular el indicador?

—No es difícil —admitió Bret—. En realidad no se manipula el indicador, sino los depósitos. Hay una forma de que parezcan llenos cuando en realidad no lo están.

—¿Han informado a las autoridades de esto? —ladró Logan—. ¿Y de lo que dijo Tamzin?

Bret asintió.

—Sin pruebas, sin encontrar los restos del avión, no se puede hacer nada.

— Sin duda, habrá cámaras de videovigilancia y conservaran las grabaciones. Esto es un aeropuerto, ¡por el amor de Dios!

—Un aeropuerto muy pequeño, sin vuelos comerciales. Pero sí, hay cintas grabadas de videovigilancia.

—¿Y?

—Y la empresa encargada de la seguridad no las soltará sin una orden judicial. El investigador del NTSB, MaGuire, está presionando para conseguirlas, pero todavía no se las han dado.

—¿Por qué demonios no quieren cooperar? —Pálido y agitado, Logan se puso de pie y empezó a recorrer la habitación.

—Por miedo a un juicio, con toda probabilidad. Podría tratarse simplemente de su política de empresa, y algunas personas se atienen a ella.

—Pero después de lo que dijo Tamzin, ¿la policía no ha interrogado a Seth Wingate?

—¿Alguien más oyó a Tamzin decirle eso? —preguntó Bret con toda intención—. A decir verdad, no se caracteriza por ser una persona equilibrada. Y Seth es un Wingate; no ha hecho nada en la vida, pero aun así es un Wingate, y ese nombre tiene mucho peso.

—Bailey también tenía ese nombre —dijo Logan con la voz quebrada, y volvió la espalda para ocultar su emoción. Con lágrimas brillándole en los ojos, Peaches se levantó, se dirigió hacia él y apoyó la cabeza en su espalda. Sólo eso, pero él se calmó y la rodeó con el brazo.

Bret guardó silencio, sin atreverse a explicar que Bailey no era precisamente la persona más popular entre la familia. Los círculos sociales en los que se movían los Wingate la habían rechazado después de la muerte de su esposo. La consideraban una arribista que se había aprovechado de un hombre enfermo y maduro que había perdido a su esposa y que poco después había descubierto que también él se estaba muriendo. Después de su muerte, Bailey se había quedado a vivir en la casa que por derecho debería pertenecer a sus hijos y controlaba la gran fortuna de los Wingate. Pero no iba a decirle nada de eso a su atribulado hermano.

—Entonces no se puede hacer nada.

—En este momento no. Sin embargo, cuando se encuentren los restos, si hay evidencia de sabotaje la situación cambiaría.

—Si se encuentran los restos.

—Se encontrarán —dijo Bret con confianza—. Tarde o temprano.

Tarde o temprano, eso era lo malo. Podía significar dentro de dos días, dos años o el próximo siglo. Mientras tanto, era posible que alguien saliera impune después de cometer un asesinato.

***

—No puedo soportarlo —dijo Logan esa noche mientras recorría a grandes zancadas la habitación del hotel. Había caminado mucho desde que recibió la noticia de que el avión en el que iba Bailey había desaparecido—. Los registros del combustible por sí solos deberían ser suficientes para convencer a un juez de que algo raro sucedió.

Peaches estaba acurrucada en la cama; dejaba ver su blanca piel salpicada de pecas. Ninguno de los dos había dormido ni comido mucho en los últimos días. Lo peor era aquella incertidumbre. Lo único que parecían tener claro era que Bailey estaba muerta. Resultaba especialmente cruel aceptar eso y no poder encontrar su cuerpo.

Debería tener un entierro, una ceremonia que señalara el final de su vida. Peaches, con resolución, no se permitía pensar en lo que les ocurría a los cadáveres en medio de una montaña, pero sabía que Logan lo había pensado y eso lo estaba carcomiendo.

Una llamada a la puerta de su habitación los sobresaltó, porque no habían solicitado el servicio de habitaciones, ya que preferían buscar un lugar más barato para comer. Las vacaciones canceladas habían supuesto un desembolso considerable del que sólo obtendrían una devolución parcial. Y luego estaba la estancia en un hotel en los últimos días. Con tantos gastos, empezaban a preocuparse un poco por el dinero.

—Probablemente sea Larsen —dijo Logan, ya que Bret sabía dónde se hospedaban, aunque se sorprendió de que hubiera ido hasta el hotel en lugar de llamar por teléfono si quería hablar con ellos de nuevo.

Abrió la puerta y se quedó petrificado. Al notar que algo sucedía, Peaches saltó de la cama, corrió a su lado y se quedó mirando perpleja al hombre alto y de pelo oscuro que estaba allí de pie. No lo reconoció, pero una sensación de incomodidad la hizo adivinar.

—¿Qué demonios quiere? —preguntó Logan con tanta hostilidad que ella se sobresaltó—. ¿Cómo ha sabido dónde encontrarnos?

—Hablar. Y encontrarlo ha sido fácil. Me he limitado a preguntar. Usted llamó a casa y le dijo a la gente dónde podían encontrarlo. Todo lo que tuve que hacer fue decir quc había perdido el número de su móvil y que tenía noticias sobre el accidente.

—No tengo nada que hablar con usted. —Empezó a cerrar la puerta, pero Seth Wingate puso la mano y se lo impidió. Era un hombre de fuerte complexión, con un rostro que podría considerarse apuesto si en su expresión no se adivinara un espíritu agotado.

—Entonces limítese a escucharme —replicó fríamente—. No he tenido nada que ver con ese accidente de avión.

—Alguien lo provocó —dijo Logan, con la mandíbula apretada y los ojos duros como el pedernal—. Su propia hermana estuvo alardeando de lo peligroso que es enfadarlo a usted, y dijo también que Bailey había tenido lo que se merecía.

—Mi hermana —dijo Seth con determinación— es una zorra fría y calculadora que no dudaría en empujarme para que me despeñara.

Logan tuvo ganas de darle un puñetazo en la cara, pero se contuvo. Peaches estaba allí a su lado y aunque no le importaba pelear, no estaba dispuesto a arriesgarse a que saliera herida.

—Su amor fraternal es realmente conmovedor —comentó con desprecio.

En la boca de Seth se dibujó una sonrisa amarga.

—No sabe ni la mitad —dijo—. Sólo quería que supiera que yo no lo hice.

Después se dio la vuelta y se marchó, dejando a Logan y a Peaches de pie en la puerta de la habitación mirando cómo se alejaba por el pasillo.

Capítulo
32

Durante su última incursión para avivar el fuego, Cam localizó el botiquín entre el revoltijo de ropa, lo desenvolvió y lo sacó para llenarlo una vez más de nieve. El ingenio de Bailey al usarlo como calentador de cama le hizo sonreír; tenía un talento endiablado para ver más allá del uso habitual de un objeto y adaptarlo a sus necesidades. Si se hubieran visto obligados a permanecer en el lugar del accidente mucho más tiempo, no dudaba de que su refugio de palos se habría metamorfoseado en una cabaña de barro, y habría construido un molino con los restos y el metal del avión para alimentar la batería de modo que pudieran disponer de todo el fuego que quisieran.

Después de echar leña a la hoguera, puso la caja junto a los tizones humeantes. Tener algo caliente para beber por la mañana sería estupendo. Poder quedarse en la cama todo el día sería aún mejor, pero en su situación desesperada con respecto a la comida no tenían esa posibilidad.

Esperó mientras se derretía la nieve en el botiquín agachado tan cerca del fuego como pudo, pero aun así temblaba a causa del aire helado. Después de echar más nieve en la caja, así como un puñado de agujas de pino, se metió otra vez en el refugio con otra hora de sueño por delante antes de que amaneciera y empezara otro día agotador.

Bailey no se despertó, pero no lo había hecho ninguna de las veces que él había salido a alimentar el fuego durante la noche. Se tumbó a su lado y ella se le acercó como una paloma, abrazándose a él y acurrucándose sin despertarse. Con suerte, pasarían el resto de sus noches así, pero él no daba nada por sentado. Sabía perfectamente que a ella le costaba mucho trabajo avanzar en una relación. Dejarse arrastrar era un concepto extraño para ella, y la confianza emocional era algo que trataba de evitar.

Él tenía mucho trabajo que hacer. Podía esquivarlo o desmantelar los prejuicios de su infancia. Un divorcio era traumático para todo el mundo, especialmente para los niños, pero en la personalidad de Bailey había causado verdaderos estragos. Necesitaba una seguridad más profunda que la mayoría, y se había pasado su vida adulta procurando estar tan segura como fuera posible, aunque eso significara no permitirse mostrar interés por nadie.

Podía enfrentarse también a él, se dijo alegremente. Sus días de soltero habían terminado. Tendría que llegar hasta el final. Ella no toleraría que fueran sólo amantes durante mucho tiempo, pero, por otra parte, le entraría el pánico ante la idea de un matrimonio real, con un verdadero compromiso. No sabía cómo la convencería de aceptar ese riesgo, pero ya se las arreglaría, y se divertiría mucho en el proceso.

***

—Aquí tienes tu café de la mañana —dijo Cam, despertándola con un beso y ofreciéndole la tapa del desodorante llena hasta la mitad de la infusión de agujas de pino.

—¡Hummm, café! —Medio dormida, se esforzó por sentarse girando el cuerpo para apoyarse contra la roca, y cogió la taza. El primer sorbo fue maravilloso, pero no por el sabor, sino por el calor y lo considerado de su gesto. Nadie le había traído nunca nada a la cama, siempre había ido ella a buscarlo. Tomó otro sorbo, después le ofreció la taza a él—. Está estupendo, hecho con las mejores agujas de pino crecidas en Estados Unidos.

Él negó con la cabeza mientras se instalaba a su lado.

—Yo ya he tomado. Eso es todo para ti.

Las agujas de pino no tenían el efecto estimulante del café o el té, pero no podía quejarse. Estaba contenta de poder beber algo. De hecho, se sentía absurdamente feliz esa mañana, sin más, lo cual era aterrador. Trató de alejar aquel pensamiento. Ya volvería a considerarlo más tarde.

—Entonces, ¿qué tenemos hoy en la agenda? ¿Compras, un poco de turismo y después la comida? —preguntó.

—Pensaba que podríamos hacer senderismo en las montañas. —Le pasó el brazo por los hombros y la atrajo hacia él mientras ponía algunas de las prendas de ropa revueltas sobre sus piernas. A pesar del fuego que ardía fuera y de la bebida caliente, el aire todavía era helado y su refugio estaba muy lejos de ser hermético.

—Parece un buen plan.

—Tenemos que hacer un enorme esfuerzo hoy. —Sonaba sombrío y ella le lanzó una mirada rápida—. Quizá tengamos que descolgarnos nosotros y el trineo por algunas paredes verticales. Eso nos haría ganar tiempo. Necesitamos alejarnos de esta zona de vientos hoy para poder señalar nuestra posición con humo.

Bailey no necesitó que le explicara por qué. Los piñones los mantendrían en pie, pero necesitaban algo más que un puñado de semillas un par de veces al día. No sabían cuántas veces más podría hacer fuego con la batería antes de que se le agotara la carga, y las piñas tenían que calentarse para soltar fácilmente los piñones, lo cual convertía en todavía más precaria aquella fuente de alimento. Aquél era un día decisivo para conseguirlo o perecer; esperaba que no literalmente, pero esa posibilidad estaba ahí, había estado ahí desde el primer día. Su situación era realmente desesperada.

Después de comer el puñado de piñones recogieron a toda prisa sus pertenencias, echaron piedras y tierra sobre la hoguera y empezaron a caminar. Ella casi se alegró de que no hubiera oportunidad de hacerse arrumacos o demostraciones amorosas, y menos aún de hacer el amor; bueno, estaba un poco dolorida, lo cual no era sorprendente si se tenía en cuenta todo el tiempo que había pasado sin mantener relaciones sexuales.

Además, necesitaba tiempo para procesarlo. Aunque se adaptaba fácilmente a cualquier situación, emocionalmente era mucho menos flexible. Le vendría bien un día de ejercicio físico sin tener que analizar o reflexionar sobre sus emociones.

Y eso fue exactamente lo que tuvo. Cam impuso un ritmo durísimo, tan duro que ella iba preocupada por él. Marchaba en cabeza, así que si daba un paso en un sitio aparentemente sólido y resultaba ser un banco de nieve que cedía bajo sus pies, se hundiría antes de que ella pudiera reaccionar, y arrastraría el pesado trineo, que caería encima de él.

De pronto esa posibilidad fue tan real que ella gritó pidiendo que se detuviese, y cuando él lo hizo se apresuró a ponerse al frente.

—Yo iré delante —dijo bruscamente, imponiendo el mismo ritmo que él había establecido.

—¿Qué demo…? ¡Oye! —gritó tras ella, frunciendo el ceño mientras trataba de alcanzarla.

—Tú vas tirando del trineo. Yo iré comprobando la firmeza del suelo.

No le gustaba nada eso, pero hasta que pudiera alcanzarla, no había nada que hacer, y con el peso del trineo no tenía forma de conseguirlo. Ella ajustó las tiras improvisadas de la mochila en sus hombros y siguió abriendo camino.

Cogió una rama larga y resistente para clavarla en el suelo ante ella, sólo para estar segura de que la nieve no iba a hundirse; pero eso no hizo que aminorara mucho la marcha. La posibilidad de ser rescatados esa tarde o al día siguiente la impulsaba. ¡Dios, quería salir de esa montaña! Impuso un ritmo en el que el golpe del bastón sobre la nieve era seguido por sus raquetas, que se deslizaban sobre la endurecida capa superior. Los sonidos cran monótonos, adormecedores, lo cual representaba un peligro en sí mismo. Golpe, deslizarse, deslizarse, golpe, deslizarse, deslizarse. Tenía que obligarse a estar atenta.

Se deslizaron por pendientes que el día anterior habrían sorteado. La mayoría no habría podido superarlas sin el resistente bastón, y en todas tenían que quitarse las raquetas para tener mejor agarre. Ella bajaba primero y Cam hacía descender el trineo hasta ella, soltando con cuidado la cuerda que había hecho atando prendas de ropa. Después ella sujetaba el trineo mientras él descendía para encargarse de nuevo del trineo.

No mencionó que quería tomar la delantera, pero aquel ritmo, con ella tanteando el camino, estaba funcionando tan bien que habría sido estúpido que él quisiera ponerse en cabeza. Y ella pensaba que Cam podía tener muchos defectos, pero entre ellos no estaba la estupidez. Tenía un ego considerable, pero también cerebro, y eso supeditaba todo lo demás. Le gustaba; no, lo amaba. Repitió la palabra interiormente varias veces: «Amar, amar, amar». Le costaba acostumbrarse, pero ahora no sentía tanto pánico como al principio.

Justo antes del mediodía se rompió una de las tiras de su raqueta derecha. Se soltó a la mitad del paso y ella se tambaleó hacia delante, con una raqueta puesta y la otra no. El grueso bastón hundido en el suelo evitó que se cayera de bruces. Sólo dobló una rodilla, pero rápidamente se levantó. Bajó el pasamontañas y respiró profundamente.

—Estoy bien —dijo, mientras Cam la alcanzaba y la examinaba con atención en busca de algún daño, antes de inclinarse a recoger la raqueta.

—Puedo arreglarla —aseguró, después de echar una ojeada a la tira rota—. De todas formas, necesitamos un descanso.

Se sentaron en el trineo y se tomaron un respiro mientras se pasaban la botella de agua. Él quitó la tira rota y la reemplazó con otra de tela cortada de alguna prenda. A ese paso, pensó ella con humor, si no los rescataban pronto, no le quedaría ropa para taparse por la noche.

—Hemos avanzado bastante —dijo él, mirando a su alrededor—. Probablemente estamos ciento cincuenta metros más abajo que esta mañana.

—Ciento cincuenta metros —murmuró ella—. Estoy segura de que hemos caminado por lo menos ocho kilómetros.

Los dientes de él asomaron en una amplia sonrisa.

—No tanto, pero esos ciento cincuenta metros son significativos. ¿No notas la diferencia en el viento?

Ella levantó la cabeza. Ahora que lo mencionaba, sí. Los árboles no se zarandeaban tanto, y aunque notaba el aire frío, ya no tenía la punzante gelidez que habían estado soportando desde el accidente. Además, como no habían podido bajar en línea recta, sino que se habían visto forzados a cruzar la montaña de través, ahora parecían dirigirse en dirección este, alejándose de la ladera en que azotaba el viento. La temperatura probablemente había ascendido sólo uno o dos grados, pero la diferencia en la velocidad del viento hacía que pareciera casi agradable, en comparación.

Su ánimo, quc hasta entonces había sido bueno, se volvió entusiasta. Le miró y sonrió.

—A lo mejor, después de todo, puedes encender esa señal de humo esta tarde, tonto.

Él resopló y le dio un ligero pellizco en la pierna, después terminó de ponerle la nueva tira a la raqueta.

—Como nueva —dijo, y se acuclilló a su lado para atársela a la bota—. ¿Preparada para continuar?

—Preparada. —Tenía hambre y estaba cansada, pero no más que él, quizá menos, porque, con mayor masa muscular Cam debería quemar más calorías que ella incluso estando quieto. Aquél era su quinto día y suponía que había perdido casi cinco kilos por el frío y la falta de comida, pero él probablemente había perdido siete por lo menos. Se les había terminado toda la comida y empezarían a tener menos fuerzas, así que el tiempo jugaba en su contra para llegar a una zona más templada. Al esforzarse tanto estaban quemando más calorías, en efecto, pero si el resultado final era lograr que los rescataran esa misma tarde o a primera hora de la mañana, el esfuerzo merecía la pena.

Cuando se pusieron de pie, Cam flexionó los hombros y los brazos, estirando los músculos contraídos antes de ponerse el arnés. Bailey sólo podía imaginarse el esfuerzo que estaba haciendo al tirar del pesado trineo por el escarpado terreno. Podía ver la tensión de su rostro, las arrugas de cansancio. ¿Cuánto tiempo más podría continuar?

Se pusieron de nuevo en marcha, utilizando el mismo método que antes. A pesar del breve descanso, e incluso con todo el ejercicio que ella hacía normalmente, le quemaban los músculos. Pero si Cam podía continuar, ella también.

Al poco rato, Cam gritó, y ella miró hacia atrás y le vio intentando contrarrestar el empuje del trineo; uno de los esquíes había resbalado sobre el borde de una roca y la carga estaba a punto de volcar. La caída no era muy grande, quizá dos metros, pero era suficiente para que hubiera el riesgo de que el trineo se estropeara de tal modo que no pudiera arreglarse. Con mucha dificultad, ella dio la vuelta y corrió con el torpe paso que le imponían las raquetas en dirección al trineo. No tenía un sitio adecuado por donde agarrarlo, así que lo aferró simplemente por el borde del esquí que había resbalado y tiró de él hacia arriba y hacia atrás con todas sus fuerzas. Oyó un chasquido amenazador, pero no se atrevió a soltarlo, y aseguró las piernas y tiró hacia arriba mientras Cam utilizaba toda su fuerza y su peso para empujar hacia delante. Equilibrado otra vez, el trineo avanzó de nuevo mientras ella soltaba de inmediato el esquí antes de que le pillara los dedos.

No pudo evitar que sus pies patinaran hacia delante y con un grito resbaló justo por encima del borde de la roca.

Aterrizó con un golpe seco, lo suficientemente duro como para hacer crujir todos los huesos de su cuerpo, y después se dio la vuelta apoyándose sobre las manos y las rodillas.

—¡Maldita sea!

—¡Bailey!

En la voz profunda de Cam había una nota de temor.

—¡Estoy bien, no me he roto nada! —gritó ella. Pero sin duda había aumentado su ya buena colección de cardenales. Se puso de pie y se sacudió la nieve de las manos y las rodillas; luego miró a su alrededor buscando la mejor manera de subir hasta donde él estaba. Desgraciadamente, tuvo que recorrer a duras penas unos treinta metros en dirección contraria, tras trepar por una cuesta empinada y accidentada llena de piedras sueltas que estaban ocultas bajo la nieve y que hacían traicionera la escalada. Cuando llegó hasta él, jadeaba por el esfuerzo.

Ninguno de los dos dijo nada, porque no tenía sentido desperdiciar su precioso aliento. Tanto él como ella estaban bien, al igual que el trineo. Siguieron adelante.

Poco antes de las cinco, ella se detuvo de repente, mirando con consternación el precipicio semicircular que se abría a sus pies. Las paredes eran losas verticales de roca, salpicadas aquí y allá de parches blancos donde la nieve que caía había encontrado un precario lugar para asentarse. Se habían aproximado desde un lateral del precipicio y durante un buen rato el camino se había vuelto cada vez más pendiente, tanto que en algunos tramos ella había tenido que caminar junto al trineo y empujar para que siguiera avanzando. Ahora no podían continuar, a menos que quisieran hacer los últimos trescientos metros de su viaje a la velocidad que adquiere un cuerpo en caída libre. A la derecha, el terreno descendía tan vertical que no había forma de cruzarlo con el trineo. Para bordear el barranco tendrían que subir, pero había tal pendiente que serían incapaces de hacerlo, al menos en ese momento. La única opción era retroceder.

—Supongo que tendremos que hacer aquí la hoguera —dijo Cam, apuntalando el trineo contra una gran roca para que no se deslizara montaña abajo. Con un gesto de agotamiento, se quitó el arnés y después se enjugó el sudor de la cara.

—¿Aquí? —Aquello no iba bien. Si no los rescataban, no tendrían un buen emplazamiento para construir ni siquiera un refugio precario. Y para remate, los árboles eran relativamente escasos en esa zona, lo que haría más difícil recoger leña. Suspiró; no tenían muchas opciones. Aquél era el final de la ruta—. Aquí.

Él estiró los músculos de la espalda, giró la cabeza hacia delante y hacia atrás. Después soltó una carcajada y dijo:

—Mira.

Ella miró hacia donde señalaba y vio, no muy lejos, debajo de ellos, la zona donde terminaba la nieve. No había una línea clara de demarcación, sino una disminución gradual de la cantidad de nieve y una mayor concentración de árboles. Desgraciadamente no podían llegar allí en aquel momento.

Bailey levantó la cara hacia el viento y se dio cuenta de que apenas era una brisa. El humo de la hoguera podría mantenerse lo suficientemente compacto para que lo vieran; si no en ese momento, quizá al día siguiente. Harían una hoguera grande y humeante y la mantendrían encendida hasta que alguien la viera y viniera a investigar.

Cam ya estaba haciendo los preparativos, apartando la nieve y cavando un hoyo poco profundo. Bailey dejó caer la mochila de sus hombros y fue a buscar leña. No podía recoger mucha de una vez, porque tenía que dejar una mano libre para mantener el equilibrio y trepar; en uno de los viajes de vuelta se fijó en que él había cavado tres hoyos.

—¿Por qué has hecho tres agujeros?

—Hay una señal universal de socorro: tres sonidos de silbato, tres hogueras, tres montones de piedras... utilices lo que utilices, tienen que ser tres elementos.

—Lo que he aprendido en estas vacaciones —dijo ella con ironía, y volvió a su tarea. En términos prácticos, hacer tres hogueras significaba que tenía que recoger el triple de leña. ¡Qué bien!

Con la leña en los tres agujeros y papel y virutas de corteza como yesca, Cam prendió fuego otra vez usando la batería. Hicieron crecer la llama con precaución, alimentándola hasta que la madera empezó a arder; después usaron un palo para llevar el fuego a las otras dos hogueras. Al poco rato, las tres estaban ardiendo con llamas altas, pero no parecían producir mucho humo. Ella quería enormes nubes de humo, una columna de un kilómetro de alto.

Cam estaba pensando lo mismo, evidentemente, porque echó leña verde a las tres hogueras. El humo que al poco tiempo empezó a elevarse resultó más gratificante.

—Ahora, a esperar —dijo él, rodeándola con el brazo y acercándola para darle un beso lento y profundo. Bailey se recostó contra él, demasiado agotada para hacer mucho más que simplemente ponerle los brazos en torno a la cintura.

Cam bajó las bolsas de ropa del trineo y las puso una al lado de la otra. Golpeando con los puños el contenido para acomodarlo de la forma adecuada, las bolsas hicieron más o menos las veces de sillones. Ambos se hundieron agradecidos en sus improvisados asientos. Durante unos minutos no pronunciaron ni una palabra, dedicándose a recuperar las pocas fuerzas que les quedaban. Cuando él habló, ella se quedó sorprendida por el derrotero que habían tomado sus pensamientos.

—Cuando volvamos —dijo—, no te atrevas a escaparte de mí.

No podía negar que aquella idea se le había ocurrido varias veces desde que se había dado cuenta de lo importante que Cam se estaba volviendo para ella. Sin embargo, cuando le entró verdadero pánico fue cuando supo que era demasiado tarde para escapar.

—No lo haré —dijo ella escuetamente, volviendo la cabeza para sonreírle. Le tendió la mano. Él la tomó, entrelazando sus dedos en los de ella y levantando la mano para apoyarla en la mejilla.

Justo antes de la puesta del sol —todavía estaban sentados en sus sillones de bolsas de basura mirando las montañas como dos turistas—, oyeron el ruido característico de las hélices de un helicóptero. Cam se puso de pie y agitó las manos cuando el aparato apareció ante sus ojos. Éste descendió en picado hacia ellos, como una polilla hacia las tres llamas.

Capítulo 33

El helicóptero planeó sobre ellos, tan cerca que el aire producido por las hélices los azotó, y Bailey pudo ver las gafas de sol que llevaba puestas el piloto. Junto a él había otro hombre; ambos parecían llevar una especie de uniforme, así que ella supuso que pertenecían al Servicio Forestal. No había sitio para que aterrizara, pero lo que importaba era que ahora alguien sabía dónde estaban y enviarían ayuda..., esperaba que lo más pronto posible. No habían construido un refugio, pero si era necesario pasarían la noche sentados junto al fuego para mantenerse calientes.

De todos modos, a ella le dolían tanto los huesos que no creía que hubiera podido ayudar a hacer un refugio. Ni siquiera consiguió ponerse en pie para hacer señas al helicóptero, a pesar de la emoción del rescate inminente, o relativamente inminente, dependiendo del tiempo que le llevara al equipo llegar hasta ellos.

Cam estaba haciendo unas señales con las manos al piloto.

—Dile que consiga unos sacos de dormir y nos los tire —le dijo ella—. Y un par de termos de café. Y una docena de donuts. Ah, y sería de agradecer un radio-transmisor. —La fatiga estaba haciendo que se sintiera mareada, pero no le importaba.

El helicóptero se escoró alejándose de la montaña y volvió al lugar de donde había venido. Ella suspiró mientras lo veía alejarse. De alguna forma, aquello era como un anticlímax.

Cam estaba riéndose cuando se sentó a su lado.

—Las señales hechas con las manos no llegan a ese tipo de detalles.

—¿Qué les has dicho?

—Que somos dos y que tenemos movilidad, lo que significa que un equipo de rescate no debería arriesgar su vida hoy tratando de llegar a nosotros. Y que llevamos aquí cinco días.

Ella estiró las piernas y cruzó los tobillos. Aquello era casi como sentarse en el porche para admirar el paisaje —que era espectacular—, pero en lugar de un porche se encontraba en la escarpada ladera de una montaña, con un acantilado vertical a la izquierda, no muy lejos.

—Tal vez debiéramos prepararnos para el anochecer. Recoger más leña, hacer un refugio, ese tipo de cosas.

Cam se giró para mirarla y se inclinó hacia delante para apoyar los codos en las rodillas de ella mientras observaba su rostro, leyendo el agotamiento total que reflejaba. Estirándose, le cogió la mano.

—Yo recogeré más leña, pero no me siento capaz de hacer un refugio. Aquí hace más calor, sin el viento. Esta noche nos abrazaremos junto al fuego.

—Bien. Puedo soportar eso de abrazarme. —Parecía melancólica—. Supongo que no había forma de decirles nuestros nombres para que pudieran informar a nuestras familias.

Cam negó con la cabeza.

—No me he permitido pensar en mi familia —dijo tras un instante—. Sé que están pasando por un infierno, pero concentrarse en permanecer vivos parecía más importante. Con toda probabilidad se hallarán en el centro de operaciones de rescate, esté donde esté, porque no ha habido ninguna búsqueda que se aproximara a nosotros en ninguna parte. —Hizo una pausa, después dijo con brusquedad—: Necesito verlos.

Ella se dio cuenta de que había pensado en Logan y Peaches, en cómo debían sentirse, lo preocupados que debían estar, pero, honradamente, no había tenido un solo pensamiento para el resto de su familia, o el interés que, incluso sus padres, podían mostrar por ella. Su madre tal vez derramara una lágrima o dos, quizá utilizaría su sarta de desgracias para buscar compasión, pero ¿esperar en el centro de rescate a que se encontrara el cadáver de su hija? Eso no sucedería. Y su padre no desperdiciaría ni una lágrima. Ya había demostrado hacía años que sus tres hijos estaban fuera de su radar. Cam era afortunado por contar con una familia, y por saber sin ninguna duda que estarían esperándole.

—Por el bien de tu madre —le dijo—, espero que tengas ocasión de ducharte antes de que te vea. También necesitas ropa. Y ponerte una venda en esa herida, porque créeme, tiene que estar segura de que estás bien antes de verte. —Lo examinó a la luz de las hogueras, que destellaban con fuerza. Su barba de cinco días estaba desaliñada y los profundos hematomas bajo sus ojos se estaban convirtiendo en feos cardenales de color amarillo purpúreo. Los numerosos arañazos ya tenían costra y se estaban curando. Y luego estaba ese horrible corte que le cruzaba la frente; no podía asegurar si sus torpes puntos habían mejorado o no aquel costurón. Empezó a reírse por lo bajo—. Tienes un aspecto horrible.

Él sonrió ampliamente mientras daba una rápida respuesta.

—Tú también tienes mal aspecto —dijo con un tono provocador en su voz profunda—. Como si hubieras tenido un accidente de avión y llevaras viviendo en el monte cinco días. El ojo morado es el detalle final. Por lo menos ya sabes con seguridad que no me he enamorado de ti por tu apariencia física.

A Bailey casi se le paraliza el corazón. ¿Cómo podía soltarle cosas como ésa sin avisarla para que pudiera estar preparada...? Aunque no sabía de qué forma podía prepararse para eso. Antes de que pudiera reaccionar, acarició su mejilla con la mano de ella una vez más.

—Si te pido que te cases conmigo, ¿vas a echar a correr gritando por la montaña?

Un golpe detrás de otro. Aún no se había recuperado de uno cuando le asestaba el siguiente. El resultado final fue que se quedó ahí sentada, inmovilizada ante la imposibilidad de escoger qué debía tomar en consideración primero.

—Podría ser—se las arregló para musitar finalmente, dejando que él descifrara a cuál de las dos posibles respuestas se refería.

Él le besó la palma de la mano y ella notó cómo se curvaban sus labios mientras reprimía una sonrisa.

—Entonces no te lo pediré —dijo él con gravedad—. Todavía no, en todo caso. Sé que necesitas tiempo para acostumbrarte a la idea. Deberíamos dejar que nuestras vidas se tranquilicen, vernos en circunstancias normales. Está también el problema del intento de Seth de matarte, y eso tiene prioridad sobre todo lo demás. Estoy pensando en un periodo de entre nueve meses y un año antes de que nos casemos. ¿Qué te parece eso?

Para ser alguien que no le estaba pidiendo que se casara con él, estaba preparando mucho el terreno, pensó ella. Su corazón le había dado un vuelco, pero cuando lo miró se preguntó cómo podría pasar el resto de su vida sin ver esa sonrisa u oír la gravedad de su tono de voz cuando estaba haciendo algún comentario tajante, o sin dormir en sus brazos. No estaba segura de poder volver a dormir si no era con él.

Se aclaró la garganta.

—De hecho… estoy de acuerdo con lo del matrimonio.

—Es lo que se refiere al amor lo que te produce un miedo cerval, ¿eh?

—Me está… yendo mejor con eso de lo que había imaginado, también.

—¿No te ha entrado el pánico con la idea de que te amo?

—Esa parte no está mal tampoco —contestó ella con seriedad—. Lo que me asusta tanto es amarte yo a ti.

Ella vio el brillo de triunfo en sus ojos. Sin embargo, no bajó la vista para ocultarlo; quiso que pudiera apreciar lo que estaba sintiendo.

—¿Estás diciendo que tienes miedo de amarme o que tienes miedo porque me amas?

Ella respiró profundamente.

—Creo que debemos ser cuidadosos y no precipitarnos.

Otra sonrisa apareció en los labios de Cam.

—¿Por qué no me sorprendo de que hayas dicho eso? Y, por cierto, no has contestado a la otra pregunta.

Allí estaba, la determinación fría e implacable que ella había visto cuando estaba obligando al avión a permanecer en el aire durante los preciosos segundos que necesitaban para que el choque se produjera contra la línea de árboles en lugar de en la cumbre de roca desnuda. Pensó que podía sentirse segura con él. Él no se daba por vencido. No terminaba y salía corriendo. No la engañaría, y si tenían hijos no los dejaría en la estacada.

—Sí, te amo —admitió ella. Sus palabras sonaron temblorosas, pero las pronunció, aunque de inmediato empezó a dar rodeos—. O eso creo. Y estoy muy asustada. Ésta ha sido una situación extraordinaria y necesitamos asegurarnos de que todavía sentimos lo mismo después de volver al mundo real, así que estoy totalmente de acuerdo en eso.

—Yo no he dicho que necesitáramos estar seguros de que sentimos lo mismo. Yo sé lo que siento. Lo que he dicho es que entendía por qué necesitabas tiempo para acostumbrarte a la idea.

«Definitivamente implacable», pensó ella.

—Entonces, está hecho —continuó él con tranquila satisfacción—. Estamos comprometidos.

***

Ahora que ya los habían localizado, dejaron que se apagaran dos de las hogueras y pasaron la noche acostados cerca de la que quedaba, hablando o dormitando. La manta térmica y los trozos de gomaespuma los protegían del frío suelo, y las capas habituales de ropa los mantenían calientes, aunque no del todo; al menos evitaban la congelación. Después de haber descansado algo y dormido un poco, le hizo el amor de nuevo. Esta vez fue lenta, relajadamente; después de entrar en ella casi se quedaron dormidos los dos de nuevo, pero él se despertaba lo suficiente cada pocos minutos para moverse suavemente adelante y atrás. Bailey era consciente de que él no se había puesto un condón, y la desnudez de su pene dentro de ella era una de las sensaciones más exquisitas que había sentido nunca.

Ella llegó dos veces al orgasmo a causa de ese movimiento lento y balanceante y su segundo clímax desencadenó el de él. Le agarró las caderas y unió sus cuerpos tan estrechamente que no podía caber ni un suspiro entre ellos, y de su garganta salió un gemido ahogado mientras se estremecía entre sus piernas. Después de limpiarse y poner su ropa en orden, durmieron un poco más. Cuando llegó la aurora estaban despiertos, esperando al grupo de rescate. Dispusieron su equipo improvisado lo mejor posible, y después se sentaron junto al fuego arropados con la manta térmica. Bailey estaba mareada por el hambre y se sentía extrañamente frágil, como si, ahora que la batalla por la supervivencia estaba ganada, toda su fuerza la hubiera abandonado. Estar sentada al lado de Cam era el máximo esfuerzo que podía realizar.

Oyeron el helicóptero justo después de las siete y lo vieron aterrizar en una pequeña porción de terreno que había aproximadamente a unos cuatrocientos metros debajo de ellos.

—Más vale que traigan comida —murmuró ella cuando el equipo de rescate salió del helicóptero.

—¿O qué? —se burló él—. ¿Los vas a mandar de vuelta?

Ella inclinó la cabeza hacia atrás y le sonrió. Él parecía tan agotado como ella; el día anterior los había dejado exhaustos, y sin comer, ninguno de los dos se había recuperado.

El calvario casi había terminado. Dentro de unas horas estarían limpios, calientes y alimentados. El mundo real estaba poniéndose a su alcance rápidamente, encarnado en el equipo de cuatro montañeros con casco que escalaban a ritmo constante hacia ellos, moviéndose en una sinfonía bien ensayada de cuerdas, poleas y Dios sabía qué más.

—¿Se han perdido, muchachos? —preguntó el jefe del equipo cuando llegaron junto a ellos. Parecía tener treinta y pico años y el aspecto curtido de alguien que se pasaba la vida al aire libre. Observó detenidamente sus rostros demacrados y cubiertos de hematomas, y la larga línea de puntos oscuros que cruzaba la frente de Cam; por lo bajo, le dijo a uno de sus hombres que hiciera una evaluación física—. Las pistas de senderismo no se abren hasta el mes que viene. No sabíamos que hubiera nadie perdido, así que fue una gran sorpresa cuando detectaron su hoguera ayer.

—No nos hemos perdido —dijo Cam, poniéndose de pie y arropando a Bailey con la manta—. Nuestro avión se estrelló allí arriba —señaló hacia la cumbre— hace seis días.

—¡Seis días! —El jefe lanzó un suave silbido—. Sé que hubo una llamada para una misión de búsqueda y rescate de un avión pequeño que se perdió cerca de Walla Walla.

—Con toda probabilidad se referían a nosotros —dijo Cam—. Soy Cameron Justice, el piloto. Ella es Bailey Wingate.

—Sí —dijo otro de los hombres—. Ésos son los nombres. ¿Cómo han llegado ustedes tan lejos?

—Con un ala y una oración —dijo Cam—. Literalmente.

Bailey miró al miembro del equipo de rescate que estaba agachado junto a ella tomándole el pulso y examinándole los ojos con una linterna.

—Espero que hayan traído comida con ustedes.

—Con nosotros no, señora, pero les daremos de comer en cuanto lleguemos a la base.

Sin embargo, luego cambiaron de idea. Una vez que los bajaron por la ladera de la montaña y que todos se encontraron en el helicóptero, decidieron que necesitaban atención médica. El piloto llamó por radio y los trasladaron al hospital más cercano, un edificio de dos plantas en un pequeño pueblo de Idaho.

Las enfermeras de urgencias —benditas sean— evaluaron con ojo experto cuál era su necesidad más imperiosa y trajeron comida y café antes incluso de que los viera un médico. Para su sorpresa, Bailey no pudo comer mucho; sólo unas cuantas cucharadas de sopa con un par de galletas saladas que la enfermera le llevó. La sopa era de lata, calentada en un microondas, y le supo a ambrosía; pero ella sencillamente no pudo comer más que un poco. Cam hizo mejor papel que ella, devorando un cuenco entero de sopa y una taza de café.

Tras un rápido examen, el médico dijo:

—Bien, usted se encuentra bastante bien. Necesita comer y dormir, por ese orden. Tiene suerte; su brazo está curándose bien. A propósito, ¿cuándo le pusieron la última inyección contra el tétanos?

Bailey lo miró sin comprender.

—No creo que me la hayan puesto nunca.

Él sonrió.

—Ahora le pondremos una.

Después de la inyección, una enfermera la llevó a la sala de estar de enfermeras y le mostró las instalaciones adyacentes con taquillas y duchas. Bailey estuvo debajo del agua caliente durante tanto tiempo que la piel empezó a arrugársele, pero cuando salió estaba perfectamente limpia de la cabeza a los pies. La enfermera le dio un traje verde limpio de quirófano para que se vistiera y un par de calcetines, sobre los cuales se puso un par de zuecos de enfermera. Así no tuvo que volver a calzarse sus botas de montaña; las había usado durante seis días y sus pies estaban tan cansados como el resto de su cuerpo.

Cam no fue tan afortunado. Le pusieron suero y le hicieron un encefalograma. Bailey lo acompañó mientras esperaban a que se vaciara el gotero, que tardó un par de horas. Sólo entonces pudo ducharse y afeitarse. Después le vendaron de nuevo la cabeza y también le dieron un traje verde limpio.

Entonces empezó todo el interrogatorio. Se habían estrellado en un parque nacional, así que estaba involucrado el Servicio Forestal. El jefe del equipo de rescate tenía que rellenar un informe. Se le notificó al NTSB. Un periodista de un periódico local oyó hablar de ellos en su radio, y apareció por allí. Cam habló tranquilamente con los dos hombres del Servicio Forestal, con el jefe de policía y por teléfono con el investigador del NTSB. Ni él ni Bailey dijeron al reportero ni una palabra sobre un posible sabotaje.

Las cosas avanzaron rápidamente. Charles MaGuire, el investigador del NTSB, venía de camino. Alguien le prestó a Cam un móvil para llamar a sus padres. Cuando terminó, Bailey preguntó si podían prestárselo a ella también y llamó al número de móvil de Logan.

—¿Diga? —contestó él al primer timbrazo, dándole la impresión de que se había abalanzado sobre el teléfono.

—Logan, soy yo, Bailey.

Hubo un tiempo muerto de silencio después, con voz temblorosa, él preguntó:

—¿Qué?

—Estoy en un hospital en... no sé el nombre del pueblo..., en Idaho. No estoy herida —dijo rápidamente—. Nos han rescatado en la montaña esta mañana temprano.

—¿Bailey?

La desconfianza en su voz era tan profunda que ella se preguntó si la creía o pensaba que alguien le estaba gastando una broma.

—Soy yo, en serio. —Se enjugó una lágrima que le resbalaba por el rabillo del ojo—. ¿Quieres que te diga cuál es tu segundo nombre? ¿O cómo se llamaba nuestro primer perro?

—Sí. ¿Cómo se llamaba nuestro primer perro? —preguntó él con tono cansado.

—Nunca tuvimos perro. A mamá no le gustan los animales.

—Bailey. —Había un temblor en su voz, y ella comprendió que estaba llorando—. Estás viva realmente.

—De verdad. Tengo unos cuantos cardenales, un ojo morado, acabo de comer auténtica comida por primera vez en seis días y me han puesto una inyección contra el tétanos que me ha dolido como un demonio, pero estoy bien. —Podía oír a Peaches al fondo, haciendo preguntas con su voz suave y dulce tan rápidamente que era incoherente, o quizá es que estaba llorando también—. Viene un investigador en avión para hablar con nosotros, y después supongo que podremos marcharnos a casa. Todavía no sé cómo, porque no tengo dinero, tarjetas de crédito ni carné de identidad conmigo, pero llegaremos de alguna forma. ¿Tú dónde estás?

—En Seattle. En un hotel.

—No tiene sentido que pagues una habitación de hotel; quédate en casa. Llamaré al ama de llaves y le diré que te deje entrar.

—Eh…, creo que Tamzin la tiene ocupada.

—¿Que la tiene qué? —Bailey notó que le hervía la sangre y que sus ojos empezaban a despedir chispas. La rabia fue tan inmediata y tan intensa que no le habría extrañado que la cabeza le hubiera empezado a dar vueltas.

—Se trasladó allí el día después del accidente. He estado llamando desde entonces para comprobarlo.

—Bien, ¡compruébalo ahora! Si está allí, ¡haz que la arresten por allanamiento de morada! Lo digo en serio, Logan. Quiero que la eches de allí.

—No te preocupes, la haré salir. Bailey, Tamzin dijo algo sobre Seth. Creo que pudo haber tenido algo que ver con el accidente. Él lo negó, pero ¿qué otra cosa podía hacer?

—Ya lo sé —dijo ella.

—¿Sí?

—Cam lo descubrió.

—¿Cam..., el piloto?

—El mismo —respondió ella sonriendo a Cam, que le guiñó un ojo—. Es probable que nos casemos. Escucha, me han prestado un móvil, así que no puedes llamarme a este número. No sé dónde estaremos antes de que podamos volver a casa, pero me pondré en contacto contigo tan pronto como lo sepa. Vete a sacar a esa zorra de la casa antes de que la destroce. Te quiero.

—Yo también te quiero —dijo él, y ella colgó antes de que él pudiera hacer más preguntas, pues seguramente le vendrían pronto a la mente después de lo que acababa de decirle.

—¿Es probable que nos casemos? —preguntó Cam, arrastrando las palabras y enarcando las cejas.

—Ya han tenido suficientes emociones para un día —dijo ella, que se acercó a él y se acurrucó a su lado. Habían pasado buena parte de los últimos cinco días y medio el uno en los brazos del otro, dormidos o despiertos, y algo en ella parecía ir mal si no se tocaban. Apoyó la cabeza en su hombro.

—Tamzin está en mi casa.

—Ya lo he oído.

—En realidad no es mi casa, pero vivo allí y no tiene derecho a meterse en mis asuntos. Probablemente ya ha donado toda mi ropa a alguna institución de caridad..., eso si no la ha tirado a la basura.

—Definitivamente, hay que echarla.

—Le dijo a Logan que Seth había tenido algo que ver con el accidente.

—Hummm. ¿Por qué diría algo así? Es estúpido por su parte.

Surgió una conclusión lógica.

—A menos que quiera que arresten a Seth.

Con aire pensativo, Cam se rascó la mejilla recién afeitada.

—Eso da que pensar —dijo pausadamente.

Capítulo

34

Charles MaGuire tenía unas orejas peludas como las de un lince, pero ahí empezaba y terminaba su parecido con un gato. Era de estructura tan sólida como una boca de incendios, con una espesa mata de pelo gris y astutos ojos azules. Bailey no podía imaginar cómo había llegado allí tan rápido, pero sospechaba que cuando uno trabajaba para el NTSB podía coger un vuelo a cualquier sitio en cualquier momento.

Nadie parecía saber qué hacer con ellos, y aunque muchas personas en el acogedor pueblecito querían dar hospitalidad a los dos extraños, al final el jefe de policía, Kyle Hester, les había ofrecido su oficina en el ayuntamiento, y aquélla parecía la mejor opción de todas. Hester era una persona práctica, rondaba los cuarenta años y había sido militar como Cam, así que daba la sensación de que estaban en la misma longitud de onda. Cam le dijo a Bailey que había explicado a Hester que alguien había saboteado el avión, así que éste era muy consciente de que el caso acarrearía más complicaciones que el típico revuelo que traía consigo un rescate.

El jefe era una de esas personas que solucionan los problemas con rapidez. Al cabo de una hora, Cam y Bailey tenían cada uno en el ayuntamiento un móvil nuevo programado con su antiguo número de teléfono. También hizo que les trajesen comida; aunque les habían alimentado en el hospital, él parecía saber que no habrían podido comer mucho al principio y que necesitaban reponer fuerzas. Así que les había enviado fruta, chocolate, cuencos de sopa de patatas que podían calentar en el microondas que había en la sala de descanso, galletas saladas y crema de queso. Bailey parecía no poder dejar de comer. Todo lo que podía tolerar era un par de bocados cada vez, pero a los cinco minutos volvía a por más.

El reportero del periódico había querido entrevistarlos, pero ni Cam ni Bailey estaban interesados en darse ninguna publicidad. Ninguno quería divulgar las razones por las cuales se habían estrellado. Hester se ocupó de eso también, protegiéndolos de llamadas y evitando que los molestaran. En pocas palabras, el jefe de policía se estaba convirtiendo rápidamente en una de las personas favoritas de Bailey.

Cuando llegó Charles MaGuire, Hester les cedió su oficina. El investigador del NTSB se mostró asombrado de que estuvieran vivos y algo desconcertado por el lugar donde se habían estrellado. En el mapa topográfico colgado en la pared del jefe Hester, Cam señaló el punto donde habían sido rescatados y trazó una línea hasta el lugar en que estimaba que se habían estrellado.

—Aproximadamente es aquí donde estábamos cuando nos quedamos sin combustible —dijo, marcando otro punto en las montañas.

MaGuire miró el mapa.

—Si se quedaron sin combustible aquí, ¿cómo demonios llegaron hasta aquí?

—El aire asciende en la vertiente ventosa de las montañas —dijo Cam—. Quise llegar hasta la línea arbolada para que la vegetación amortiguara el choque, en vez de estrellarme contra la ladera rocosa. Como regla básica, cuando vas planeando avanzas siete metros hacia delante por cada treinta centímetros que pierdes de altura, ¿de acuerdo? —Deslizó el dedo por el mapa—. Aprovechando las corrientes ascendentes de aire, hicimos unos tres o cuatro kilómetros en esta dirección, hasta aquí exactamente, y hacia abajo hasta la línea de bosque. Lo dejé caer donde juzgué que los árboles eran suficientemente grandes para amortiguar el impacto pero no tanto como para que el choque fuera demasiado violento. Tuve que buscar una extensión de árboles que fuera lo bastante densa, porque cuando empieza el bosque están menos apiñados.

MaGuire midió visualmente la distancia; parecía perplejo.

—Su compañero Larsen dijo que si alguien podía hacer un aterrizaje forzoso con un mínimo de garantías, ése era usted. Y que no le dominaría el pánico.

—Yo estaba lo bastante atemorizada por los dos —dijo Bailey con ironía.

Cam soltó un chasquido burlón.

—No gritaste.

—Mi pánico es silencioso. También estaba rezando todo lo que podía.

—¿Qué pasó después? —preguntó MaGuire. Miró el vendaje que Cam tenía en la frente—. Es obvio que usted resultó herido.

—Me quedé inconsciente —dijo Cam, encogiéndose de hombros—. Y sangrando como un cerdo degollado. El ala izquierda y parte del fuselaje se desprendieron, así que no había protección contra el frío. Bailey me arrastró fuera, detuvo la hemorragia y me cosió la cabeza. —La sonrisa que le dirigió estaba tan llena de orgullo que casi la cegó—. Me salvó la vida en un primer momento y volvió a salvármela construyendo un refugio para pasar la noche. Si no nos hubiéramos podido proteger del viento, no habríamos sobrevivido.

MaGuire se volvió entonces y la observó con gran curiosidad, porque había recopilado muchos datos sobre los Wingate en los últimos días y tenía algunas dificultades para relacionar la idea que se había formado previamente sobre Bailey como una simple mujer-trofeo de Jim Wingate con aquella mujer tranquila y poco vanidosa, vestida con un traje verde de quirófano, sin maquillaje y con un ojo amoratado.

—¿Tiene usted conocimientos médicos?

—No. El botiquín de primeros auxilios del avión tenía un manual de instrucciones que explicaba detalladamente cómo suturar una herida, así que lo hice. —Arrugó la nariz—. Y no quiero volver a repetirlo. —Estaba orgullosa de aquel episodio, pero no deseaba recordar los detalles sangrientos.

—Yo había perdido mucha sangre y tenía una conmoción, así que no podía ayudar. Ella sacó del avión las cosas que podíamos necesitar. Utilizó prácticamente todo su guardarropa para taparme, para mantenerme caliente…, y permítame decirle que era mucha ropa: tres maletas grandes llenas. Gracias a Dios.

—¿Cuándo empezaron a caminar para tratar de salir de allí?

—Al cuarto día. Bailey tenía un brazo herido: se le había clavado un trozo de metal y no se había preocupado por cuidárselo. El segundo día ninguno de los dos era capaz de hacer gran cosa. Dormimos. Yo estaba tan débil que casi no me podía mover. El brazo de Bailey estaba infectado y le subía la fiebre. El tercer día los dos nos sentíamos mejor y yo pude levantarme. Revisé el ELT, pero la batería estaba casi descargada, así que me di cuenta de que si no nos habían localizado ya no lo harían, y no había forma de saber si el ELT había funcionado en algún momento o no.

—No funcionó —dijo MaGuire—. No hubo señal.

Cam miraba el mapa, pero mentalmente estaba de nuevo en la cabina del Skylane con la mandíbula tensa y cerrada con fuerza.

—Cuando el aparato falló, todos los indicadores marcaban exactamente los datos correctos. Nada parecía ir mal, pero el motor se detuvo. El tercer día encontré el ala izquierda. Había una bolsa de plástico transparente colgando del depósito de combustible. Cuando la vi, supe que alguien había provocado el accidente deliberadamente.

MaGuire suspiró y apoyó una cadera contra la esquina del escritorio del jefe de policía.

—Al principio no sospechamos nada. Larsen repasó una y otra vez los registros de mantenimiento del Skylane, los informes sobre el combustible y cualquier apunte que pudiera referirse al avión. Finalmente se dio cuenta de que los registros mostraban que el depósito del avión había sido recargado sólo con ciento cincuenta litros de gasolina esa mañana. Hablamos con la persona que lo había llenado y recordaba haber comprobado que estaba lleno. Hasta esta mañana no hemos recibido una orden judicial para revisar las grabaciones de las cámaras de seguridad del aeropuerto, pero sospechábamos que el avión había sido manipulado.

—Seth Wingate —gruñó Cam—. Llamó a la oficina el día anterior al vuelo para asegurarse de que Bailey iba a Denver. Puede que tenga suficiente influencia para que un juez le haga el favor de retrasar una orden judicial, aunque no sé qué lograría a la larga con eso, a menos que necesitara tiempo para meter la mano en alguna cinta de las cámaras de seguridad y destruirla, o algo así.

—Su secretaria insistió precisamente en eso. Él actuó de manera sospechosa, pero esa conducta resulta también estúpida. Una cosa son las sospechas y otra las pruebas. Hasta ahora no tenemos ninguna prueba, únicamente una anomalía en los registros de llenado de combustible.

—Ya nos imaginábamos algo así. A menos que las cintas de las cámaras de seguridad lo hayan pillado manipulando el avión, todas las evidencias están en el lugar del accidente, y recogerlas sería muy difícil. Allí arriba el viento es brutal, no hay posibilidad de que un helicóptero pueda aterrizar. La única forma de subir es a pie.

—No sabía que Seth supiera cómo sabotear el depósito de combustible de esa forma —dijo Bailey—. Tiene un carácter horrible y me desprecia, pero nunca creí que tratara de hacerme daño físicamente. La última vez que hablé con él me amenazó con matarme, pero... —se mordió el labio, preocupada— no le creí. ¡Seré tonta!

—Una bolsa de plástico en el tanque de combustible es tecnología casera —dijo Cam—. No se necesita mucha habilidad para hacer eso.

—Eso en concreto no —asintió MaGuire—. Sin embargo, el transpondedor y la radio... Sabe de aviones más de lo que usted cree.

Cam se fue poniendo lentamente rígido, sus ojos grises se volvieron fríos.

—¿Qué? ¿Qué pasa con el transpondedor?

Bailey lo miró inquisitivamente. Su voz había cambiado a algo oscuro y amenazante.

MaGuire volvió la vista al mapa.

—Aquí —dijo, señalando un lugar en el mapa—, justamente al este de Walla Walla, es donde usted perdió la señal del transpondedor. Quince minutos más tarde, un FSS captó una transmisión de auxilio confusa, luego el radar dejó de detectarlos y desaparecieron. Si él también manipuló todo eso, fue muy concienzudo. No quería que se encontrara el lugar del accidente... o quería retrasar el hallazgo hasta que cualquier prueba forense hubiese desaparecido.

Cam se quedó muy quieto mientras estudiaba el mapa.

—Hijo de puta —dijo suavemente.

—Una opinión que todo el mundo parece tener de él. Odio decirlo, pero tal vez salga impune de esto. —MaGuire suspiró—. Mi mayor preocupación ahora no es localizar el lugar del accidente, sino garantizar su seguridad, señora Wingate.

—Bailey está conmigo —dijo Cam sin mirar alrededor—. Yo la cuidaré.

Bailey hizo una mueca ante aquella actitud propia de un cavernícola y le dijo a MaGuire:

—Tengo intención de decirle a Seth que sabemos que intentó matarme, aunque no podamos probarlo, pero que también se lo hemos dicho a alguien sin especificar, de modo que si vuelve a intentarlo se encontrará con que es el primero en la lista de sospechosos. No se me ocurre nada más que podamos hacer.

—A mí sí —dijo Cam, con la frialdad todavía reflejada en sus ojos—. MaGuire, ¿hay alguna manera de que podamos salir hacia Seattle inmediatamente? Quiero ocuparme de este asunto cuanto antes.

La expresión de MaGuire era de curiosidad, pero se limitó a asentir.

—Claro que sí —afirmó.

***

Aterrizaron en Seattle hacia las ocho de la noche, más o menos, aunque Bailey siempre se había preguntado cómo podía llamársele «noche» cuando el sol aún tardaría una hora más en ponerse. Sus fuerzas todavía flaqueaban y todo lo que quería hacer era meterse en la cama y dormir, pero deseaba que en esa cama estuviera Cam, y no había podido cruzar con él más que unas pocas palabras desde que se había vuelto tan frío y reservado, cuando MaGuire le contó todo lo que Seth había hecho. En cierta forma, eso no le molestaba. Ella también tenía momentos de frialdad y silencio. Que Seth tratara de matarla no estaba bien, por supuesto, pero ese hijastro era la carga que ella tenía que soportar y le enfurecía que hubiera dado por supuesto que la vida de Cam no valía nada. Si Cam moría o no, simplemente le había importado poco.

Volvía a un mundo que había cambiado. No podía reanudar su vida anterior como si no hubiera pasado nada. Independientemente del acuerdo al que había llegado con Jim, ya no podía tratar con Seth. Sería una estúpida si arriesgaba su vida y la de Cam por un acuerdo con alguien que ahora estaba muerto. Tendría que haber otra persona diferente que se encargara de los fideicomisos, quizá uno de los funcionarios del banco donde había invertido Jim. Se oponía firmemente a pasarle el control a Seth, porque no le parecía que debiera ser recompensado después de lo que había tratado de hacer; pero alguien diferente podía hacerse cargo de aquel asunto.

Habían volado a Seattle en un avión de un tamaño muy parecido al del desafortunado Skylane. Sin dudar, Cam se había puesto en el asiento del copiloto, sin pensar siquiera en sentarse atrás con ella, lo que le hizo poner los ojos en blanco y sonreír. Pensó que aquello era normal en un piloto. La mayoría vivían y respiraban volando, hasta el punto de que a menudo descuidaban todo lo demás. MaGuire se sentó atrás con ella, y algo en su expresión le decía que hubiera preferido estar en el puesto del copiloto, pero Cam había sido más rápido.

—Está desesperado —dijo ella divertida—. No ha puesto las manos en los controles desde hace seis días.

—Pero es mi avión —dijo el otro, un poco enfurruñado a juzgar por su tono de voz. Después se encogió de hombros y le lanzó una sonrisa algo avergonzada—. Supongo que debía haberlo adivinado y haber sido más rápido. La mayoría de los pilotos que conozco preferirían volar que comer.

Ella trató de mantener la calma mientras se aproximaban a Seattle, pero iba a enfrentarse a tantos cambios que tenía dificultad para asimilarlos todos, y, como siempre, cualquier cambio la incomodaba. Generalmente no tomaba una decisión importante sin haber reflexionado sobre ella, haberla examinado y sentirse preparada para seguirla. Si algo sufría modificaciones en su vida, quería controlar la forma en que ocurría. De repente no tenía el control, y prácticamente todo había cambiado: se mudaría de esa enorme casa tan pronto como pudiera, y poco le importaba lo que Seth y Tamzin hicieran con ella. Se negaba a tratar con ellos más, lo que significaba que tenía que encontrar otro empleo.

El cambio más drástico, por supuesto, era Cam. Se había movido tan rápidamente que ella se sentía como el Coyote, dando vueltas impotente en el polvo mientras el Correcaminos lo adelantaba en la carrera. En menos de una semana, había pasado de que no le gustara en absoluto a amarlo; incluso había aceptado casarse con él. Lo extraño era que, aunque reconocía que el cambio más profundo era ése, estaba encantada con él. Una vez superado el pánico inicial, supo que se sentía bien a su lado, de una forma que jamás había imaginado.

Como si hubiera leído sus pensamientos, él miró por encima del hombro hacia ella. Había conseguido un par de gafas de sol en alguna parte, así que no podía verle los ojos, pero aquella prueba del vínculo que se había establecido entre ellos la ayudó a tranquilizarse. Ya no estaba sola. No importaba que su vida cambiara, Cam estaría ahí, con ella.

El avión aterrizó, y el piloto accionó los frenos cuando rodaban por la pista. Bailey se inclinó hacia delante para mirar el edificio de la terminal. Había gente saliendo por una puerta hacia el asfalto, donde se quedaron de pie esperando. No eran muchas personas y desde esa distancia no podía distinguir sus caras, pero sabía que Logan y Peaches estaban allí y su corazón saltó de dicha.

A medida que se acercaban, pudo vislumbrarlos con claridad; Logan rodeaba a Peaches con el brazo. Los dos sonreían ampliamente y Peaches daba algunos saltitos de emoción. Sabía que probablemente no podían verla, pero les saludó de todas formas. Pudo distinguir también a Bret y a Karen, pero no reconoció a nadie más. Quizá se trataba de los amigos y parientes de Cam, aunque él había hablado con sus padres y habían dicho que no podrían llegar a Seattle antes que él porque viajaban en una aerolínea comercial y tenían que esperar a un vuelo regular. Tal vez habían podido anticipar el viaje.

El piloto se detuvo. Cam soltó su cinturón de seguridad y se levantó. Después de cruzar unas breves palabras con el piloto, MaGuire hizo lo mismo. Entonces Cam se abalanzó hacia el interior y ayudó a Bailey a levantarse agarrándole la cintura con sus cálidas manos.

—¿Cómo estás? —preguntó mientras se dirigían hacia la pequeña multitud que avanzaba con impaciencia, esperando sólo a que estuvieran a una distancia segura del avión para salir disparados.

—Cansada, pero bien. ¿Y tú?

—Igual. ¡Prepárate! —Pronunció aquellas palabras mientras los rodeaba la gente. Logan y Peaches abrazaron a Bailey, que se sintió zarandeada por ambos lados. Peaches se echó a llorar, y Bailey estuvo a punto de hacerlo también, pero se contuvo. Logan la estrechó con fuerza rodeando a las dos con los brazos, pero ella pudo sentir que temblaba. Miró fugazmente hacia Cam, que también estaba siendo rodeado por el grupo de bienvenida. Vio a Karen darle un puñetazo en el pecho, como castigándolo por haberla preocupado; después, con una sonrisa, Cam abrió los brazos y ella estalló en llantos mientras se dejaba abrazar.

—Estás muy delgada —estaba diciendo Peaches mientras se secaba las lágrimas.

—Es la nueva dieta —dijo Bailey—. La Dieta del Accidente de Avión. Siempre funciona.

—¿Tienes hambre? —preguntó Logan deseoso de poder hacer algo, y traer comida entraba en esa categoría.

—Me estoy muriendo de hambre. Creo que he comido una tonelada de comida hoy, pero unos minutos después de comer tengo otra vez hambre.

—Entonces salgamos. Compraremos algo de camino a tu casa. Te pondré al tanto de lo que pasó con Tamzin y tú puedes contarnos lo del accidente. Tengo un millón de preguntas.

Bailey miró a su alrededor buscando a Cam de nuevo.

—Todavía no. No sin Cam, en todo caso. Ni siquiera os he presentado. —Pudo ver que Logan mostraba cierta reticencia, y era natural que tuviera reservas con respecto a la rapidez con que ella y Cam se habían comprometido, pero Bailey le palmeó el brazo—. No te preocupes tanto. En realidad vamos por… nuestra cita número veinticinco. O quizá sea la trigésima en este momento, no he echado las cuentas. Pero nos conocemos mucho mejor de lo que crees.

—¿La trigésima cita? ¡No sabía que estuvieras saliendo con él! —exclamó Peaches desconcertada mientras todo el mundo empezaba a entrar en el edificio—. ¡Nunca dijiste ni una palabra!

Bailey vio que Cam estaba organizando las cosas, enviando a la mayoría de la gente de vuelta a sus ocupaciones después de agradecerles que le hubieran dado la bienvenida y diciéndoles que tenía mucho trabajo por delante. Aunque no lo hacía abiertamente, ahora que lo conocía, ella veía esa actitud tranquila pero férrea de mando que le resultaba tan natural como respirar. Incluso con la cara llena de cardenales y la cabeza vendada, llevaba la autoridad como una segunda piel y la gente seguía sus instrucciones sin dudar, sin notarlo siquiera.

Sin embargo, unos cuantos elegidos entraron en la oficina de J&L: Bret, Karen, MaGuire. Cam dejó la puerta abierta y, con la mano tendida, invitó a pasar a Bailey, así que Logan y Peaches entraron también. Ella se dirigió inmediatamente hacia Cam y le presentó a su familia. Él y Logan se estrecharon las manos, con cautela por parte de Logan, con tranquilidad por la de Cam. A pesar de todo lo que les quedaba todavía por resolver, Bailey en ese momento se sentía inmensamente feliz.

***

Cam vio que Bailey se encontraba bien. Parecía tan frágil esa mañana... Le dio la sensación de que se había agotado hasta la extenuación y que no había podido sacudirse la preocupación, aunque la comida había ayudado mucho a revivirla.

—¿El café está recién hecho? —le preguntó a Karen. Quería que se atendiera a Bailey antes de ocuparse de sus otros asuntos urgentes.

—Acabo de hacerlo. —Sus ojos todavía estaban brillantes por las lágrimas, pero resplandecía—. ¿Quieres un poco?

¿Karen le estaba ofreciendo café? Debería morirse más a menudo, pensó Cam.

—Ahora mismo. Pero si no te importa, asegúrate de que Bailey tenga algo de comer y beber, cualquier cosa de la máquina será suficiente.

Karen sonrió abiertamente.

—¿Bailey? —preguntó en voz baja, acercándosele para que nadie más oyera—. ¿Ya no es la señora Wingate?

—Me dio parte de la comida y del agua que teníamos para mantenerme vivo —dijo él—, privándose ella. Así que ahora la llamo Bailey. —Al menos eso es lo que había sucedido durante el primer día. Después, él ya se había asegurado de que ella comiera y bebiera tanto como él.

Vio un destello repentino en los ojos de Karen y supo que había añadido mentalmente a Bailey en la lista de las personas que estimaba, lo que significaba que Bailey comería aunque Karen tuviera que sentarse sobre ella y obligarla. Considerando que se había pasado el día comiendo sin parar, no creía que hubiera que llegar a esos extremos.

Se acercó a Bailey y le rozó el brazo para llamar su atención.

—Voy a hablar con Bret unos minutos —dijo.

Ella apretó suavemente la mano, examinando su expresión, lo mismo que él había hecho, preocupándose de él. Él suponía que esa costumbre se relajaría cuando pasaran unos días, pero ahora estaban todavía demasiado cerca de su calvario, y en cierto sentido se encontraban aún en una situación de supervivencia, lo que significaba que tenían que ocuparse el uno del otro.

Llamó la atención de Bret con un ligero movimiento de cabeza. La oficina de su socio estaba más cerca, así que se dirigieron allí. Cam cerró la puerta tras ellos. Probablemente era la primera vez que esa puerta se cerraba desde que empezaron el negocio.

Se volvió hacia su mejor amigo, el hombre que había sido como un hermano para él durante años.

—¿Por qué lo has hecho? —preguntó.

Bret se derrumbó en su silla, cerró los ojos y hundió la cabeza entre las manos. Su cara había envejecido mucho desde que Cam lo vio por última vez, tenía arrugas que no estaban allí hacía seis días.

—Mierda —dijo con tono sombrío—. Por dinero. Ha sido por dinero. Tengo unos problemas serios con unos matones... —Se interrumpió, sacudiendo la cabeza—. Sabía que lo descubrirías. Cuando esta mañana nos hemos enterado de que estabas vivo y habías salido de esas malditas montañas, lo supe. Era imposible que no hubieras escarbado por allí examinado los restos del avión, que no hubieras buscado la razón que había provocado el accidente.

Cam mantuvo su cólera bajo control con voluntad de hierro. Aunque deseaba golpear a Bret, hacerlo trizas literalmente, quería más respuestas. El dolor vendría después, lo sabía, dolor por la pérdida de la amistad que habían tenido, pero tendría que esperar el momento oportuno.

—Creí que había sido Seth hasta que MaGuire me habló del transpondedor y la radio. Eso era demasiado complicado, tenía demasiadas implicaciones, era más de lo que él podía haber hecho. Se te fue la mano.

—Sí, tengo la costumbre de pasarme. —Bret levantó la cabeza; en la expresión de sus ojos se vislumbraba la profundidad del remordimiento—. Fue un impulso. Cuando Seth llamó ese día, vi una oportunidad, y estaba desesperado, así que la aproveché.

—¿Cómo simulaste tu enfermedad?

—Soy alérgico a los gatos, ¿recuerdas? Me mantengo alejado de ellos, ni siquiera salgo con una mujer que tenga uno. Así que fui a un refugio de animales, cogí un gato y lo acaricié, me froté la cara contra él.

Cam sabía que Bret era alérgico a los gatos, lo sabía desde hacía tanto tiempo que no pensó en ello; Bret era tan cuidadoso en evitarlos que Cam nunca lo había visto con una reacción alérgica hasta el día en que había ocupado su lugar en el vuelo de Bailey. Aunque hubiera pensado de inmediato en una alergia, no habría sospechado, porque una reacción alérgica no es algo fuera de lo normal.

—No me paré a reflexionar —dijo Bret con aire cansino—, simplemente lo hice. Era mi única salida. El dinero de tu seguro de vida me sacaría del apuro. Era como... No podía pensar en otra cosa, sólo en conseguir ese dinero. Pero cuando Karen me dijo que el avión se había perdido de repente, fue real. Te había matado. Había asesinado a mi mejor amigo. Eso me impactó, y todo lo que pude hacer fue vomitar bilis.

Lo extraño era que Cam le creía. Bret era impulsivo, tendía a concentrarse en metas a corto plazo.

—Pensé que el avión se incendiaría —continuó Bret—. Siempre hay unos litros de combustible que se quedan en el depósito sin poderse utilizar. Y aunque hubiera alguna evidencia, sabía que Seth sería el sospechoso, por esa estúpida llamada telefónica, pero además de eso no había nada que lo relacionara con el avión. No creía que pudieran arrestarlo.

—MaGuire dijo que fuiste tú el que señaló que el avión no llevaba suficiente combustible.

—Sí. Pensé que si era yo el que hacía esa observación, nadie sospecharía que había provocado el accidente. —Bret se pasó las manos por la cara, después se enfrentó a la mirada de Cam—. ¿Y ahora qué? —preguntó, poniéndose de pie—. Cuando creí que estabas muerto, que te había asesinado, hice lo que pude para cubrirme las espaldas. Pero tú eres un piloto demasiado bueno para morir fácilmente, ¿verdad? No sabía si reírme o llorar cuando recibimos la noticia. Supongo que hice las dos cosas. Pero estaré de acuerdo con la forma en que quieras llevar este asunto. Me entregaré, si eso es lo que quieres.

—Eso es lo que quiero. —Cam no se doblegaba. No había forma de echarse atrás, no dejaría que los años de amistad y los buenos tiempos lo ablandaran, porque algunos caminos sencillamente no pueden volverse a recorrer—. Intento de asesinato, fraude al seguro... Pagarás en la cárcel durante algún tiempo.

—Sí. Si no me liquidan antes. Pero ya da lo mismo. —Bret tenía el aspecto de un hombre que nunca se perdonaría a sí mismo. Eso era bueno para Cam, porque él tampoco le perdonaría nunca.

—Hay algo más —dijo.

—¿Qué? —preguntó Bret.

Cam le dio un puñetazo en la cara con tanta fuerza como pudo, poniendo en él toda la rabia que había ido conteniendo. La cabeza de Bret se movió con un chasquido y su cuerpo se estrelló contra la silla, volcándola junto a la papelera. Terminó tirado en el suelo en medio de la basura esparcida.

—Eso es por haber intentado matar a Bailey también —dijo Cam.

***

De todas las personas que Bailey esperaba ver ese día, Seth Wingate no era precisamente una de ellas. Pero allí estaba, de pie en el umbral de la casa de su padre justo antes de la medianoche.

Ella estaba haciendo la maleta, o más bien estaba buscando los pocos objetos personales que le quedaban en la casa, porque Tamzin había vaciado el armario de Bailey y había tirado su ropa, y todo aquello que sabía con seguridad que pertenecía a Bailey. También había destrozado la casa. Bailey se encontraba tan furiosa que estaba barajando la idea de llamar a la policía, pero se estaba dando tiempo para tranquilizarse antes de hacerlo.

Las últimas horas habían sido un auténtico cataclismo. Todavía le costaba aceptar que Bret hubiera intentado matar a su socio a causa del dinero del seguro, y si a ella le costaba pensar en ello, podía imaginarse lo duro que era para Cam. Bret parecía abrumado por la culpa, pero eso no cambiaba los hechos. MaGuire se había ocupado de todo, aunque se había quedado tan conmocionado como los demás. Bret había ido voluntariamente con MaGuire a la policía para entregarse. Pero los aspectos legales que implicaba deshacer la sociedad y la posibilidad o no de continuidad de Executive Air Limo estaban aún en el aire. Si sobrevivía sería simplemente como Executive Air Limo, porque ya no habría J&L.

Bailey tenía algunas ideas sobre eso, pero, por otra parte, quería pensarlo más a fondo. También tenía que reconsiderar su decisión sobre la administración de los fideicomisos, ahora que sabía que Seth no había sido el que había tratado de matarlos. Por otra parte, cuando descubrió lo que Tamzin había hecho le entraron ganas de cometer un asesinato y desentenderse de ambos. La única decisión que no había cambiado era que no quería pasar otra noche en aquella casa que no era suya.

Logan y Peaches la acompañaban, al igual que Cam. Habían venido a ayudarla a hacer las maletas, pero quedaba muy poco de sus pertenencias. Cam también estaba lívido de ira, pero tanto Logan como Cam se controlaban. Peaches era la única que parecía al borde de un serio ataque de nervios, y Logan la estaba vigilando mientras se movía furiosa de una habitación a otra.

Ahora Seth estaba allí, y aunque sabía que no había tratado de matarla, no le apetecía lidiar con él en ese momento. Abrió la puerta de un tirón y se quedó plantada en la entrada, sin invitarlo a entrar. Detrás de ella, oyó a Cam, que se acercaba y se ponía a su lado.

Pero Seth no hizo ningún intento de entrar. A pesar de que habitualmente a aquella hora ya debería haber estado en su segundo o tercer bar, no tenía aspecto de venir borracho. De hecho parecía sobrio, lo cual la asombró. Iba vestido de un modo sencillo, con pantalones y un jersey, su pelo negro estaba bien cortado y peinado y su aspecto era inexpresivo.

—Mucha gente cree que yo causé el accidente —dijo con brusquedad—. Sólo quería decirte que no lo hice.

—Ya lo sé —dijo ella, tan sorprendida que casi no podía hablar.

En los ojos de él también se vislumbró un brillo de sorpresa. Vaciló y después se dio la vuelta para irse. Bailey empezó a cerrar la puerta, pero se detuvo porque él también lo hizo antes de descender el primer peldaño. Se giró.

—¿Quién lo hizo? —preguntó. Bailey podía percibir que odiaba tener que hablar con ella, pero quería saber—. ¿Fue Tamzin?

¿Tamzin? Tamzin era malintencionada y mezquina, pero no tenía la suficiente capacidad organizativa para hacer algo así.

—No, fue el socio de Cam.

—¿Bret? —Seth se quedó desconcertado—. ¿Estás segura?

—Estamos seguros. Ha confesado —intervino Cam.

—Hijo de puta —murmuró Seth. Una sonrisa sin alegría se dibujó en sus labios—. Supongo que Tamzin y yo nos parecemos más de lo que creía. Ella supuso que lo había hecho yo. Yo creía que lo había hecho ella. —Respiró profundamente—. Mereces oír esto: entré en crisis cuando me di cuenta de que mi hermana automáticamente supuso que yo era un asesino. Me miré a fondo y no me gustó lo que vi. —Se cruzó con la mirada sorprendida de Bailey y soltó una carcajada triste—. He empezado a trabajar en el Grupo Wingate. En el departamento de la correspondencia. Grant quiere ver si puedo aguantar.

Bailey se agarró con fuerza a la puerta. Tuvo que hacerlo, o sus rodillas se le habrían doblado por la conmoción. No sabía qué decir, así que farfulló:

—Voy a entregar la administración del fideicomiso a otra persona, probablemente a un funcionario del banco. —No podía creer que Seth, entre todas las personas posibles… ¿Jim había estado en lo cierto con respecto a Seth, después de todo?

Seth tensó su mandíbula y fulminó a Bailey con la mirada.

—No lo hagas —dijo secamente—. Quiero que continúes haciéndolo tú. Si otro lo hace, no podré odiarlo tanto, y te necesito ahí como motivación. Ése era el plan de papá, ¿verdad? Me lo imaginé. Pensó que odiaría que controlaras mi dinero y que te odiaría tanto que haría lo posible para enderezar mi vida. Tenía razón, el muy maldito. Siempre tenía razón. Probablemente te dijo que valoraras tú, siguiendo tu criterio, cuándo debías devolverme el control, ¿verdad?

Ella no pudo hacer nada más que asentir con la cabeza.

Seth torció la boca.

—Confiaba en ti, y nadie calaba tan bien a las personas como mi padre. Así que voy a confiar en él, voy a confiar en que sabía lo que estaba haciendo. Sigue administrando los fondos para que yo pueda demostrar que no tienes razón. Un día me darás el control, entonces saldrás de mi vida y no tendré que volver a verte.

—Estoy deseando que llegue esa fecha —dijo ella sinceramente.

Seth fijó la vista más allá de ella y Cam, hacia el vestíbulo. Frunció el entrecejo cuando se dio cuenta de los daños, los cristales rotos, las paredes destrozadas.

—¿Qué demonios ha sucedido aquí?

—Tamzin —gruñó Cam.

—Denunciadla y que la detengan —dijo Seth fríamente, después dio media vuelta y bajó los peldaños, desapareciendo en la oscuridad.

Cam apartó la mano de Bailey de la puerta y la cerró; después la atrajo hacia él.

—Vámonos —dijo, besándola en la boca cuando levantó la vista hacia él—. Ya no tienes nada que hacer aquí. De ahora en adelante vas a vivir conmigo.

Bailey sonrió, pasando las yemas de los dedos sobre los cardenales de su cara. Ya no sentía ninguna angustia con respecto a esa decisión.

—Muy bien —dijo. Se sentía repentinamente tan feliz que le dio la sensación de poder elevarse del suelo—. Vamos. Estoy lista.

Este libro
se terminó de imprimir
en los talleres gráficos
Unigraf, S.L. (Móstoles, Madrid)
en el mes de julio de 2008

Suma de Letras es un sello editorial del Grupo Santillana

www.sumadeletras.com

Argentina
Avda. Leandro N. Alem, 720
C 1001 AAP Buenos Aires
Tel. (54 114) 119 50 00
Fax (54 114) 912 74 40

Bolivia
Avda. Arce, 2333
La Paz
Tel. (591 2) 44 11 22
Fax (591 2) 44 22 08

Chile
Dr. Aníbal Ariztía, 1444
Providencia
Santiago de Chile
Tel. (56 2) 384 30 00
Fax (56 2) 384 30 60

Colombia
Calle 80, 10-23
Bogotá
Tel. (57 1) 635 12 00
Fax (57 1) 236 93 82

Costa Rica
La Uruca
Del Edificio de Aviación Civil 200 m al Oeste
San José de Costa Rica
Tel. (506) 220 42 42 y 220 47 70
Fax (506) 220 13 20

Ecuador
Avda. Eloy Alfaro, 33-3470 y Avda. 6 de Diciembre
Quito
Tel. (593 2) 244 66 56 y 244 21 54
Fax (593 2) 244 87 91

El Salvador
Siemens, 51
Zona Industrial Santa Elena
Antiguo Cuscatlan - La Libertad
Tel. (503) 2 505 89 y 2 289 89 20
Fax (503) 2 278 60 66

España
Torrelaguna, 60
28043 Madrid
Tel. (34 91) 744 90 60
Fax (34 91) 744 92 24

Estados Unidos
2105 N.W. 86th Avenue
Doral, F.L. 33122
Tel. (1 305) 591 95 22 y 591 22 32
Fax (1 305) 591 91 45

Guatemala
7ª Avda. 11-11
Zona 9
Guatemala C.A.
Tel. (502) 24 29 43 00
Fax (502) 24 29 43 43

Honduras
Colonia Tepeyac Contigua a Banco Cuscatlan
Boulevard Juan Pablo, frente al Templo
Adventista 7º Día, Casa 1626
Tegucigalpa
Tel. (504) 239 98 84

México
Avda. Universidad, 767
Colonia del Valle
03100 México D.F.
Tel. (52 5) 554 20 75 30
Fax (52 5) 556 01 10 67

Panamá
Avda. Juan Pablo II, nº15. Apartado Postal
863199, zona 7. Urbanización Industrial
La Locería - Ciudad de Panamá
Tel. (507) 260 09 45

Paraguay
Avda. Venezuela, 276,
entre Mariscal López y España
Asunción
Tel./fax (595 21) 213 294 y 214 983

Perú
Avda. Primavera, 2160
Surco
Lima 33
Tel. (51 1) 313 4000
Fax. (51 1) 313 4001

Puerto Rico
Avda. Roosevelt, 1506
Guaynabo 00968
Puerto Rico
Tel. (1 787) 781 98 00
Fax (1 787) 782 61 49

República Dominicana
Juan Sánchez Ramírez, 9
Gazcue
Santo Domingo R.D.
Tel. (1809) 682 13 82 y 221 08 70
Fax (1809) 689 10 22

Uruguay
Constitución, 1889
11800 Montevideo
Tel. (598 2) 402 73 42 y 402 72 71
Fax (598 2) 401 51 86

Venezuela
Avda. Rómulo Gallegos
Edificio Zulia, 1º - Sector Monte Cristo
Boleita Norte
Caracas
Tel. (58 212) 235 30 33
Fax (58 212) 239 10 51